UN RENDEZ-VOUS À MOURIR

E. V. HUNTER

Traduit de l'anglais
par Benoîte Dauvergne

City
Roman

Publié pour la première fois en Grande-Bretagne en 2023 sous le titre
A Date to die for par Boldwood Books Ltd.
Couverture : Shutterstock/Studio City
ISBN : 978-2-8246-2950-6
Code Hachette : 82 9707 2

Collection dirigée par Christian English & Frédéric Thibaud
Catalogues et manuscrits : city-editions.com

Dépôt légal : Juillet 2025

Prologue

— Tu ne songes quand même pas à te défiler ? Tu es mouillé jusqu'au cou.

— Je réagis mal aux menaces, grogna-t-il.

— Ce n'en est pas une, et tu le sais aussi bien que moi.

Le glapissement d'un renard la fit sursauter. *C'est bien une citadine*, pensa-t-il.

— Tu as une dette envers moi, dit-elle.

— Je te l'ai remboursée.

— C'est loin d'être assez.

Parfaitement consciente qu'elle avait l'avantage, elle eut un petit sourire satisfait. C'est à ce moment-là qu'il craqua. La fureur fit apparaître des petits points qui dansèrent devant ses yeux et lui brouillèrent la vue. Incapable de songer aux conséquences, il tendit la main vers elle et lui saisit la gorge. Lorsqu'il commença à serrer sa trachée, elle se débattit de toutes ses forces et martela sa poitrine avec les poings tout en essayant désespérément de lui envoyer des coups de pied. Il regarda froidement ses traits se déformer, et sa colère retomba lentement.

La partie rationnelle de son cerveau lui conseilla d'arrêter. Il n'était pas un assassin. Après tout, elle ne pourrait pas l'accuser de l'avoir agressée sans attirer l'attention sur ses propres activités infâmes. Oh oui, il savait très bien ce qu'elle était autrefois, et aujourd'hui encore, à l'occasion. Comment son nouveau commerce survivrait-il si un ragot aussi scandaleux circulait dans un village de cette taille ? Pourquoi n'y avait-il pas pensé avant ? Il était inutile de la tuer. Il n'avait qu'à combattre le feu par le feu.

Il lâcha finalement sa gorge et elle tomba en avant, la poitrine haletante, la respiration sifflante. Elle se mit à tousser, les mains sur ses genoux pliés.

— Espèce de salaud !

Elle récupéra plus vite qu'il s'y attendait et se jeta sur lui. Il tendit instinctivement la main pour la repousser, mais la renversa avec une force considérable. Sa tête fit un ignoble bruit sourd en heurtant le sol, et elle poussa un cri. Il y avait du sang. Trop de sang. Elle gémit, puis s'immobilisa. Il chercha son pouls, mais ne le trouva pas.

Voilà ce qui arrive quand on est trop gentil, songea-t-il. Il avait voulu lui laisser la vie sauve, mais c'était elle qui avait précipité sa mort. Ses pensées dévièrent vers sa propre survie. Il ne pouvait pas la laisser ici, mais il avait tout le temps de couvrir ses traces. Inutile de paniquer.

Calme et méthodique, il la hissa sur son épaule. Attachée à l'arrière du quad, elle parut aussi molle qu'une poupée de chiffon. Il roula jusqu'à un endroit plus isolé et creusa une tombe peu profonde. Ensuite, il enveloppa le corps dans une vieille couverture et le jeta sans ménagement dans sa dernière demeure, soulagé d'être débarrassé une fois pour toutes de la menace que représentait cette femme. Il reboucha le trou en suant, puis éparpilla des feuilles et des branches sur la terre retournée.

— Repose en paix, dit-il d'un ton railleur.

Puis il remonta sur son quad et rentra chez lui, impatient d'avaler un verre bien tassé et de se mettre au chaud dans son lit.

1

Les talons d'Alexi résonnaient sur le parquet de son loft, tandis qu'elle vérifiait une dernière fois si elle avait laissé traîner des affaires. L'espace semblait dépourvu de caractère en attendant l'empreinte d'un nouvel occupant. Dehors, une bruine printanière rendait Londres monochrome, à l'image de son humeur morose. Elle contempla son pâle reflet sur fond de pluie dans la fenêtre panoramique. Elle frissonna devant l'image rebelle qui la regardait avec colère et se détourna. Sur le seuil de l'appartement, elle marqua une pause pour dire au revoir intérieurement à son ancienne vie.

— Allez, Cosmo, en route.

Son chat noir frotta sa tête contre son mollet et franchit la porte devant elle.

Dans le parking souterrain, elle rangea sa valise dans le coffre de sa Mini et posa la sacoche de son ordinateur derrière le siège passager, sur lequel Cosmo s'était déjà installé. Elle tira la ceinture de sécurité en travers du siège et y attacha sa laisse. Les policiers faisaient parfois des histoires quand ils découvraient un animal domestique en liberté dans un véhicule, mais ils n'étaient pas au courant des particularités de Cosmo, après tout. Ce n'était pas un chat comme les autres, et elle-même n'était pas encore habituée à l'ensemble de ses excentricités. De toute façon, une altercation avec les forces de l'ordre était bien la dernière chose dont elle avait besoin.

Elle se glissa derrière le volant, rangea son sac à main et tourna la clé de contact. Tandis que l'appréhension, la colère et le soulagement se disputaient la première place dans son esprit, elle s'inséra dans la lente circulation sur Battersea Road et regarda son ancien immeuble rapetisser dans le rétroviseur.

Vingt minutes plus tard, elle roulait sur le Westway en direction de l'autoroute, le volume de la radio au maximum. Les essuie-glaces balayaient par intermittence la bruine qui continuait à refléter son humeur. Elle leva machinalement le pied de l'accélérateur en apercevant le panneau d'un radar automatique. Toujours pressée, elle écrasa la pédale une fois sortie de la zone de danger pour lever de nouveau le pied presque immédiatement.

— Tu sais quoi, Cosmo, nous ne sommes pas pressés en fait. Pour la première fois depuis une éternité, je n'ai pas d'échéance à respecter.

Les oreilles du chat remuèrent.

Alexi sentit une bouffée d'optimisme atténuer sa colère et son manque d'assurance. Quand n'avait-elle pas été obligée de courir d'un endroit à l'autre à cause d'une mission pour la dernière fois ? Quand avait-elle récemment pris du temps pour elle, au lieu de consacrer chaque seconde de ses journées à sa carrière ?

Il était peut-être temps de repenser son mode de vie.

Elle poussa un soupir, et la sonnerie de son portable la tira de sa rêverie. Elle faillit répondre sans vérifier qui la contactait. En tant que journaliste, elle ne pouvait pas se permettre de manquer un appel. Mais elle se souvint alors qu'elle n'en était plus une – ou du moins qu'elle n'occupait plus un emploi de journaliste rémunéré – et vérifia l'identité de son correspondant.

— Patrick, marmonna-t-elle, avant de couper l'appel.

Elle en avait bel et bien terminé avec ce magouilleur hypocrite. Lui avait toujours son boulot peinard au *Sunday Sentinel* et de nouvelles fonctions en or – ses fonctions à elle. Il prétendait l'aimer, mais il avait appris quels changements se préparaient des semaines avant l'annonce et il ne l'avait pas prévenue. Où était l'amour dans tout ça ? Elle souffla et frappa le volant du plat de la main. Cosmo ouvrit un œil.

— J'aurais dû me douter que ce n'était pas le bon puisque tu n'arrêtais pas d'essayer de lui mordre les chevilles.

Le chat lui lança un regard entendu et se rendormit.

Se sentant plus calme à chaque kilomètre supplémentaire qui l'éloignait de Londres elle se mit à fredonner la musique qui passait à la radio, tandis que des voitures la dépassaient à vive allure. Rouler lentement était cathartique. Qui l'aurait cru ? L'autoroute filait à travers une vaste campagne qu'elle n'avait jamais eu le temps de contempler auparavant. Elle décida de quitter la route fréquentée quelques kilomètres avant sa destination. La bruine avait cessé et un faible soleil tentait de percer les nuages. Les champs du Berkshire ondulaient doucement tandis qu'elle traversait de petits villages. Elle ralentit jusqu'à la vitesse autorisée sur la route qui pénétrait dans Lambourn, un joli village niché au creux des collines de craie. Une large pancarte lui souhaita la bienvenue et lui demanda de rouler prudemment. La zone était parsemée de grandes maisons et d'écuries, tandis que les champs étaient clôturés de barrières en bois ; pas une feuille morte ne souillait le décor. L'air avait presque un parfum d'argent. Quelques chevaux aux longues pattes paissaient dans un des enclos, mais la plupart des prés semblaient aussi peu fréquentés que les routes. Cet endroit était paisible, immaculé et étrangement silencieux.

— J'espère que tu aimes l'air frais et les chevaux, Cosmo, dit-elle lorsque le chat remua enfin.

Il s'assit et contempla son environnement.

— Et n'oublie pas ce que je t'ai dit : interdit de terroriser le chien de Cheryl.

Il arrondit le dos et la jaugea de ses yeux noisette perçants.

*

Alexi suivit les instructions données par la voix désincarnée du GPS et se sentit coupable d'en avoir besoin pour se rendre chez sa meilleure amie ; elle n'avait pas mis les pieds dans cette maison depuis le mariage de Cheryl dix ans plus tôt. Alexi avait été trop occupée à se bâtir une carrière, mais la sachant brusquement dans le besoin, son amie délaissée l'avait accueillie à bras ouverts.

Une belle leçon d'humilité.

Alexi roula jusqu'à Upper Lambourn en passant devant un pub appelé La Pelle à malt, un nom dont elle aurait bien aimé connaître l'origine. Après avoir tourné à gauche, elle prit à droite pour passer entre les montants de barrière en briques qu'elle reconnut. Là, une plaque discrète l'informa qu'elle avait atteint sa destination :

HOPGOOD HALL
HÔTEL DE CHARME

Les jardins de chaque côté de l'allée de gravier étaient impeccablement entretenus. Les connaissances d'Alexi en jardinage auraient tenu sur un timbre-poste, mais elle reconnut tout de même un parterre de jonquilles et de tulipes tardives. Après la bruine londonienne, une brise froide s'était levée. Soufflant sur la couverture nuageuse, elle montrait le paysage rural sous son meilleur jour.

Sur la façade de pierre couleur miel du vieux manoir grimpait une glycine dont les grappes tombantes de fleurs mauves dégageaient un parfum entêtant. Elle l'inspira profondément. Elle remarqua que sa voiture était la seule sur le parking des visiteurs, mais avant qu'elle ait décidé si c'était un mauvais présage, la porte d'entrée s'ouvrit en grand et Cheryl descendit les marches en quelques bonds, ses boucles blondes dansant autour de son visage.

— Te voilà !

Elle se jeta dans les bras d'Alexi et faillit la faire tomber à la renverse.

— Et tu es resplendissante, ma parole.

— Je te retourne le compliment.

Alexi se demanda comment elle avait pu laisser une chose aussi anodine que le travail se mettre en travers de leur amitié. La chaleur de son accueil fit s'envoler les années et elle sut qu'elle avait eu raison de venir panser ses blessures ici.

— Merci pour l'invitation.

— Qui mieux que moi pouvait t'aider à passer ce moment difficile ?

Leurs retrouvailles furent interrompues par une série de miaulements indignés à l'intérieur de la Mini.

— Je ferais mieux de le laisser sortir avant qu'il effraie les chevaux, dit Alexi.

Cheryl jeta un coup d'œil dans la voiture et fut accueillie par un feulement. Ce qui ne sembla pas la perturber.

— Dis donc, je n'avais encore jamais vu un chat aussi énorme.

— Je t'avais prévenue.

Depuis qu'elle l'avait adopté, Cosmo faisait l'objet de toutes les comparaisons, de la panthère au raton laveur, en passant par diverses combinaisons des deux.

— Tu es absolument sûre qu'il est le bienvenu ? J'aimerais pouvoir prétendre que sa mauvaise humeur n'est qu'une façade, mais ce n'est pas le cas.

— Je suis certaine que nous allons nous entendre à merveille.

Alexi haussa les épaules, croisa les doigts d'une main derrière son dos et détacha la laisse de Cosmo de l'autre. Son chat s'offrit lentement un dernier étirement, son regard méfiant fixé sur Cheryl. Alexi retint son souffle lorsque son amie tendit une main. Elle s'attendait à une explosion, mais celle-ci ne se produisit pas. Cosmo se soumit plutôt aux caresses de Cheryl, puis s'éloigna majestueusement vers un proche massif d'arbustes.

— Je rêve ! Il n'a pas oublié les bonnes manières. C'est une première.

Elles regardèrent sa queue dressée disparaître dans les buissons, puis Alexi attrapa son sac à main et passa le bras dans celui de Cheryl.

— Je veux que tu me racontes toutes les dernières nouvelles. Ça fait combien de temps qu'on n'a pas eu l'occasion de discuter en tête à tête ?

Cheryl plissa le nez.

— La dernière fois, c'est quand je suis venue à Londres et que j'ai logé chez toi, il y a plus de deux ans. Suis-moi, Drew vient de mettre la bouilloire en marche. La journée est bien avancée et ton arrivée est l'excuse parfaite pour sabler le champagne. Oh !

Elle plaqua une main sur sa bouche.

— Et voilà, j'ai encore parlé trop vite. Je suppose que tu n'es pas d'humeur à faire la fête.

— Je suis *toujours* d'humeur à boire du champagne.

— Tu m'en vois ravie !

Elles entrèrent dans une grande cuisine accueillante située à l'arrière de la maison où un grand gaillard disposait un service à thé sur la table avec une délicatesse remarquable. Lorsqu'il vit Alexi, il poussa un cri de joie et la souleva de terre.

— Te voilà enfin ! Cheryl a écouté les informations routières toute la journée. Chaque fois qu'un accident était annoncé, elle était convaincue que tu faisais partie des victimes.

— Disons que tu n'as jamais été très prudente au volant.

— Je suis devenue plus responsable.

Cheryl retint un rire incrédule. Puis son sourire disparut.

— Bon, raconte-nous. Qu'est-ce qui t'est arrivé ? Tu travaillais si dur. Je ne comprends pas vraiment pourquoi tout s'est écroulé.

— Mon cœur, laisse-la boire une tasse de thé avant de l'interroger, la pauvre.

Cheryl haussa les épaules.

— Ce Patrick ne me disait rien qui vaille. Tu mérites beaucoup mieux qu'un homme aussi égocentrique.

— Oui, eh bien… Oh, non !

Un hurlement étranglé provenant du jardin de derrière fit bondir Alexi de sa chaise. Elle avait deviné quelle était la source du bruit. Sur la pelouse, son chat se tenait prêt à se battre avec un petit terrier.

— Cosmo, qu'est-ce que je t'ai dit ?

Elle le rejoignit et posa les mains sur les hanches.

Le chat recula et la fixa d'un air innocent. La queue dressée, il s'approcha du chien tremblant et frotta sa tête contre son corps.

— Ça alors, dit Drew en secouant la tête.

Cheryl sourit.

— Apparemment, ils ont déjà établi une hiérarchie. Rentre donc boire ton thé, Lexi. Ensuite, nous pourrons déboucher une bouteille ou deux en toute légitimité.

Alexi ne bougea pas. Elle regardait fixement la laide rangée de bungalows préfabriqués qui occupait une bonne partie du vaste jardin du manoir. Elle était bâtie à l'extrémité du terrain, loin des fenêtres du bâtiment principal, raison pour laquelle elle ne l'avait pas vue immédiatement.

— Qu'est-ce qui s'est passé ? demanda-t-elle.

— Viens, on va te raconter, répondit Cheryl avant de faire une grimace.

Cosmo les devança et franchit la porte en miaulant de faim. Toby le suivit et aboya en signe de soutien.

Drew s'esclaffa.

— Ces deux-là font déjà la paire.

Avec un sourire, Alexi plongea la main dans son sac et trouva un sachet de croquettes qu'elle avait eu la présence d'esprit de garder à portée de main. Cheryl le prit et versa son contenu dans une gamelle en plastique.

— Bon, dit Alexi lorsque tous trois furent assis autour de la table éraflée en pin, une tasse d'Earl Grey à la main. Je vous écoute.

Ce fut Drew qui lui raconta toute l'histoire.

— Nous n'avions pas assez de réservations pour maintenir l'hôtel à flot. Le tourisme est saisonnier ici. Nous dépendons financièrement des personnes aisées qui souhaitent fréquenter l'élite du milieu hippique. Le problème, c'est que lorsque le temps est mauvais, elles abandonnent l'idée et filent vers des climats plus ensoleillés.

— En plus, un grand nombre d'hôtels moins chers ouvrent dans la région, dit Cheryl.

— Vous n'hébergez pas les propriétaires et les amateurs de chevaux aux portefeuilles bien garnis ?

Drew haussa les épaules.

— Les propriétaires logent avec leurs entraîneurs ou viennent pour la journée.

— Ils viennent souvent au bar et au restaurant pour leur rendez-vous d'affaires, dit Cheryl avec un entrain manifestement forcé.

— Nous avons embauché un cordon-bleu qui sait ce qu'il vaut et provoque presque autant de problèmes qu'il en résout, dit Drew. Mais au moins il attire les clients. Les entraîneurs qui veulent impressionner de potentiels propriétaires, ce genre de personne.

— Mais la… euh… l'annexe ? demanda Alexi, perplexe. Comment colle-t-elle avec votre image de marque ?

— Il fallait bien faire quelque chose. Il n'était pas question de laisser Drew perdre sa maison de famille, répondit Cheryl.

Le couple s'était rencontré dans un pub alors qu'Alexi et elle étaient en dernière année à l'université. Le courant était immédiatement passé entre eux, et ils s'étaient mariés vingt-quatre heures après que Cheryl avait décroché son diplôme de gestion hôtelière. Drew avait contracté un emprunt à la banque pour racheter les parts de la maison de famille appartenant à ses frères et sœurs dans l'intention de la transformer en hôtel de luxe.

— Tu m'avais caché vos problèmes, dit Alexi à son amie en fronçant les sourcils.

— L'orgueil précède la chute, comme on dit, répondit celle-ci, le menton dans la main. Je n'étais pas prête à avouer à mon amie la star du journalisme que nous avions échoué.

— Oh, Cheryl.

Alexi se pencha en avant pour la serrer dans ses bras.

— J'aurais sans doute pu vous aider. J'aurais pu demander à notre rubrique voyages de publier une bonne critique de votre hôtel, quelque chose comme ça. J'ai bien mentionné le nom de votre établissement dans plusieurs articles, mais les gens qui me lisent… qui me lisaient n'étaient pas à la recherche de bons plans de voyage.

— Pardon, ma belle.

Cheryl serra sa main.

— Ne fais pas attention à ce que je dis. Je suis tout le temps à cran en ce moment.

— Tu ne le lui as pas annoncé ? demanda Drew.

— Quoi donc ? fit Alexi.

Il lui suffit de voir leurs sourires mièvres pour comprendre ce qui aurait dû lui sauter aux yeux en saluant Cheryl. Elle renversa du thé sur la table en bondissant pour les serrer tous deux dans ses bras.

— Il était temps ! Félicitations !

— Merci, répondit Cheryl.

— Alors, c'est pour quand ?

— Encore quatre mois, dit-elle avec une grimace.

— Un bébé de fin d'été. Et vous connaissez le sexe ?

— Non, répondit Drew. Nous préférons la surprise, c'est notre côté vieux jeu.

— Je suis peut-être une amie nulle, mais j'ai bien l'intention de me rattraper en faisant de ce bébé un enfant pourri gâté.

— Tu vas devoir faire la queue, dit Cheryl en agitant la tête vers son mari qui affichait un sourire niais. En tout cas, nous espérons que tu accepteras d'être sa marraine.

— Avec plaisir, même si les conseils spirituels que j'ai à offrir sont discutables.

— Tu as de bonnes mœurs, c'est tout ce qui compte de nos jours.

— Ces… euh, ces cabanes dans le jardin. Vous ne m'avez toujours pas expliqué ce que c'était.

— Nous les louons aux lads et aux apprentis jockeys d'une écurie locale, répondit Drew, avant de hausser les épaules. Je sais que nous avions la tête pleine de nobles idéaux quand nous avons commencé. Mais la réalité ne nous a pas laissé le choix.

— Sans la construction de cette annexe, nous aurions coulé, dit Cheryl.

— La plupart des entraîneurs ont des logements pour leur personnel ou bien ils prennent leurs dispositions localement.

Drew se gratta le menton.

— Mais l'hiver dernier, un incendie a ravagé les locaux d'un grand entraîneur…

— Graham Fuller, précisa Alexi. Je me souviens que les spéculations concernant cet incident sont allées bon train.

— Exact. Les circonstances étaient suspectes. Fuller était en mauvais termes avec un autre entraîneur. Le type l'a accusé de lui avoir volé un de ses meilleurs propriétaires, et la dispute s'est envenimée.

— Fuller n'a pas cherché à prouver que c'était un incendie criminel ? demanda Alexi, intriguée.

— Je crois que ma copine flaire un scoop, dit Cheryl, amusée.

— Simple curiosité professionnelle. Je ne vais pas la refouler juste parce que je suis au chômage.

— Ma foi, je pense que personne ne sera jamais vraiment capable de prouver ce qui s'est passé, répondit Drew. Graham fréquente beaucoup notre bar-restaurant, il m'a parlé du problème de logement de ses garçons d'écurie, alors Cheryl et moi avons décidé de lui proposer une solution et de souffrir en silence.

— Je vous comprends, mais je suis surprise que vous ayez eu le permis de construire.

— Il a fallu franchir quelques obstacles. Mais Graham exerce une certaine influence sur le conseil municipal. Je ne sais pas quelles relations il a fait jouer, et ça me va très bien. Nous avons placé l'annexe sur le côté afin que les clients de l'hôtel ne l'aient pas sous le nez.

— Ce que nous n'avions pas anticipé en acceptant de rendre service à Graham… poursuivit Cheryl.

— Pour sauver notre peau !

Cheryl balaya l'objection de son mari d'un geste de la main.

— C'est que cela nous ferait perdre une étoile.

— Vous n'en avez plus que quatre à cause de ces logements ?

— Nous n'avons plus de court de tennis. Aucun client ne les utilisait jamais, mais apparemment, il en faut un pour prétendre au statut d'hôtel haut de gamme. En tout cas, l'annexe est occupée toute l'année et les résidents se débrouillent seuls. Nous y envoyons juste du personnel de ménage une fois par semaine afin de nous assurer qu'ils ne saccagent pas les locaux.

De toute évidence, Cheryl et Drew faisaient contre mauvaise fortune bon cœur.

— Je suis contente qu'ils vous aient sauvé la mise, dit Alexi. Je vous promets de ne plus critiquer l'apparence de ces cabanes.

— Si les affaires vont mieux ou que Graham fait reconstruire des logements pour eux, nous pourrons les supprimer, ajouta Cheryl.

— Nous essayons juste de joindre les deux bouts pour le moment.

Drew soupira et se leva.

— Viens, ma belle, je vais chercher tes bagages et te faire visiter les lieux. Tu prendras la grande chambre, celle du milieu à l'avant.

— Mais c'est la plus belle ! Nous ne nous attendons pas à être traités comme des stars, Cosmo et moi.

— Nous n'avons aucun autre client dans le bâtiment principal pour le moment, mais nous serons complets ce week-end, répondit Cheryl. Tu mérites d'être dorlotée, au moins d'ici là.

— D'accord, mais j'insiste pour payer le tarif normal.

— Tu cherches à me vexer ? demanda Drew.

Alexi refusa de céder.

— Je vous rappelle que c'est votre gagne-pain.

— Nous trouverons un arrangement, répondit-il avec mauvaise humeur. Viens, allons t'installer. Ensuite, nous prendrons l'apéro avant le dîner et tu pourras nous raconter les dernières nouvelles.

— Et dire que je ne peux pas boire, se plaignit Cheryl en tapotant son ventre. Mais je pourrai m'enivrer en reniflant vos verres et me sentir irréprochable demain matin, tandis que vous aurez un horrible mal de crâne.

Alexi éclata de rire.

— Ton sacrifice en vaudra la peine.

— Tu entends ça, lança Cheryl à son ventre. Tu en vaudras tellement la peine.

— N'oublie pas que tu peux rester ici aussi longtemps que tu le voudras, dit Drew en montant le sac d'Alexi à l'étage. Prends le temps de réfléchir à ton avenir. Cheryl sera contente d'avoir de la compagnie.

Alexi, la journaliste indépendante et intraitable qui n'avait besoin de personne et n'acceptait jamais les faveurs, jeta un coup d'œil par la fenêtre et remarqua les nuages d'une averse printanière qui s'accumulaient sur la crête des collines. Sans raison apparente, la vue lui fit monter les larmes aux yeux.

2

Cosmo monta l'escalier avec eux, talonné par Toby.

— Ils sont faits pour s'entendre, assura Drew avant de rire de l'adoration totale de son chien pour le félin.

— Lorsque Cosmo se prend d'affection pour quelqu'un, il a tendance à lui inspirer une véritable dévotion. La plupart du temps, il n'aime pas les gens et se méfie d'eux...

— C'est un chat de gouttière, non ?

— Oui.

— Dans ce cas, il est logique qu'il ait appris à se montrer sélectif. C'est une technique de survie. Mais je dois avouer que c'est le plus gros matou que j'aie jamais vu, et le plus étonnant, c'est qu'il n'a pas un gramme de graisse.

— Je ne comprends pas comment il peut être aussi svelte. Le nourrir me coûte les yeux de la tête.

Drew ouvrit la porte de sa chambre et posa son bagage sur le porte-valise. Il lâcha un petit rire lorsque Cosmo fit impérieusement le tour de son logement temporaire en remuant sa queue dressée.

— Qu'est-ce qui t'a poussée à choisir un chat de gouttière ?

— Je réalisais un reportage il y a quelques années sur les sans-abri vivant sous le pont de Waterloo. Et j'ai découvert ce matou qui mettait à la fois les humains et les rongeurs au pas. C'était un chat sauvage dans tous les sens du terme, mais pour une raison que j'ignore, il s'est pris d'affection pour moi. La troisième fois que je suis allée là-bas, il m'a suivie jusqu'à ma voiture, a grimpé sur le siège passager et s'est mis à feuler dès que quelqu'un essayait de l'approcher.

Elle haussa les épaules.

— Qu'est-ce que tu voulais que je fasse ?

Cosmo bondit sur le lit à colonnes, prit place au centre et entreprit de se nettoyer le museau en leur envoyant des coups d'œil.

Drew rit.

— C'est sûrement un ancien chat domestique s'il aime les voitures.

— C'est ce que j'ai pensé. Et je crois qu'il m'a pardonné de l'avoir emmené chez le vétérinaire…

Il grimaça.

— Pas drôle, hein, Cosmo ?

— Eh, la contraception définitive n'est pas réservée aux humains. Je parie que Cosmo est déjà le géniteur d'un bon nombre de matous errants. Inutile d'ajouter des rejetons à la liste.

Drew tendit la main pour gratter la tête du chat. Alexi retint son souffle, puis se détendit lorsque le félin poussa son crâne contre sa main. Toby le rejoignit d'un bond sur le lit et se pelotonna contre son corps.

— Je suis vraiment content que tu sois là, Alexi. Cheryl s'inquiétait pour toi.

— Plus vous êtes sympas avec moi, tous les deux, plus je m'en veux de ne pas être venue vous voir régulièrement.

Il haussa les épaules.

— La vie a la mauvaise habitude d'entraver les amitiés.

— Ce n'est pas une excuse.

— Tu es là maintenant, c'est tout ce qui compte. Est-ce que tu as tout ce qu'il te faut ?

— C'est le grand luxe.

Alexi balaya du regard la chambre à haut plafond avec ses longues fenêtres qui donnaient sur les collines. Elles étaient ornées de rideaux à fleurs assortis au dessus-de-lit. Un canapé confortable sous une fenêtre, et il y avait un bureau sur lequel elle pourrait poser son ordinateur. À un moment ou à un autre. Elle jeta un coup d'œil dans la spacieuse salle de bains où des serviettes moelleuses sur leur porte-serviettes et une corbeille de produits de toilette étaient à sa disposition.

— Je ne vois vraiment pas ce qui pourrait me manquer.

— Très bien, alors je te laisse t'installer. Descends dès que tu es prête et nous prendrons ce verre.

— Je t'accompagnerai volontiers.

*

À présent seule, Alexi défit rapidement sa valise et suspendit ses vêtements dans la penderie. Ensuite, elle se déshabilla et prit une longue douche. Une demi-heure plus tard, revigorée, elle enfila un pantalon en coton et un haut léger, se brossa les cheveux, appliqua une couche de brillant sur ses lèvres et recourba ses cils d'un coup de brosse à mascara. Chien et chat redescendirent l'escalier avec elle, et elle suivit un arôme alléchant jusqu'à la cuisine.

— Coucou.

Cheryl leva les yeux de la casserole dont elle mélangeait le contenu. Les cuisines terrifiaient Alexi. À Londres, elle se nourrissait de plats à emporter et aurait eu du mal à brouiller des œufs. Son amie en revanche avait toujours adoré cuisiner.

— Je peux te donner un coup de main ? Je sais émincer, éplucher ou couper en cubes sans faire trop de dégâts.

Alexi grimaça.

— Enfin, je crois.

— Tu te débrouilles très bien. Prends une chaise. Je serai juste à côté de toi.

Cheryl sourit.

— Quoique, maintenant que j'y pense, je parie que tu manies toujours le tire-bouchon aussi bien que quand on était jeunes.

— Pas besoin de me le dire deux fois ! Où est-il ?

Après avoir rempli un verre de vin pour elle et un autre de jus d'orange pour Cheryl, elle s'assit à la table de la cuisine et trinqua avec elle. S'avouant vaincu après avoir tenté de soutirer de la nourriture à Cheryl sans grande subtilité, Cosmo lui adressa l'équivalent félin d'un regard blessé et se roula en boule dans le panier de Toby. Celui-ci le rejoignit d'un bond et agita la queue avant de se blottir dans l'espace restreint que Cosmo voulut bien lui laisser.

— Encore toutes mes félicitations, dit Alexi. Je suis vraiment heureuse pour vous. Je sais que vous traversez une période difficile financièrement, mais Drew et toi paraissez toujours aussi inséparables.

Cheryl sourit.

— Oui, nous avons de la chance de ce côté-là. En parlant de relations amoureuses, est-ce qu'on pourrait tirer les choses au clair à propos de Patrick ?

— Qui ça ?

— Lexi !

— Qu'est-ce que tu veux que je te dise ?

Alexi écarta les mains.

— Tu avais raison à son sujet. C'est une ordure. Il a prétendu être tenu au secret et a juré qu'il ne pouvait pas m'avertir des changements imminents au journal. S'il l'avait fait, j'aurais su que j'étais sur la sellette, ce qui m'aurait donné plus de temps pour préparer une contre-attaque.

Elle soupira.

— Quand on aime quelqu'un, on fait passer ses sentiments avant le reste, non ?

— Oui. Toujours. Je suis désolée que tu aies été blessée, mais je dois dire que tu mérites vraiment quelqu'un de mieux que Patrick. Tu finiras bien par trouver cette mystérieuse personne, probablement au moment où tu t'y attendras le moins.

— Pour l'instant, j'en ai fini avec les hommes, pas question que je parte à sa recherche.

Alexi se pencha au-dessus de la table et serra Cheryl dans ses bras.

— La structure du journal était mal équilibrée, il perdait de l'argent. Il était évident qu'il fallait trouver une solution. Je n'ai simplement pas imaginé que je ferais partie des victimes – j'étais en couple avec le chef du service politique, il ne me jetterait jamais en pâture aux lions, du moins pas sans m'avoir donné une longueur d'avance.

Elle esquissa un sourire en coin.

— Autant dire que mon *ego* en a pris un coup.

— Mais tu écrivais des articles brillants, pertinents.

— Apparemment, c'est ce qui a provoqué ma chute. Si tu ne parles pas de célébrités, les gens ne sont plus intéressés.

— Tu étais douée. Le *Sentinel* commet une erreur s'il essaie de faire dans le sensationnel. La rédaction semble oublier qu'il reste des personnes avec un cerveau en état de marche qui veulent lire des éditos éclairés en mangeant leurs cornflakes.

— Les gens qui achètent des journaux se font vraiment de plus en plus rares ; il faut reconnaître que c'est en partie le problème.

Alexi posa un coude sur la table, puis le menton dans sa main.

— Il n'y en a plus que pour l'info instantanée sur Internet.

Elle poussa un soupir résigné.

— Bref, Patrick se charge maintenant de la version simplifiée de ce que je faisais, et il semblait penser que je serais ravie d'écrire l'équivalent d'une chronique de ragots politiques.

La poitrine de son amie se gonfla d'indignation.

— Quel traître !

— Eh bien, disons que ce n'est pas exactement l'insulte que j'ai employée.

Cheryl sourit.

— Ces événements ne sont arrivés que la semaine dernière, mais tu as réussi à louer ton appartement en un clin d'œil et filé me rendre visite. Tu es inimitable.

— Patrick n'arrête pas de m'appeler, mais je ne l'ai pas revu et je ne veux plus lui parler.

— Tu as une idée de ce que tu vas faire maintenant ?

— Non, aucune.

Alexi but une longue gorgée de vin.

— C'est à la fois libérateur et assez effrayant.

— Tu n'as pas de travail, pas de logement, et ta mère est décédée récemment. Je n'appellerais pas cette période libératrice. C'est plutôt une série de coups de poing dans le ventre.

— Je suis obligée de sortir de ma zone de confort, ce n'est pas si mal d'une certaine façon. J'étais un peu dans une ornière. Et voyons le bon côté des choses, je n'ai aucun souci financier. Désolée, dit-elle en voyant Cheryl tressaillir. J'ai vendu la propriété de maman, hérité de son portefeuille d'investissements, et puis le *Sentinel* m'a versé une indemnité généreuse. Cela dit, mes patrons n'avaient aucune envie de casquer. Ils pensaient qu'ils m'avaient offert un bon poste de remplacement et qu'en le refusant, je me renvoyais toute seule.

Cheryl siffla.

— Les rats.

— Heureusement, j'ai étudié mon contrat et trouvé une clause selon laquelle ils n'avaient pas le droit de me rétrograder sans cause légitime, alors je les ai menacés de les poursuivre en justice. Je les ai aussi intimidés en affirmant que j'écrirais un article sur la façon dont j'avais été traitée et que je le proposerais à leurs concurrents… Et la menace a fonctionné. Ils ont payé, alors je peux prendre mon temps pour décider de la suite et vous dédommager pour mon hébergement.

Alexi leva une main pour empêcher son amie de protester.

— J'ai reçu quelques offres de journaux londoniens, mais rien qui me tentait. Je crois qu'il est temps que je prenne un véritable virage.

Cheryl écarquilla les yeux.

— Quoi, tu quitterais Londres pour de bon ? Toi, la citadine jusqu'au bout des ongles ? Est-ce que tu possèdes au moins une paire de bottes en caoutchouc ?

Alexi rit et sentit qu'elle commençait à se détendre sous l'effet du vin.

— Est-ce qu'on en trouve à talons aiguilles ?

La porte de derrière s'ouvrit et Drew entra. Visiblement résigné au fait qu'on ne le nourrirait pas de sitôt, Cosmo en profita pour sortir, talonné par son fidèle disciple.

— Alors ? demanda Cheryl.

— Désolé, chérie, aucun signe.

— Aucun signe de quoi ? demanda Alexi en percevant leur angoisse.

— Il s'agit de l'amie de Cheryl, Natalie.

Drew se servit un grand verre de vin et remplit celui d'Alexi.

— Elle a disparu. Nous sommes inquiets pour elle. Je viens de passer à son cottage, mais personne n'y a mis les pieds depuis que j'ai vérifié hier.

— Qui est Natalie ?

— Elle s'est installée à Lambourn il y a quelques années et travaille dans l'art floral. Elle compose des bouquets, des décorations de table pour les mariages, ce genre de chose. Nous avons fait appel à ses services, c'est de cette façon que nous sommes devenus amis.

— Depuis quand a-t-elle disparu ?

— Trois jours.

— C'est un peu tôt pour s'inquiéter, non ?

— Il lui arrive bien de s'absenter, mais jamais sans nous prévenir. Nous avons ses clés et surveillons sa propriété.

— Ça lui ressemble si peu, dit Cheryl.

Lorsqu'elle fronça les sourcils, des cernes sombres apparurent sous ses yeux. Soit elle était réellement inquiète pour son amie, soit leurs problèmes d'argent lui causaient un grand stress.

— Elle ne répond pas sur son portable, ni aux e-mails, et ce n'est pas du tout son genre. Elle gère un commerce, alors elle doit rester en contact avec ses clients sous peine de les perdre.

— Elle a d'autres amis ? Un mari ?

— Elle est divorcée. Pas de petit ami en particulier. Ni d'enfants. En vérité, elle se sent seule, mais elle ne semble jamais avoir beaucoup de chance avec les hommes. Ils profitent d'elle… Enfin, je suppose qu'elle manque tellement d'amour qu'elle n'attire pas les bons.

— Elle a une jolie maison, une belle voiture, et c'est une femme séduisante ; elle prend soin d'elle. Je parie que les pauvres types avec qui elle sort pensent qu'ils sont sur un bon coup dès qu'ils la voient, dit Drew. Sa voiture est dans le garage, mais son ordinateur, son iPad et son portable ont disparu, ainsi que son sac à main.

— En effet, les circonstances semblent étranges, dit Alexi, dont les antennes de journaliste s'étaient dressées. Vous avez prévenu la police ?

Cheryl leva les yeux au ciel.

— Les flics ne veulent pas en entendre parler. Sous prétexte que Natalie a plus de quarante ans et qu'elle s'absente souvent, ils prétendent ne pas pouvoir faire grand-chose. Lorsque Drew est passé au commissariat local hier, ils l'ont raccompagné à la porte en riant.

— Je sais que ce n'est pas ce que vous avez envie d'entendre, dit Alexi, mais ils ne peuvent probablement rien faire. Chaque jour, des gens prennent des décisions qui ne leur ressemblent pas et, à moins qu'il existe des preuves claires qu'un crime a été commis, les policiers ont des affaires plus urgentes à traiter. Ils vont l'inscrire sur la liste des personnes portées disparues, se renseigner à droite et à gauche, mais c'est à peu près tout.

— C'est plus ou moins ce qu'ils m'ont répondu quand je suis allé signaler sa disparition.

Drew serra la main de sa femme pour la réconforter.

— Ils ont sous-entendu qu'elle s'était fait la malle le temps d'un week-end coquin.

— J'ai quelques contacts, annonça Alexi. Je pourrais demander à l'un d'eux de localiser son portable.

Le visage de Cheryl s'éclaira.

— C'est vrai ? Je me disais que peut-être…

— On aura ainsi une idée de l'endroit où elle se trouve. S'il s'agit d'une zone urbaine, mon contact pourra sans doute établir un rayon d'une cinquantaine de mètres autour de sa localisation. Mais dans une zone densément peuplée, cela fait tout de même beaucoup d'espace où se perdre. Si elle est dans la nature, plusieurs kilomètres peuvent séparer les antennes relais, donc impossible de définir précisément son emplacement.

— Je lui avais bien dit que c'était une mauvaise idée de…

Cheryl s'interrompit, le souffle tremblant.

— De quoi ?

— Natalie s'est inscrite sur un site de rencontres, répondit Drew.

— Ah.

Cheryl poussa un soupir.

— Imaginons qu'un type louche ait commencé à la traquer sur Internet ? Je n'arrête pas d'y penser.

— Si elle est inscrite sur un site réputé… Mais qu'est-ce que c'est que ce boucan ? demanda Alexi, lorsque des cris perçants et des rires tonitruants interrompirent leur conversation.

— Les garçons d'écurie qui rentrent chez eux, répondit Drew en se levant pour regarder par la fenêtre, un large sourire aux lèvres. Je crois que ton chat fait le comité d'accueil.

— Oh, c'est pas vrai, je suis désolée ! Cosmo feule dès qu'il croise quelqu'un.

— C'est pour toutes les fois où ils nous ont dérangés avec ces fêtes qu'ils ne sont pas censés organiser, grogna Cheryl.

— Quand un cheval gagne, son lad reçoit généralement un cadeau en espèces de la part du propriétaire, dit Drew.

— Bonjour, M'dame, lança un beau jeune homme en agitant la main devant la fenêtre. Vous pourriez rappeler votre chat ?

Alexi se leva avec un rire, ouvrit la porte du jardin et cria à Cosmo de se calmer. Cheryl la suivit dehors.

— Joli félin, commenta le jeune homme en la regardant plutôt que le chat. Tenez, M'dame. Le patron m'a demandé de vous remettre ça.

Cheryl prit l'enveloppe qu'il lui tendait.

— Merci, Tod.

— Vous ne nous présentez pas ?

— Alexi, voici Tod Naismith, le premier garçon de Graham Fuller et chef autoproclamé de cette drôle de bande.

Elle agita négligemment la main vers l'annexe.

— Tod, je te présente mon amie, Alexi Ellis.

Alexi serra la main tendue du garçon.

— Enchantée.

— Moi de même.

Il agita les sourcils.

— Vous projetez de rester chez nous un moment ?

— Elle est trop bien pour toi, Tod, lança Cheryl en riant, tandis qu'elle rentrait avec Alexi.

Elle referma la porte derrière elles.

— Désolée, j'aurais dû t'avertir à son sujet. Il est incorrigible.

— Il a l'air marrant.

Alexi grimaça en entendant des portes claquer.

— Enfin, pas tant que ça.

— Graham nous a fait transmettre le chèque qu'il nous devait, dit Cheryl en remettant l'enveloppe à Drew.

— Pas trop tôt !

Le bruit se calma peu à peu, mais Alexi comprit quels dégâts ces garçons d'écurie pouvaient causer à l'activité de l'hôtel. Les clients qui payaient une fortune pour un hébergement de qualité s'attendaient à un séjour au grand calme ; aussi la présence des garçons d'écurie était-elle peu susceptible de favoriser leur fidélité.

— Bon, commença Alexi. En tout cas, si votre amie est inscrite dans une des agences de rencontres les plus réputées, je dirais qu'elle est relativement en sécurité. Ces sites masquent l'adresse e-mail de leurs membres et leurs renseignements personnels.

— Oui, mais admettons qu'elle ait rencontré quelqu'un et révélé ses coordonnées ? risqua Cheryl. Je l'ai mise en garde et elle m'a promis de ne pas le faire, mais si elle a décidé de faire confiance à un homme qui lui plaisait plus que les autres…

— Tu sais si elle est allée à des rendez-vous ?

— Au début, nous rigolions bien à propos de certains hommes qu'elle avait rencontrés, ils étaient si différents de l'image qu'ils donnaient sur le site.

Cheryl devint pensive.

— Mais récemment, elle est devenue muette au sujet de ses activités. Comme elle semblait distraite, j'ai espéré que c'était parce qu'elle avait rencontré quelqu'un de bien.

— Elle nous a promis de donner ses rendez-vous uniquement dans des lieux publics, dit Drew. Des bars, des restaurants, ce genre d'endroit. Et si elle finissait par inviter quelqu'un chez elle, elle a également promis de nous transmettre ses coordonnées avant, au cas où.

— Et elle ne l'a pas fait ?

Cheryl secoua la tête.

— Natalie est une excellente femme d'affaires, mais dans le cadre d'une relation amoureuse, je ne serais pas étonnée qu'un homme réussisse à la convaincre de garder leur histoire secrète. Un type charismatique n'aurait qu'à la baratiner pour qu'elle tombe sous le charme.

— Ce n'est peut-être pas aussi grave, répondit Alexi, même si elle avait un mauvais pressentiment à cause des circonstances de son absence. Vingt-cinq à cinquante pour cent des nouvelles relations amoureuses naissent en ligne de nos jours. Vous le saviez ?

Le couple secoua la tête.

— Bienvenue dans l'ère du numérique. Les applis de rencontres ont pourtant acquis une réputation douteuse…

— À raison, s'insurgea Drew.

— C'est comme partout ; des opportunistes trouvent le moyen de les exploiter, mais la majorité des utilisateurs ne rencontrent aucun problème s'ils restent prudents.

La bouteille de vin était vide. Drew en ouvrit une deuxième pendant que Cheryl servait le repas.

Alexi gémit en prenant une bouchée de ses lasagnes maison.

— Oh, mon Dieu, c'est délicieux ! J'avais oublié que tu étais aussi bonne cuisinière.

— Maintenant, tu sais pourquoi je l'ai épousée.

Sans doute attiré par l'odeur de la nourriture, Cosmo apparut à la fenêtre ouverte. Les aboiements pathétiques de Toby les firent éclater de rire, et Drew se leva pour le laisser entrer.

— Tu crois que nous avons tort de nous inquiéter pour Natalie ? demanda Cheryl.

— Quelle application utilisait-elle ?

— Chamade, répondit Cheryl avec un petit rire. Apparemment, les applis de rencontres misent désormais sur les intérêts communs de leurs membres.

Alexi sourit.

— Les opposés ne s'attirent donc plus ?

— Les gens n'ont plus le temps de se rencontrer en chair et en os de nos jours. Comme tu le notais, tout est virtuel.

Seulement aujourd'hui, les agences de rencontres ciblent leurs intérêts spécifiques.

— J'ai contacté le site, dit Drew. Je voulais tranquilliser Cheryl, mais la responsable n'a pas voulu me révéler qui voyait Natalie. Elle m'a débité le discours habituel sur la confidentialité et n'a même pas voulu confirmer qu'elle était inscrite chez eux.

Il prit un air renfrogné.

— Cette prétentieuse a refusé de répondre lorsque je lui ai avoué combien nous étions inquiets pour Natalie et que je l'ai menacée de lui envoyer la police.

— Je suppose qu'elle risquerait d'être poursuivie si elle révélait des informations sur un membre.

— Même s'il s'agit d'un pervers ? s'écria Cheryl.

— Il existe probablement une clause de sortie en ce qui concerne ce genre de personne, supposa Alexi dans le vain espoir de détendre l'atmosphère.

Toutes sortes de questions traversaient son esprit de journaliste, mais une femme enceinte en mauvaise situation financière n'avait pas besoin de stress supplémentaire. Par conséquent, elle abandonna le sujet. Tandis que Drew remplissait le lave-vaisselle et mettait la cafetière en marche, elle passa mentalement en revue les démarches qu'elle entreprendrait si elle était en mission.

Localiser le portable de Natalie, pirater sa boîte de réception et vérifier avec qui elle discutait, jeter un coup d'œil à son compte bancaire pour s'assurer qu'il n'avait pas été vidé, faire le tour de ses comptes sur les réseaux sociaux afin de voir à quel point elle s'exposait sur Internet. Si elle s'était inscrite sur Chamade sous son vrai nom et avait fourni une photo ressemblante, ce serait un jeu d'enfant pour un harceleur de récolter des renseignements personnels ailleurs sans lui poser une seule question indiscrète. Le plus préoccupant, c'était que si l'intention de ce type était de lui voler son argent, il n'avait pas intérêt à la laisser en vie, au risque qu'elle l'identifie. Mais une femme n'en posséderait pas assez à elle seule pour le mettre à l'abri toute sa vie, alors il voudrait recommencer. Plusieurs fois. Tout cela signifiait qu'il ne ciblait que des femmes aisées et en manque d'amour.

Des femmes comme Natalie.

3

Le temps qu'Alexi remonte dans sa chambre, sa curiosité avait pris le dessus. Elle alluma son ordinateur dans la simple intention de voir ce qu'elle dénicherait sur Natalie en suivant son intuition. Elle avait ce que les vieux journalistes nomment le flair pour une histoire et, en ce moment, son nez la chatouillait comme si c'était la saison du rhume des foins.

Cela ne coûtait rien de fouiner un peu.

Le calme et le silence absolus qui régnaient à Lambourn – pas un bruit de circulation, aucune sirène ni le moindre tohu-bohu d'une ville sous stéroïdes – l'empêchaient cependant de se concentrer. Elle alluma la télévision et sélectionna une chaîne d'informations avant de baisser le son. Ce bruit de fond l'aida à se focaliser sur ce qui avait pu arriver à Natalie. Plus elle y réfléchissait, plus elle était convaincue que cette femme était en vie.

En admettant qu'elle ait été la cible d'un profiteur, celui-ci l'avait probablement emmenée dans un endroit exotique en prétendant la vouloir pour lui tout seul afin de la convaincre de se couper du monde extérieur. Il l'avait invitée à dîner en tête à tête ; lui avait offert son attention exclusive et l'avait couverte de tout ce qui existait de mieux.

Ce genre d'homme était toujours charismatique, comme le savait Alexi. Il choisissait soigneusement ses victimes, puis tirait parti de son charme et de son physique en misant sur leur besoin désespéré d'un homme à dorloter pour conclure l'affaire. Ayant gagné la confiance de Natalie, il avait ensuite dû être assez facile pour un type calé en informatique d'accéder à ses coordonnées bancaires sur Internet. Alexi ne perdait pas de vue le fait que les appareils électroniques de Natalie avaient tous disparu. Si l'homme ne se débarrassait pas d'elle, elle assumerait probablement les conséquences de sa naïveté et serait trop embarrassée pour le dénoncer.

— Bon, Cosmo, par où commencer ?

Le chat termina sa toilette, puis se roula en boule au milieu du lit et lui adressa un regard condescendant avant de fermer les yeux.

— Je te remercie pour ton aide.

Elle vérifia rapidement ses e-mails. Il y avait un long message de Patrick qu'elle décida de ne pas lire. Mais elle ne put pas s'en empêcher.

Il était désolé, il pouvait s'expliquer. Où était-elle ? Il l'aimait. Il avait seulement essayé de la protéger. Il lui avait fait une proposition qui était tout à fait dans ses cordes et serait plus satisfaisante financièrement que de travailler comme une esclave au *Sentinel.*

— Ouais, c'est ça, marmonna-t-elle en supprimant l'e-mail avec un petit pincement au cœur en se rappelant ce qu'ils partageaient autrefois.

Cheryl ignorait quelle photo Natalie avait utilisée sur le site de Chamade ; Alexi ne pouvait pas non plus accéder à cette information à moins de le pirater ou de s'y inscrire. Elle n'avait aucune intention d'opter pour la deuxième stratégie. Mais la première était une possibilité.

Il était facile de naviguer sur le site commercial de Natalie et il était très professionnel. On y voyait l'image agréable d'une belle femme âgée de la petite quarantaine. Elle avait les cheveux blonds coupés au carré et un franc sourire chaleureux. Un formulaire de contact était proposé aux personnes souhaitant des informations sur ses services. Quiconque savait se servir d'un ordinateur n'aurait aucun mal à trouver son adresse IP. Il était fort probable qu'elle soit reliée à son commerce, qui se trouvait au même endroit que sa maison.

— Oh, Natalie, grommela Alexi en secouant la tête.

Elle était présente sur Facebook, Twitter, LinkedIn et une demi-douzaine d'autres réseaux sociaux. Sur Facebook, ses publications au ton familier en révélaient suffisamment sur ses activités quotidiennes pour fournir à un harceleur un bon aperçu de ses centres d'intérêt. Elle aimait les chevaux, ce qui n'était pas vraiment surprenant, compte tenu de l'endroit où elle habitait. Elle songeait à investir en devenant copropriétaire d'un cheval de course, une information inédite pour Alexi qui grogna de manière audible. Plutôt facile, pour un potentiel admirateur, de feindre un intérêt similaire, ainsi qu'une passion pour la randonnée, les fleurs et la photographie.

Le temps qu'elle termine sa première incursion dans la vie de Natalie Parker, Alexi se sentit aussi inquiète que Cheryl. Ses yeux commençaient à se fermer, ce qui la surprit, car elle était habituellement plus efficace au travail la nuit. Elle supposa que la surdose d'air propre faisait dérailler ses méninges habituées à des doses malsaines de monoxyde de carbone et de tabagisme passif. Elle avait également subi un véritable bouleversement physique et émotionnel, et puis le repas avait été copieux et beaucoup trop arrosé.

Elle esquissa un sourire en coin.

— Regardons les choses en face, Cosmo. Je ne tiens plus aussi bien l'alcool qu'avant.

Elle fit rapidement sa toilette, enfila un débardeur et un boxer, puis se glissa entre les draps en coton d'un blanc immaculé. Cosmo grimpa sur les oreillers et se lova autour de sa tête tel un bonnet de nuit en fourrure en ronronnant comme un moteur.

— Tais-toi, chaton, murmura-t-elle avant de s'endormir presque instantanément.

*

Elle fut réveillée à une heure indue par une bruyante armée en marche : probablement les garçons d'écurie partant travailler. Comme elle se sentait remarquablement reposée, elle repoussa les couvertures et s'étira longuement. Après une douche rapide, elle enfila son vieux jean préféré et un sweat-shirt. Cosmo ne daigna bouger que lorsqu'elle glissa ses pieds dans ses chaussures. À en juger par les gémissements pathétiques qui traversaient la porte, Toby attendait son nouveau copain avec impatience.

— Allez, Cosmo. Je crois sentir du bacon en train de frire.

Au moment où elle ouvrit la porte, Toby entra en bondissant, la queue frétillante, et sautilla autour de Cosmo avec un plaisir non dissimulé. Le chat lui donna un tendre coup de tête et tous deux partirent devant dans l'escalier.

Drew se détourna de la cuisinière sur laquelle il faisait frire le bacon qui l'avait attirée dans la cuisine.

— Bonjour. Bien dormi ?

— Comme un loir. Je ne fais jamais des nuits pareilles à Londres.

Il fronça le nez.

— Sacrée capitale qui ne dort jamais.

— En fait, il règne un tel silence ici que j'ai eu peur d'avoir une insomnie.

— Installe-toi. Le petit déjeuner sera bientôt prêt.

Alexi ouvrit le placard où elle avait rangé la nourriture de Cosmo et en sortit un paquet. Il serpenta autour de ses jambes tandis qu'elle posait sa gamelle sur le sol.

— Où est Cheryl ?

— Elle se lève. Au début de sa grossesse, je devais presque l'attacher pour qu'elle se repose…

Alexi leva les mains pour l'interrompre.

— Je n'ai aucune envie d'en savoir plus.

Il rit.

— Elle se montre enfin plus raisonnable. Bon, est-ce que tu as réfléchi un peu au sujet de Natalie ? Je préférerais que tu m'en parles en premier, surtout si les nouvelles sont mauvaises.

Elle lui raconta ses recherches sur Internet.

— Ce n'était qu'une courte enquête et j'ai appris des tonnes de choses sur sa vie.

Elle fronça les sourcils.

— Voilà pourquoi cette ère des réseaux sociaux est dangereuse. Pourquoi a-t-elle éprouvé le besoin de faire savoir au monde entier qu'elle songeait à devenir copropriétaire d'un cheval de course ? Cela sous-entend qu'elle a de l'argent, et le risque est d'attirer toutes sortes de personnes malintentionnées.

Il posa sa spatule et la dévisagea avec intérêt.

— Tu penses qu'elle s'est fait appâter ?

— C'est une possibilité, mais ne tirons pas de conclusions hâtives. J'aimerais bien jeter un coup d'œil chez elle plus tard, histoire de me faire une impression plus précise. Ensuite, nous déciderons de la meilleure façon d'agir.

— Qu'est-ce qu'on peut faire ? C'est vrai, la police ne veut rien savoir. Et je suppose que l'agence de rencontres ne nous révélera aucune information…

— Je pourrais parcourir ses e-mails. Voir avec qui elle discutait.

— Tu saurais pirater son compte ?

— Ça fait partie de mon métier.

Elle rit devant son expression horrifiée.

— Un jour, j'ai écrit un article sur la sécurité informatique et un pirate expert m'a enseigné les rudiments de son mode opératoire, juste pour me prouver combien c'était facile. Enfin, ne mettons pas la charrue avant les bœufs. Contrairement à ce que tu penses, je n'ai pas pris l'habitude de violer la vie privée des gens sur Internet sous prétexte que je sais le faire. C'est seulement un dernier recours.

Enfin, d'habitude.

— Désolé, mais nous ne pourrons pas t'accompagner.

Il posa son petit déjeuner devant Alexi et elle commença à manger.

— Nous avons un déjeuner pour vingt personnes dimanche et nous devons être présents pour parler aux clients. Je crois qu'ils sont un peu éblouis par Marcel et ils insistent pour le rencontrer, même si je ne vois pas du tout pourquoi.

— Marcel ?

— Notre chef cuisinier. J'espère vraiment qu'il saura se tenir. C'est impossible à prévoir. Il ressemble un peu à ton chat. Quand il n'apprécie pas quelqu'un, il peut se montrer incroyablement grossier.

Elle leva les yeux au ciel.

— Ah, je vois ce que tu veux dire. Merci. Comme tu peux le voir, je me suis régalée avec ton petit déjeuner.

Elle désigna son assiette vide d'un mouvement de tête.

— Je ne vais pas te déranger plus longtemps. Donne-moi donc l'adresse et les clés de Natalie, je me débrouillerai.

*

L'état des jardins devant et sur le côté du Sundial Cottage en disait long sur leur propriétaire. Ils éclataient de couleurs méthodiquement réparties. De toute évidence, quelle que soit la personne qui habitait ici, elle avait la main verte et un véritable talent pour l'horticulture. Jack reconnut les fleurs habituelles de la saison – jonquilles, tulipes, primevères –, mais ses connaissances s'arrêtaient là. Une masse de feuilles colorées grimpait sur un mur, tandis qu'un carré de fleurs blanches poussait dans le parterre en dessous. Un cadran solaire ancien était posé au centre d'une pelouse bien entretenue. Les rideaux étant à moitié fermés, il devina avant de frapper qu'il n'y avait personne.

C'est le moment de fureter.

Il regarda à travers la fenêtre du salon et ne vit rien de suspect. Aucun signe de bagarre ou de départ précipité ; tout était propre et bien rangé, ce qui ne lui apprenait absolument rien. Il allait devoir entrer et jeter un coup d'œil de plus près au cottage. Poussant un soupir, il fit le tour du bâtiment par la gauche et chercha une entrée plus discrète que la grande porte. C'était une ruelle silencieuse où peu de voitures circulaient et il n'y avait aucun proche voisin, mais mieux valait tout de même être prudent.

Une Mini Cooper bleu marine relativement neuve au toit rose criard était garée sur le côté du cottage. Elle n'était pas visible depuis la ruelle. Préoccupé par l'identité du propriétaire, il faillit ne pas remarquer l'énorme boule de poils noirs qui se jeta sur lui depuis les branches d'un arbre tel un missile télécommandé.

— Holà !

Il leva instinctivement les bras pour se protéger. Le missile atterrit à ses pieds en feulant comme s'il avait une dent contre lui. C'était un chat au poil soyeux. Le matou le plus gros et le plus furieux qu'il ait jamais vu. Manifestement perché sur une branche à son arrivée, il semblait maintenant hésiter à l'attaquer.

— Salut, minou.

Il tendit une main et le félin renifla ses doigts. Jack se demanda d'où pouvait bien venir une créature aussi étrange.

Au lieu de l'attaquer, le matou frotta finalement sa grosse tête contre son jean.

— Content que nous soyons réconciliés, dit Jack en se penchant pour gratter ses oreilles aplaties. À qui appartiens-tu, mon gros ?

— Mais qui êtes-vous ?

Une femme tourna au coin de la maison en brandissant un râteau. À en juger par son regard hostile, elle s'apprêtait à prendre la relève maintenant que le chat était calmé.

— Madame Parker ? demanda-t-il, terriblement soulagé que la femme soit chez elle, vivante et en bonne santé, même si son intrusion semblait la rendre légèrement agressive.

— Répondez d'abord.

— Jack Maddox.

Il enfonça la main dans sa poche, puis sortit une carte de visite de son portefeuille. Elle tendit le bras et la prit d'une main en gardant l'autre serrée sur le manche du râteau.

— Je suis détective privé.

— Détective ? Sur quoi enquêtez-vous ?

— Nous avons reçu un signalement selon lequel un type avec qui vous sortiez vous causait peut-être des difficultés.

— Qui a fait ce signalement ?

Il leva les mains.

— Eh, inutile d'être sur la défensive. Je suis dans votre camp.

Comme elle le regardait avec une méfiance non dissimulée, Jack s'aperçut qu'il avait probablement tiré la mauvaise conclusion. La photo de Natalie Parker qu'on lui avait donnée montrait une femme aux yeux gris clair âgée d'au moins dix ans de plus et portant un carré blond. Celle-ci était plus grande ; au moins un mètre soixante-quinze et pas un kilo en trop. Son jean moulant mettait en valeur ses jolies jambes fines. Une cascade de cheveux noirs lui tombait sur les épaules. Elle avait de hautes pommettes, un petit nez mutin, une large bouche pulpeuse et d'immenses yeux d'un gris vert saisissant. Des yeux qui restèrent fixés sur lui avec suspicion tandis qu'il la détaillait. En fait, elle lui rappelait quelqu'un. Il l'avait vue quelque part, mais ne parvenait pas à la remettre.

— Vous n'êtes pas Natalie Parker, je me trompe ?

Sans répondre, elle sortit un iPhone de sa poche, appuya le râteau contre le mur à portée de main et commença à tapoter sur l'écran. Il supposa qu'elle vérifiait son identité. Intelligente en plus.

— Fenton-Maddox Investigations à Newbury, murmura-t-elle.

— C'est moi.

— Je sais. Je suis sur votre site.

Elle leva les yeux vers lui, puis les baissa de nouveau vers son portable.

— Vous ressemblez à la photo, vous avez juste les cheveux plus longs.

Ne sachant pas quoi répondre, il haussa les épaules. Ce silence joua en sa faveur. Elle parut décider qu'il n'était pas un assassin et lui tendit la main.

— Alexi Ellis. Des amis de Natalie s'inquiètent pour elle. Ils m'ont envoyée jeter un coup d'œil dans son cottage.

— La journaliste, dit-il lentement. Votre visage me disait bien quelque chose. J'ai vu votre portrait suffisamment de fois au-dessus de votre nom.

— Exact.

Elle parut sur le point d'ajouter quelque chose, mais referma la bouche.

— Je suppose que vous avez la clé du cottage.

Elle hocha la tête.

— Pour qui travaillez-vous ?

Alexi Ellis pourrait bien être le coup de chance qu'il espérait pour son enquête. Elle était journaliste, probablement sur la piste d'un article, mais il se demanda s'il pouvait lui faire confiance. Enfin, s'il ne lui révélait rien, il n'obtiendrait probablement aucun renseignement.

— L'agence de rencontres Chamade.

Le visage d'Alexi s'éclaira.

— Ah, ces gens prennent donc bien l'affaire au sérieux. Est-ce qu'il y a eu d'autres problèmes ?

Il secoua la tête.

— Vous savez bien que je ne peux rien dire.

Elle lui lança un sourire insolent.

— Vous ne pouvez pas me reprocher d'essayer.

— Qu'est-ce que vous avez découvert à l'intérieur ?

Elle haussa les épaules.

— Rien du tout. Mais je suppose que vous ne me croirez pas sur parole, alors autant que vous alliez vérifier de vos propres yeux.

Il entra derrière elle dans le cottage propre où régnait une odeur de renfermé. De toute évidence, il n'avait pas été aéré depuis un moment. Il se composait d'un petit salon, d'une cuisine-salle à manger et de deux chambres à l'étage. Des rangées de livres s'alignaient le long des murs, principalement sur les fleurs, la photographie et les chevaux. Tout semblait à sa place.

— Son ordinateur portable et son téléphone sont les seuls objets qui manquent. Je crois qu'elle avait un iPad, mais il est également introuvable.

— Quand vos amis l'ont-ils vue pour la dernière fois ?

— Il y a quatre jours. Dites-moi, avec qui sortait-elle ? Allez, Jack.

— Vérifions d'abord le reste de la maison.

Il essayait de gagner du temps.

— Quel est ce bâtiment à l'arrière ?

— J'allais justement le vérifier lorsque Cosmo vous a repéré.

Il haussa un sourcil.

— Cosmo ? Mignon.

Cette fois, le sourire d'Alexi fut sincère.

— J'ai entendu beaucoup d'adjectifs pour décrire ce chat, mais mignon, c'est sans aucun doute la première fois.

— Il m'aime bien.

Pour le prouver, Jack se pencha pour le gratter à nouveau derrière les oreilles.

— Vous l'emmenez toujours sur le terrain ?

Elle sourit.

— Regardons les choses en face, il est plutôt efficace. Vous avez eu une peur bleue, pas vrai ?

— Les félins volants au mauvais caractère sont une nouveauté pour moi. Dire que je pensais que plus rien ne pouvait me surprendre…

— Vous n'êtes pas le premier à me le faire remarquer.

Cosmo passa entre eux en trottinant en direction de la dépendance.

Jack eut un petit rire.

— Je vous crois sur parole.

Alexi chercha la clé du trousseau qui rentrait dans la serrure.

— Ce doit être son lieu de travail, constata-t-elle tandis qu'ils pénétraient dans le local.

Une longue surface était couverte de vases, de rubans, de fils de fer et d'autres objets que Jack ne reconnut pas, le tout bien rangé sous une grande fenêtre. Dans un coin, il y avait un bureau sur lequel était posé un téléphone dont un voyant clignotait. Alexi l'aperçut avant lui et appuya sur la touche Play.

Le premier message avait été laissé par une certaine Cheryl.

— Votre amie ?

Alexi hocha la tête. Le deuxième était également de Cheryl, suivi de plusieurs demandes de renseignements commerciaux, puis la voix de Cheryl résonna à nouveau, l'air plus inquiet. Ensuite, ils entendirent une voix affolée.

« Madame Parker, je vous attendais ce matin avec la couronne mortuaire de mon mari. Comment avez-vous pu me laisser tomber à un moment pareil ? Je suis extrêmement déçue. »

Tous deux échangèrent un regard.

— D'après mon amie, il ne lui arrivait jamais de ne pas honorer une commande. Je n'étais pas totalement convaincue qu'il lui était arrivé quelque chose, mais à présent, j'ai un doute.

Alexi fixa sur Jack un regard accusateur.

— C'est ce que doivent craindre vos clients. Autrement, ils n'auraient pas fait appel à vous.

— Rappelons cette dame et voyons ce qu'elle a à raconter. Ensuite, nous en discuterons.

4

Alexi laissa un message à Mme Dixon, la cliente mécontente de Natalie, puis elle se tourna vers Jack en se demandant s'il avait une idée de ce qu'ils devaient faire ensuite. Il se tenait plus près qu'elle l'aurait pensé et la regardait réfléchir. Mais qu'est-ce qu'il lui prenait ? S'imaginait-il que Mme Dixon savait où se trouvait Natalie et qu'Alexi garderait l'information pour elle ? Elle détestait cette posture de mâle viril, si commune dans son domaine professionnel. Elle eut envie de lui rappeler qu'elle n'aurait pas survécu cinq minutes dans le monde majoritairement masculin du journalisme si elle n'avait pas su battre les garçons à leur propre jeu.

Elle ne savait pas très bien quoi penser de sa présence ici et encore moins si elle devait lui faire confiance. Travailler seule et protéger ses sources était une seconde nature, mais elle se rappela que cette fois, elle n'avait pas à craindre de se faire voler un scoop. La situation était plus grave que cela. La vie de Natalie était sans doute en jeu.

Une partie d'elle était soulagée que l'agence de rencontres prenne l'affaire au sérieux. Deux cerveaux valaient mieux qu'un, d'autant plus si Jack avait accès à la base de données du site. Elle sentait qu'il ne lui faisait pas totalement confiance non plus. Si la suite de l'enquête mettait son employeur sur la sellette, Jack brandirait presque certainement l'argument de la confidentialité à l'égard de sa clientèle et essaierait de la maintenir dans l'ignorance. *Si tu crois que je vais me laisser faire, mon gars !*

Mesurant pas loin d'un mètre quatre-vingt-dix, Jack Maddox était beaucoup trop agréable à regarder, ce qu'il savait forcément. Elle en avait peut-être fini avec les hommes, mais elle n'était pas aveugle. Elle était aussi sensible à sa beauté sauvage que n'importe quelle femme. Cependant, elle était capable de ne pas laisser son physique influencer son jugement.

Normalement.

D'épaisses boucles foncées tombaient sur ses yeux chocolat intelligents. Un léger chaume couvrait sa mâchoire forte et carrée. Il avait le front haut et des traits qui n'avaient aucun droit d'être aussi symétriques. Comme si cela ne suffisait pas, Cosmo paraissait bien l'aimer. Il ne manquerait plus que son chat devienne sociable. Elle se dit que son métabolisme était probablement bouleversé par cet air frais de la campagne, comme le sien. Tous deux retrouveraient leur état normal une fois rentrés à Londres.

Si jamais ils rentraient.

Mince, depuis quand n'était-ce plus certain ? Elle n'avait pas beaucoup réfléchi à son avenir, mais supposait qu'elle finirait par se remettre au journalisme à Londres, là où tout se passait. *Dans ce cas, pourquoi as-tu loué ton appartement ?*

— Bon, sortons d'ici, dit-elle. Vous avez quelques explications à me donner.

— Le café Lambourn dans High Street. Vous connaissez ?

— Je le trouverai.

— D'accord, rejoignez-moi là-bas.

Elle le regarda grimper dans sa BMW pas vraiment neuve, puis s'éloigner. Cosmo et elle fermèrent soigneusement les portes de la maison à clé et montèrent tranquillement dans la Mini tandis qu'elle réfléchissait aux derniers événements. Une partie d'elle serait bien allée trouver la police sur-le-champ pour exiger qu'elle agisse. Mais Alexi devait d'abord découvrir ce que Jack savait et établir pourquoi Chamade lui avait confié cette enquête. De plus, elle avait une longueur d'avance sur lui. Avant qu'il arrive, elle avait passé les affaires de Natalie en revue et trouvé les relevés de deux comptes bancaires cachés sous une pile de pulls dans son dressing. Cachés par accident ou intentionnellement ? L'un des comptes était personnel, l'autre, lié à son commerce. Tous deux affichaient un solde positif à l'époque où elle les avait reçus. Les documents étant assez anciens, elle était probablement passée aux relevés numériques par la suite. Alexi savait au moins quelle était sa banque à présent.

Elle avait également trouvé des dossiers contenant des factures, la paperasse habituelle, dans les tiroirs d'un petit bureau du salon, mais rien d'autre concernant ses finances. *Bizarre*, pensa-t-elle. Encore plus bizarre qu'elle n'ait rien découvert de personnel au cours de ses brèves recherches interrompues par Jack. Aucun acte de naissance, ni dossier de divorce, correspondance ancienne ou photographie… Rien, *nada*, que dalle. Cette femme n'avait aucun passé affectif.

Elle roula lentement vers Lambourn en pensant que Jack était un piètre détective s'il n'avait pas songé à chercher les dossiers financiers de Natalie pendant qu'il était au cottage. À moins que ce soit une stratégie et qu'il revienne seul plus tard.

— C'est ce qu'on verra, Cosmo.

Elle retira une main du volant et caressa la tête de son chat.

— Ne t'attache pas trop à ton nouveau copain. Il est peut-être bel homme, mais il ne s'attardera sans doute pas dans le coin. En attendant, nous devons nous montrer gentils et découvrir dans quel camp il est.

Cosmo pencha la tête sur le côté et posa un regard sceptique sur elle.

— Ouais, c'est ce que je me disais aussi.

Le café ne fut pas difficile à trouver. Elle gara sa voiture à côté de celle de Jack, puis entrouvrit une vitre et ordonna à Cosmo de ne pas bouger. Il la regarda en clignant des yeux et s'endormit.

Jack l'attendait derrière la porte du café.

— Qu'est-ce que vous prenez ?

— Un *latte* allégé, s'il vous plaît, et… euh, est-ce que ces muffins à la myrtille sont frais ?

— De ce matin, répondit une femme ronde derrière le comptoir.

— Alors je vais en prendre un, s'il vous plaît.

Jack rit d'un air supérieur en commandant un simple café noir. *Les hommes !* Alexi refusa de se sentir coupable de manger un muffin juste après son solide petit déjeuner. Elle était en vacances, après tout. En quelque sorte.

— Bon, Maddox, je vous écoute, dit-elle une fois qu'ils furent installés à une table dans un coin tranquille. Depuis combien de temps êtes-vous sur cette affaire et qu'avez-vous découvert ?

— Pour que vous puissiez l'écrire dans votre journal ?

Il secoua la tête d'un air agacé.

— N'y pensez même pas.

— Cela n'a rien à voir avec mon travail. Je rends service à des amis.

— Dans votre domaine professionnel, on ne sait pas faire la différence.

Elle le jaugea.

— Vous n'avez pas une très haute opinion de moi.

— Pas de vous en particulier, mais de ce que vous faites pour gagner votre croûte. Ne le prenez pas personnellement.

Agacée, elle se mit à mélanger vigoureusement son *latte* même si elle ne l'avait pas sucré. Ayant perdu l'appétit, elle picora distraitement son muffin.

— Oh, mais je ne l'ai pas pris contre moi. Je peux savoir ce que vous ont fait les journalistes pour que vous ayez une dent contre eux ?

Il resta silencieux si longtemps qu'elle crut qu'il n'avait pas l'intention de lui répondre. Elle l'observa à la dérobée, essayant de cerner l'homme qui se cachait derrière ce physique de star du cinéma. Elle se considérait comme une fine psychologue et pensait qu'elle commettrait une erreur en s'arrêtant à ce package séduisant.

Il finit par rompre ce silence gênant.

— J'imagine que vous vous renseignerez convenablement sur moi dès que vous en aurez la possibilité.

Elle hocha la tête.

— Vous pouvez compter là-dessus.

— Dans ce cas, vous découvrirez assez vite qui je suis, alors autant que vous l'appreniez de ma bouche.

Il marqua une pause et un air lointain modifia ses traits. Quoi qu'il s'apprête à lui raconter, elle sentit que ce n'était pas un sujet facile à aborder.

— J'étais encore inspecteur de police il y a quelques années. La presse a mené une chasse aux sorcières quand un trafiquant de drogue que nous avions arrêté nous a accusés de violences policières.

Il soupira.

— On pourrait croire que ce genre de plainte n'intéresse plus grand monde de nos jours, mais je suppose que les journalistes n'avaient rien à se mettre sous la dent ce jour-là. Bref, je suis devenu le bouc émissaire.

— Je crois que je m'en souviens. Les tabloïds ont monté l'affaire en épingle parce que ce jeune avait un avocat militant qui avait décidé de faire l'intéressant.

Elle inclina la tête sur le côté en continuant à l'observer et prit une voix plus douce.

— Si cela peut vous consoler, ceux d'entre nous qui rapportent les faits avec objectivité au lieu de tomber dans le populisme ou le sensationnalisme pensaient que vous vous étiez fait avoir.

— Ouais, enfin, on m'a encouragé à sauter avant qu'un autre me pousse. Ils n'ont pas eu beaucoup à insister, cela dit. J'en avais assez. Toutes ces règles, ces objectifs impossibles à atteindre, cette paperasse sans fin, et ces conneries qui nous empêchaient de faire le boulot pour lequel la plupart d'entre nous avaient signé : veiller à la sécurité dans les rues pour le bien de monsieur tout le monde.

Il haussa les épaules avec une désinvolture que démentait la crispation de ses traits.

— Ça me dépasse qu'on puisse vouloir devenir flic aujourd'hui alors que les méchants ont toutes les chances de gagner.

— Comment êtes-vous devenu détective privé ?

Elle mordit dans son muffin et ferma les yeux en gémissant de plaisir sous l'effet de son délicieux goût sucré. Lorsqu'elle les rouvrit, elle vit qu'il la regardait attentivement. Elle secoua la tête, déterminée à ne pas se laisser séduire. Elle ne savait toujours pas exactement pourquoi il s'intéressait à Natalie.

— C'était une reconversion qui me semblait logique. J'avais un copain…

— M. Fenton ?

— Rien ne vous échappe.

Il lui lança un sourire ravageur auquel elle trouva difficile de rester insensible.

— Enfin, Mme Fenton. Cassie Fenton.

— Votre moitié ?

Il émit un petit rire.

— Pas exactement.

Il s'accouda à la table et approcha son visage du sien.

— À vous maintenant. Que fait donc une journaliste de haut vol dans le coin ?

Elle ouvrit la bouche pour lui répondre que cela ne le regardait absolument pas. Mais cinq minutes plus tard, il était au courant de tout. Du fait qu'elle avait été roulée par l'entreprise qui l'employait depuis qu'elle avait quitté l'université. Qu'elle avait péniblement grimpé les échelons glissants de la hiérarchie en travaillant deux fois plus dur que ses homologues masculins pour faire ses preuves, au sacrifice de sa vie personnelle, et tout cela pour rester sur le carreau. Il savait écouter et ne l'interrompit pas.

— Je ne vois pas pourquoi je vous raconte toutes ces choses, dit-elle d'un air penaud, les yeux fixés sur ses mains.

— Les gens passent leur temps à me raconter leur vie.

Elle secoua la tête.

— Ce n'est pas très surprenant.

— Apparemment, nous étions devenus trop compétents pour les structures qui nous avaient permis de nous lancer. Qu'allez-vous faire maintenant ?

Ce fut au tour d'Alexi de hausser les épaules.

— Rester ici un moment et panser mes blessures. Me lamenter sur mon sort.

— Et essayer de retrouver Natalie Parker ?

— J'ai bien peur de ne pas pouvoir m'en empêcher.

Elle but une gorgée de son café qui refroidissait rapidement.

— Pourquoi avez-vous été appelé à l'aide par Chamade ?

— L'agence a reçu une visite de la police locale, elle s'est mise à craindre pour sa réputation…

— Les flics ont donc décidé d'agir après le signalement de Drew. Cheryl et lui vont être soulagés.

— J'en doute. Elle fera le minimum, histoire de se couvrir.

— Eh bien, je suppose que vous savez de quoi vous parlez.

Agacée par son pessimisme, elle lui lança un regard noir, même si sa remarque ne la surprit pas vraiment.

— L'agence n'avait probablement rien à révéler à la police qui éveille ses soupçons.

— Non.

— Mais si elle a fait appel à vous, c'est bien qu'elle s'inquiète.

Alexi marqua une pause le temps de réfléchir.

— Je suppose que la police n'est pas la seule à se couvrir. S'il est vraiment arrivé quelque chose à Natalie, l'agence aura l'air de ne pas avoir voulu coopérer et de peu se soucier du bien-être de ses membres.

Elle leva les yeux au ciel.

— Ces gens sont tellement prévisibles. Avec ce genre d'attitude, ils méritent vraiment d'être crucifiés par la presse.

— Pas cette entreprise-là, répondit-il d'un ton sec.

— Oui, évidemment, vous les défendez. Ils paient vos honoraires exorbitants.

— Figurez-vous que non. Je travaille sur cette affaire à titre gratuit.

— Tiens donc, et pourquoi ? Ne me dites pas que vous avez du mal à faire des rencontres.

Il s'adossa à sa chaise et fixa sur elle un regard pénétrant.

— L'agence appartient à ma sœur, Katie.

— Oh.

Elle resta silencieuse un instant et ses joues rosirent.

— Je suppose que cela fait une grosse différence. Désolée si mes remarques étaient déplacées.

— Pas besoin de vous excuser, et en effet, cela rend cette enquête différente.

*

Jack ne comprenait pas pourquoi il lui avait parlé de Katie. Il ne faisait pas totalement confiance à Alexi. Logique ! Elle était journaliste, et ses confrères l'avaient traîné devant le tribunal de l'opinion publique, puis déclaré coupable sans une once de preuve pour justifier leur hystérie. Non, il ne lui faisait pas confiance, mais l'homme en lui aimait bien ce qu'il voyait.

Dans la mesure où chacun avait ses raisons de vouloir retrouver Natalie, ils se trouvaient réunis par un but commun. Si Alexi allait raconter cette affaire dans les journaux une fois qu'elle serait close, il s'assurerait que la réputation de l'entreprise de Katie en sorte intacte. Il lui devait bien cela, et même tellement plus.

— Est-ce que votre sœur soupçonne un des hommes que fréquentait Natalie ?

Elle s'avança sur sa chaise et le regarda intensément.

— Non.

— Vous avez sans doute la liste des membres avec qui elle discutait en ligne, ou avec qui elle est sortie. Vous avez dû vous renseigner sur eux.

— Eh, lâchez-moi un peu.

Il écarta les mains.

— C'est mon premier jour sur cette affaire. Katie m'a appelé hier soir pour me rapporter les accusations plutôt agressives de votre ami Drew et la visite de la flicaille locale. J'ai accepté de venir ici aujourd'hui et de jeter un coup d'œil moi-même au cottage.

— Ah, d'accord.

— Katie a créé son agence à partir de rien il y a cinq ans. Elle y a investi tout ce qu'elle possédait en allant jusqu'à réhypothéquer sa maison. À présent, elle est entre le marteau et l'enclume. S'il apparaît au grand jour qu'elle a inutilement révélé des informations confidentielles, elle est finie. Si elle ne fait rien alors qu'il est arrivé quelque chose à Natalie à cause d'un de ses clients, elle pourra également dire adieu à son entreprise. Elle a une assurance responsabilité civile, mais perdra tout de même en crédibilité.

Il changea de position et soupira.

— Elle est sacrément inquiète. Elle souhaite faire ce qu'il faut, mais…

— Le site est-il uniquement destiné aux habitants du Berkshire ?

— C'est là tout son intérêt. D'après Katie, les gens sont trop occupés de nos jours pour se rencontrer de manière traditionnelle, alors ils vont sur Internet et se rapprochent grâce à leurs intérêts communs. Ma sœur vit dans le coin. C'est une région de courses hippiques, alors…

Se retenant d'énoncer une évidence, il écarta les mains.

— Est-ce qu'il vous arrive de craindre que les ordinateurs prennent le contrôle de nos vies ? demanda-t-elle pensivement. Quand j'étais enfant, on jouait dehors, on grimpait aux arbres, on tombait de vélo et, ne parlez pas de malheur, on allait même à l'école à pied. On prenait l'air, on faisait de l'exercice. On interagissait personnellement avec nos semblables !

Elle lui lança un sourire triste.

— Je parle comme une vieille chouette, mais vous me suivez ?

— Je suis bien d'accord avec vous, mamie, mais les temps changent.

— Pas toujours en bien.

— Vous avez juste l'intention de refaire le monde ou vous êtes prête à vous concentrer sur la recherche de Natalie ?

L'expression blessée d'Alexi lui fit regretter de paraître aussi impatient. Ils discutaient comme deux personnes normales, appréciant presque la compagnie l'un de l'autre, mais voilà qu'elle se hérissait à nouveau.

— Désolé.

Elle lui lança un regard.

— Vous avez raison. Il n'y a que Natalie qui compte.

— Exact. Eh bien, comme je le disais, les personnes occupées par leur travail souhaitent faire connaissance avec d'autres qui partagent leurs goûts, et elles n'ont pas envie de traverser le pays pour les rencontrer. Par conséquent, Katie s'est dit qu'une agence locale serait un bon concept. Elle est également tout à fait consciente des dangers. L'Association des sites de rencontres…

— La quoi ?

Il lâcha un petit rire et résista à l'envie de décocher la raillerie qui jaillit dans son esprit à propos du manque de sérieux de ses recherches.

— Cette association a un code de conduite, auquel elle adhère en faisant de son mieux pour protéger l'intérêt de ses clients. Elle a acquis une bonne réputation, c'est pourquoi elle n'a vraiment pas besoin d'un scandale.

— Je comprends, mais…

La voix de Jack coupa court à son objection.

— Mettez-vous à la place de ses clients. Vous êtes un homme ordinaire, peut-être embarrassé de devoir vous résoudre à vous inscrire sur un site pour décrocher un rencard. Mais vous y rencontrez des personnes sympas, normales, cette idée ne vous met plus mal à l'aise, et soudain, des gens comme nous débarquent en vous accusant de choses que vous n'avez probablement pas faites. Si ses clients la poursuivaient, Katie perdrait tout ce pour quoi elle a travaillé.

— Ils ne sauront pas que nous nous renseignons sur eux, à moins que quelque chose éveille leurs soupçons. Sur ce plan-là, Internet joue en notre faveur.

— Katie le sait, c'est pourquoi elle m'a appelé. Elle s'inquiète parce qu'elle n'a pas réussi à joindre Natalie, elle non plus. Elle avait rendez-vous avec un homme, mais celui-ci a contacté l'agence en se plaignant qu'elle n'était pas venue.

— Quand devait avoir lieu ce rendez-vous ?

— Hier, à l'heure du déjeuner.

— Vous êtes proche de votre sœur, n'est-ce pas ? demanda-t-elle après un court silence.

— Elle m'a sauvé de l'autodestruction quand j'ai quitté la police. Cet épisode m'a coûté mon mariage, et j'ai perdu toute estime de moi. J'ai sombré quelque temps, je ne voyais plus le monde qu'à travers le fond d'une bouteille. Katie a fini par intervenir en me donnant un coup de pied au derrière bien mérité. Ensuite, j'ai eu des nouvelles de Cassie qui développait ses activités et avait besoin d'un associé qui injecterait des fonds. C'était il y a un an.

— Je peux vous comprendre parce que je traverse moi-même cette phase de flou total en ce moment.

— Ne laissez pas ces salauds vous broyer.

Il lui sourit.

— Enfin, c'est facile à dire maintenant que je suis sorti gagnant de cette profonde dépression.

— Vous avez des enfants ?

— Pardon ?

— Vous avez dit que vous étiez marié. Je me demandais si vous étiez papa.

— Notre mariage n'a pas survécu à l'épreuve du temps, alors non, pas d'enfants.

Il regarda au loin en s'émerveillant de la capacité d'Alexi à le faire parler de lui.

— Grace et moi n'avons jamais vraiment été faits l'un pour l'autre. Elle détestait être la femme d'un flic, je savais qu'elle était mécontente de mon choix de carrière avant qu'on se marie. Ce qui aurait dû me mettre la puce à l'oreille. En tout cas, on est bons amis aujourd'hui. Elle s'est trouvé un autre mec et je lui souhaite d'être heureuse.

— Je suis mal placée pour parler de bonheur conjugal. Vous pouvez demander à Cosmo.

Il lui sourit, devinant qu'elle pensait au type du journal dont elle avait prononcé le nom plusieurs fois. Il perçut son besoin de changer de sujet et cela lui convint parfaitement, car la discussion devenait trop personnelle.

— Racontez-moi ce que vous savez sur Natalie, dit-il.

— La plupart des informations dont je dispose proviennent de ce que j'ai glané sur Internet hier soir. Le reste, je l'ai appris par Cheryl et Drew. En gros, Natalie est une entrepreneuse qui a réussi, elle n'a aucune relation proche et a déclaré en ligne, sans la moindre prudence, qu'elle songeait à devenir copropriétaire d'un cheval de course.

Il tressaillit.

— Oui, j'ai eu la même réaction que vous. J'ai l'impression qu'elle est en manque d'affection et désire vraiment être en couple.

— La proie idéale des types louches.

Alexi prit un air grave.

— Nous sommes certains, vous et moi, qu'il lui est arrivé quelque chose, n'est-ce pas ?

Il hocha la tête.

— J'en ai bien l'impression, mais il va falloir que nous approfondissions nos recherches pour le prouver.

— Sur les hommes qu'elle a rencontrés ?

— Je vous tiendrai au courant de ce que je découvre.

— Ah, non ! Nous sommes dans le même bateau maintenant. Vous voulez retrouver Natalie pour sauver l'entreprise de votre sœur, et moi, je veux la retrouver pour rassurer mes amis.

Elle fixa sur lui un regard hostile.

— Comment pourrions-nous être rivaux ? Oh, je vois. Vous croyez que je vais écrire un article sur cette affaire et le vendre aux concurrents du *Sentinel* parce que je suis du genre rancunière et que je cherche à jouer au plus fin avec mes anciens employeurs.

— C'est le cas ?

— Je pourrais le faire d'une autre façon.

Elle se pencha en avant, les bras croisés sur la table, son regard hostile rempli de détermination.

— L'idée d'avoir un associé ne m'enchante pas plus que vous, mais je compte bien en découvrir suffisamment sur Natalie pour que la police s'active enfin, avec ou sans votre aide. Il me paraît simplement stupide d'enquêter sur le même terrain. Je n'écrirai pas un seul mot jusqu'à ce que nous l'ayons retrouvée, vous pouvez me croire sur parole, et peut-être même pas plus tard.

Elle tendit la main.

— Marché conclu ?

Il céda. Ses arguments étaient pertinents. En plus, elle avait l'esprit vif et se montrerait certainement plus utile que gênante. Il saisit fermement sa main.

— Marché conclu. Et dans le cadre de ce partenariat transparent, je crois que la première chose à faire est de jeter un coup d'œil à ses finances.

Elle sortit de son sac les relevés bancaires qu'elle avait trouvés au cottage et les agita sous son nez.

— Je me suis servie.

— Mince, vous êtes douée !

— En temps normal, je serais d'accord avec vous, mais là, c'était un coup de chance.

Elle lui expliqua où elle les avait trouvés et avoua combien elle trouvait étrange que Natalie ne conserve pas ses documents bancaires dans un dossier.

Il haussa les épaules.

— Étrange, d'accord, mais pas inouï.

— Et je suis peut-être douée, mais j'ai mes limites. Je ne sais pas très bien si je serais capable de pirater un compte en banque.

— Qui a parlé de pirater ?

— Eh bien, je pensais que…

Elle écarta les mains.

— Comment faire autrement…

Il prit les documents qu'elle tenait.

— Sa banque se trouve ici, à Lambourn. Pourquoi ne pas aller trouver la direction et demander s'il y a eu des mouvements inhabituels sur ses comptes ?

— Personne ne nous dira rien.

— Non, mais si nous les informons que Natalie a disparu et que la police est au courant, cela pourrait les encourager à contacter les flics en cas de problème suspect.

Alexi fit la moue.

— Vous pensez comme un policier. Vous êtes habitué à avoir le pouvoir d'exiger des réponses. Moi, je pense en journaliste qui est habituée à ce qu'on lui claque la porte au nez et à devoir trouver un moyen d'entrer. C'est là toute la différence entre nous.

— Oh, je ne sais pas.

Il laissa son regard se promener paresseusement le long de son corps ; du moins sur ce qu'il pouvait en voir à cause de la table qui les séparait.

— J'en trouve bien une ou deux autres.

— Vous avez l'esprit mal placé, Maddox.

Il lui adressa un sourire penaud.

— Désolé.

— Bon, commençons par appeler la banque. Ensuite, nous étudierons les profils des types avec qui elle est sortie. Pas besoin de pirater le site puisque vous pouvez nous obtenir ces renseignements légitimement.

Elle ramassa son sac.

— Où est-ce que vous logez ?

— Nulle part. Je suis venu de Newbury pour la journée. J'avais l'intention de rentrer.

— Eh bien, ne vous méprenez pas, mais si nous faisons équipe, il serait sans doute plus sensé que vous restiez à Lambourn.

Il lui adressa un long regard interrogateur.

— Qu'avez-vous en tête ?

— Pas ce à quoi vous pensez, évidemment.

Il haussa les épaules.

— Dommage.

— Cheryl et Drew sont propriétaires d'un hôtel, et il leur reste des chambres. Je leur glisserai un mot en votre faveur, dit-elle avant de lui adresser un grand sourire. Je parviendrai sans doute à les convaincre de vous faire un prix.

5

— Que diriez-vous de me suivre ? demanda-t-elle.

Il lui adressa un nouveau sourire dévastateur.

— Ça me paraît une bonne idée.

Oh, mince, pensa Alexi en grimpant dans sa Mini. Elle mit aussitôt le moteur en marche et écrasa l'accélérateur. *Pourquoi a-t-il un sourire aussi ravageur ?*

— Il perd son temps, Cosmo. Je suis insensible à son petit jeu.

Elle profita du court trajet jusqu'à Hopgood Hall pour réfléchir à l'accord qu'ils venaient de conclure en se demandant si elle avait eu raison. Elle pourrait tout simplement aller raconter ce qu'elle savait à la police et utiliser le pouvoir de sa carte de presse pour la forcer à prendre la disparition de Natalie plus au sérieux. Que connaissait-elle au travail d'investigation ? Si elle jouait les Nancy Drew dans cette contrée de hippisme, où elle avait tout de la citadine en déplacement d'affaires qui ne faisait pas la différence entre le boulet et le jarret d'un cheval, elle risquait de mettre la vie de Natalie en danger.

À supposer qu'elle soit toujours vivante.

Tandis que ces considérations préoccupantes s'entrechoquaient dans sa tête, elle se sentit légèrement rassurée à l'idée de faire équipe avec Jack Maddox. Lui savait mener une enquête. En attendant de voir si la banque prenait des mesures, elle n'avait qu'à faire semblant d'être d'accord sur tout avec lui. Grâce à Jack, elle pourrait ensuite découvrir avec qui Natalie était sortie par un moyen légitime. Cela lui laisserait également le temps de jeter un coup d'œil à ses e-mails, ce qui nécessitait des compétences basiques en matière de piratage. Avec un peu de chance, Jack et elle parviendraient à accumuler assez de preuves pour parvenir à convaincre la police de prendre l'affaire en main, en provoquant un minimum de dégâts sur l'entreprise de sa sœur. Alexi était surprise de tenir autant à aider une femme qu'elle n'avait jamais rencontrée.

— Allez comprendre, marmonna-t-elle en franchissant le portail de Hopgood Hall.

Jack se gara, descendit de sa voiture, et posa une main au-dessus de ses yeux afin de contempler le manoir. Dès qu'elle eut libéré Cosmo, il se dirigea droit vers le détective et frotta sa tête contre ses jambes. Toby descendit les marches en bondissant et s'élança vers le chat. Jack rit en les regardant exécuter leur petit numéro de salutations.

— Cosmo traverse une crise d'identité, dit-il.

Elle leva les yeux au ciel.

— Sans blague.

— Bel endroit.

Le regard de Jack s'attarda sur le vieux bâtiment georgien élégant.

— Ce manoir appartient à la famille de Drew depuis plusieurs générations.

— Et nous faisons de notre mieux pour que ça dure, lança celui-ci.

Alexi se retourna et les vit sur les marches, Cheryl et lui, observer Jack avec curiosité. Elle fit les présentations et leur expliqua comment leurs chemins s'étaient croisés.

— Enchantée, Jack, dit Cheryl. Je suis tellement soulagée que quelqu'un d'autre s'inquiète pour Natalie. Entrez donc et dites-nous-en plus.

— En fait, Jack aurait besoin d'une chambre pour une ou deux nuits. Je lui ai dit que vous pourriez probablement le dépanner.

— On devrait bien pouvoir vous trouver un placard à balais, répondit Drew d'un ton las en désignant le parking des visiteurs où seuls étaient garés leurs deux véhicules.

Ils suivirent Cosmo et Toby dans la cuisine, où le chat se mit à exiger sa nourriture en faisant un sacré raffut. Alexi céda et lui donna quelque chose à grignoter. La matinée avait été chargée pour lui aussi.

Lorsqu'ils furent assis autour de la table, Cheryl commença à interroger Jack. Alexi n'aurait su dire si elle était agacée ou amusée par sa façon de répondre aux questions sans trop en révéler sur lui-même.

— J'ai réussi à mettre la main sur les coordonnées bancaires de Natalie, dit-elle avant d'expliquer ce qu'ils avaient l'intention de faire de ces informations.

— Bonne idée, répondit Drew.

— Puisque la police a déjà posé les questions de base à la directrice de Chamade, ces nouveaux renseignements l'intéresseront sûrement.

— Appelons le commissariat, dit Cheryl qui ne tenait plus en place.

— Dans une minute. En attendant que la banque se décide à agir, Jack et moi allons examiner le passé de tous les hommes avec qui elle a pu sortir et vérifier ce que contiennent ses e-mails.

Elle haussa les sourcils.

— Tu peux y accéder ?

— C'est plus facile que vous le croyez, répondit Jack. Il suffit de trouver son mot de passe, et il existe un tas de programmes qu'on peut acheter sur Internet pour le faire.

— Dans ce cas-là au moins, ce sera pour la bonne cause.

— Est-ce qu'on pourrait installer nos ordinateurs dans le salon des clients ? demanda Alexi.

— Considérez cette pièce comme votre espace de travail personnel. En tout cas, jusqu'à ce que nous affichions complet ce week-end, répondit Drew. Je montrerai sa chambre à Jack, et il n'aura qu'à t'y rejoindre une fois installé.

Dès que les deux hommes furent partis, Alexi se prépara à affronter un déluge de questions.

— Il n'y a que toi pour partir tranquillement en mission et revenir avec ce genre d'homme, dit Cheryl avant de lui adresser un grand sourire.

— Ne te réjouis pas trop vite. Il est uniquement loyal envers sa sœur.

Cheryl secoua la tête.

— Si tu penses qu'il préférerait perdre Natalie plutôt que de voir souffrir la réputation de sa sœur, ou qu'il risque de vouloir dissimuler la complicité de l'entreprise s'il est arrivé quelque chose à mon amie, je crois que tu te trompes. Il est beaucoup trop intègre.

— Comment peux-tu en être aussi sûre ?

— Une mère devine ces choses-là, répondit-elle d'un ton hautain.

Alexi s'esclaffa.

— Tu n'es encore qu'une maman en herbe.

— N'empêche.

— Tu te laisses influencer par sa belle gueule.

Cheryl lui lança un regard entendu.

— Pas toi ?

Alexi haussa les épaules.

— Je ne m'étais encore jamais trouvée dans une situation où la vie d'une personne est en jeu. J'ai besoin d'aide.

L'allusion au danger que courait Natalie fit disparaître le sourire de Cheryl.

Alexi la serra rapidement dans ses bras.

— Ne t'inquiète pas. Nous la retrouverons.

*

Lorsque Drew lui montra sa chambre juste en face de celle d'Alexi, Jack émit un sifflement admiratif.

— Je pourrais m'habituer à ce luxe. Mais honnêtement, je suis embarrassé de monopoliser une de vos plus belles chambres.

— Puisque vous nous rendez service, même si c'est de manière indirecte, autant que nous vous mettions à l'aise.

— Eh bien, merci.

Il lança son sac de voyage sur le lit en songeant que la chambre était assez grande pour accueillir quatre personnes sans problème. À deux, ce serait vraiment le pied. *Tu ne vas pas commencer !*

— Quelles sont les chances de retrouver Natalie en vie ? demanda brusquement Drew.

Jack haussa les épaules.

— En attendant d'en savoir plus sur ses activités, c'est difficile à dire, mais autant être franc, il lui est très certainement arrivé quelque chose. Avec un peu de chance, nous aurons réussi à convaincre la police de lancer une enquête d'ici la fin de la journée, mais il nous faudrait quelque chose de plus convaincant que ce que nous avons maintenant pour que la priorité soit donnée à sa disparition.

— Quelque chose comme un cadavre, proposa Drew en grimaçant.

Jack lui tapota l'épaule.

— N'envisagez pas trop vite le pire. Si elle est en vie, nous la retrouverons.

— Dans ce cas, je vous laisse vous mettre au travail.

Drew s'arrêta dans l'entrée.

— Si vous avez besoin de quoi que ce soit, faites-moi signe.

— Ça marche.

Jack resta assis sur le bord du lit un moment après son départ, surpris par la vitesse à laquelle la situation s'était aggravée. Son associée n'allait pas être contente. L'agence avait beaucoup à faire en ce moment, cette mission ne rapportait rien, et Cassie n'acceptait que celles qui payaient. Il allait devoir lui faire comprendre qu'il ne pouvait pas laisser tomber Katie.

Avec un peu de chance, Alexi et lui parviendraient à innocenter les clients de sa sœur avant que la police s'implique dans l'enquête. Il semblait de plus en plus improbable que l'agence Chamade en soit écartée. Malgré ce qu'il venait de dire à Drew, Jack ne pensait pas découvrir une explication rassurante à la disparition de Natalie. C'était une question de degré. S'ils parvenaient à trouver un autre élément de sa vie – personnelle ou professionnelle – pouvant expliquer sa disparition, Katie serait plus sereine.

Il sortit son portable de sa poche et l'appela. Elle répondit dès la première sonnerie.

— Salut, alors qu'est-ce que tu as découvert ?

— Ça va, je te remercie, et toi ?

— Désolée, Jack, mais tu sais combien je suis inquiète.

— Ouais, je suis au courant.

Il lui expliqua où il était, avec qui il enquêtait et pourquoi.

— Une journaliste ?

Le grognement de Katie résonna dans son oreille.

— Mais tu les détestes. Et puis je croyais que tu m'aiderais à garder cette histoire secrète, pas que mes problèmes se retrouveraient sous les projecteurs.

— Elle était déjà sur cette affaire, sœurette. Nous avons intérêt à collaborer, elle et moi, afin que je garde le contrôle de ce qu'elle rend public. De toute façon, je crois qu'elle tient plus à retrouver l'amie de son amie que de faire la une des journaux.

— Eh bien, je suppose que c'est mieux que rien. Et tu as raison. Le danger que court Natalie est la priorité. Contacte-moi si tu as besoin de quoi que ce soit, et tiens-moi au courant.

— Ça marche.

Jack prit un instant pour se préparer à passer l'appel suivant, plus délicat. Il savait que Cassie Fenton, une séduisante femme divorcée âgée de quelques années de plus que lui, cherchait à devenir sa partenaire dans tous les sens du terme. Il l'aimait bien. Il admirait son esprit vif et son caractère coriace, pragmatique. Il accordait de l'importance à leur amitié, mais ne souhaitait rien de plus. Elle n'allait pas apprécier qu'il soit obligé de rester à Lambourn un peu plus longtemps que prévu. Et s'il lui parlait d'Alexi, elle ferait aussitôt le rapprochement.

— Salut, Cass, dit-il lorsqu'elle décrocha. Comment ça va ?

— Je suis dans le jus. Quand est-ce que tu rentres ?

— Euh, c'est pour cette raison que je t'appelle. Il y a du nouveau. Apparemment, cette femme a vraiment disparu. Alors, dès que l'alerte sera donnée, l'entreprise de ma sœur se retrouvera sous le feu des attaques. Il faut que je reste, que je continue à chercher et que je tente de limiter les dégâts.

— Mince ! Je suis désolée pour ta sœur, et pour cette femme, mais nous croulons sous le travail ici.

— Je suis navré aussi, Cass, mais je n'ai pas le choix. Fais venir Larry pour qu'il te donne un coup de main.

Larry était un ancien policier auquel ils faisaient parfois appel lorsqu'ils étaient débordés.

— Je rentre dès que possible.

— Ouais, d'accord.

— Oh et, Cass, tu pourrais faire quelques vérifications pour moi ?

Elle soupira.

— Oui, je suppose. De quoi as-tu besoin ?

— Vois si tu peux localiser le portable de Natalie.

Il lui donna son numéro.

— Ce n'est pas gagné. J'imagine qu'il est éteint ou bien dans une zone mal couverte, mais nous devons essayer.

— D'accord, je m'y mets. Autre chose ?

— Eh bien, oui. Natalie est sortie avec trois types.

Il l'entendit pousser un plus long soupir.

— Je suppose que tu veux que j'examine le passé de chacun d'eux.

— Juste les trucs de base.

De son ton le plus persuasif, il lui donna les renseignements dont il disposait.

— Oh, et pendant que tu y es, vois ce que tu peux trouver sur la disparue elle-même, Natalie Parker.

— Juste les trucs de base, hein ?

— Arrête, je sais que tu as déjà hâte de t'y mettre, dit-il avec un petit rire.

— OK, je m'en occupe. Je te tiens au courant.

— Merci, Cass.

Il mit fin à l'appel, ramassa la sacoche de son ordinateur portable et se dirigea vers le salon des clients.

— Sympa, dit-il en balayant du regard la pièce lumineuse et aérée, rénovée avec goût et meublée de ce qui semblait être de véritables meubles anciens.

Alexi était assise à un secrétaire en noyer sous une fenêtre qui offrait une vue agréable sur les jardins.

— La famille de Drew possède ce mobilier depuis des générations.

Elle était absorbée par quelque chose sur son ordinateur et ne leva pas les yeux lorsqu'il s'approcha.

Il regarda par-dessus son épaule.

— Qu'est-ce que vous faites ?

— J'utilise un programme pour trouver le mot de passe du compte e-mail de Natalie.

Il posa son ordinateur sur la table à côté de son bureau et lui expliqua quelles dispositions il venait de prendre.

— Parfait.

Elle leva finalement les yeux et se concentra sur leur conversation.

— Je crois qu'il vaudrait mieux que vous appeliez la banque, dit-elle. Si je leur donne mon nom, ils risquent de faire le lien avec le journal, ce qui ne tourne pas toujours à mon avantage.

— Alors qu'être détective privé m'ouvre toutes les portes, répondit-il avec humour.

— J'ai le numéro de la banque, poursuivit-elle avant de le lire.

Il appuya sur les touches de son portable.

— Mettez le haut-parleur.

Il haussa un sourcil mais obéit. Après avoir dû amadouer quelques personnes, il fut finalement mis en relation avec le directeur adjoint, un certain Cole. Il se présenta rapidement et lui expliqua la raison de son appel.

— Je ne peux absolument rien vous révéler sur le compte d'un client.

— Comme je vous le disais, elle a disparu. Nous ne nous attendons pas à ce que vous nous dévoiliez quoi que ce soit. Nous savons déjà que le solde de ses comptes personnel et professionnel était positif.

— Je ne peux pas vous le confirmer.

Jack souffla et s'efforça de rester patient.

— Nous nous demandions s'il y avait eu des mouvements inhabituels sur ces comptes. D'importants transferts d'argent, ce genre de chose. Si c'est le cas, la police pourrait être très intéressée.

— Personne n'est venu nous voir à ce propos. Si elle soupçonne Mme Parker d'avoir été la cible d'un escroc, notre banque devrait être la première étape de son enquête.

— Elle n'a disparu que depuis quelques jours, alors la police préfère penser qu'elle va réapparaître.

— Eh bien, dans ce cas, je…

— Si des mouvements sur ses comptes venaient à vous préoccuper, vous pouvez contacter…

Jack sortit de son portefeuille la carte que le policier avait remise à sa sœur.

— Un policier nommé Taylor au numéro suivant.

Il lui lut la série de chiffres.

— Des amis inquiets ont signalé la disparition de Mme Parker à la police de Lambourn, mais, comme vous le savez probablement, le commissariat local n'est ouvert qu'à temps partiel. Taylor est au courant de l'affaire et peut être joint à n'importe quelle heure au numéro que je viens de vous donner.

Après avoir obtenu la promesse de Cole qu'il appellerait le policier s'il le jugeait approprié, Jack mit fin à l'appel.

— C'est à croire que je lui ai demandé le code du coffre-fort de sa banque. S'il arrive quoi que ce soit à Natalie parce qu'il a traîné, je ferai de sa vie un enfer.

— Vous pensez qu'il appellera Taylor ?

— S'il repère la moindre anomalie, probablement. Il n'aura pas le choix. Il prendrait de gros risques s'il omettait de le faire et qu'une escroquerie était découverte par la suite. J'ai enregistré notre discussion pour qu'il ne puisse pas nier que je l'ai contacté.

Alexi sourit.

— Vous êtes du genre méfiant, à ce que je vois. J'aime bien votre style.

Jack laissa son impatience transparaître.

— Ce Cole ne pense qu'à sa carrière. En tout cas, s'il contacte bel et bien Taylor, n'oublions pas que ce n'est qu'un policier local. Je parie qu'il a donné un numéro de dossier à la disparition de Natalie, posé quelques questions à droite à gauche et laissé l'affaire en plan. Cependant, s'il reçoit des informations plus fiables qui laissent penser qu'un crime a été commis, il devra transmettre le dossier à la police territoriale.

Jack s'étira et lui sourit.

— Bon, jetons un coup d'œil aux princes charmants de Natalie.

— Combien y en a-t-il ?

— Trois.

— Et elle est sortie avec chacun d'eux ?

— Trois fois avec l'un, deux avec les autres.

Le visage d'Alexi s'illumina.

— Nous avons donc un vainqueur ! Ça semble une bonne piste.

— Allons vérifier.

Il se connecta au site Chamade et accéda à l'espace réservé aux membres.

— Ah, le pouvoir ! dit-il avant de sourire.

Debout derrière lui, une main posée sur le dossier de sa chaise, elle sentit un léger parfum floral et un shampoing aux plantes. Jack aimait son odeur. Tout lui plaisait chez elle, ce qui l'agaçait au plus haut point. Les journalistes n'apportaient que des ennuis. S'il avait été expulsé de la police, en butte aux soupçons, c'était à cause d'eux.

— Prenez donc une chaise, offrit-il avec décontraction.

— Vous vous êtes connecté à la liste des clientes. Vous cherchez un rencard ?

— Je voulais vérifier ce que Natalie avait posté à son sujet.

— Ah, d'accord. Bonne idée.

Il y avait plusieurs photos d'elle : composant un bouquet de fleurs, jouant avec un chien, marchant sur un chemin de campagne.

— Elles paraissent authentiques, constata Alexi. Je ne pense pas qu'elles aient été retouchées, mais Cheryl sera mieux placé pour le confirmer.

— Confirmer quoi ? demanda celle-ci depuis le couloir.

Elle passa la tête dans l'entrebâillement de la porte.

— Je venais juste vous annoncer que c'était l'heure du déjeuner.

— Ce sont les photos que Natalie a postées sur le site de rencontres, expliqua Alexi. Est-ce qu'elles sont ressemblantes ?

Cheryl regarda par-dessus leurs épaules.

— C'est bien elle.

— Jolie femme, nota Jack en imprimant quelques-uns des meilleurs portraits.

— C'est vrai, confirma Cheryl avant de pousser un soupir. Nous déjeunons au bar, si vous voulez vous joindre à nous.

Alexi et lui se levèrent.

— Ça me va, répondit-il. Je pourrais manger un cheval. Quoique je risque de me faire beaucoup d'ennemis dans le coin.

— Reste ici, Cosmo, ordonna Alexi. C'est promis, je te rapporterai quelque chose.

Toby et lui étaient revenus du jardin et les avaient rejoints. Le chat la jaugea, puis se roula en boule au soleil sur la banquette devant la fenêtre. Toby grimpa d'un bond à côté de lui.

Cheryl rit tandis qu'ils descendaient l'escalier.

— Tu vas devoir t'installer ici pour de bon, Alexi. Toby aura le cœur brisé si son nouveau copain repart à Londres.

— Ne me tente pas.

*

Une large arcade séparait le vestibule voûté de la salle de bar accueillante et meublée avec goût, dont les murs étaient décorés d'objets souvenirs liés au hippisme.

Jack s'y connaissait un peu en matière de rénovation ; il devina que les propriétaires de ce manoir avaient dépensé une fortune pour le restaurer. La cheminée originale avait été remise en état et un immense miroir remplissait l'espace au-dessus du manteau en marbre, tandis qu'une banquette en cuir entourait le pare-feu en laiton poli. Des étagères étaient couvertes de livres anciens, et les pieds de Jack étaient enfoncés dans un coûteux tapis à poils longs. Le bar paraissait bien approvisionné. Il était tenu par une belle jeune femme qui bavardait avec une demi-douzaine de types du milieu hippique buvant chichement des demis, assis sur les tabourets autour. Moins de la moitié des tables étaient occupées, toutes par des hommes qui paraissaient plongés dans une conversation sans consommer grand-chose. Jack les soupçonna de ne fréquenter cet établissement que pour impressionner les autres, car ils étaient manifestement près de leurs sous. De toute évidence, Drew n'allait malheureusement pas obtenir un retour sur investissement de sitôt.

À une extrémité du bar, une double porte fermée était surmontée d'un panneau indiquant que le restaurant se trouvait derrière.

— Nous ne l'ouvrons pas au déjeuner, dit Drew qui avait suivi son regard. Ce n'est pas rentable. En semaine, les clients préfèrent un simple en-cas.

Jack jeta un coup d'œil au copieux sandwich servi au client de la table voisine.

— Ça a l'air fameux.

— Alors, qu'est-ce qui vous tente ? demanda Cheryl en lui tendant un menu.

Il le parcourut du regard et remarqua une sélection judicieuse de sandwichs et de soupes traditionnels, de sushis, de tapas et de salades exotiques. L'œuvre du chef caractériel dont il avait entendu parler, présuma-t-il. Il opta pour un sandwich au rosbif.

— Je prendrai une salade César, répondit Alexi. J'ai déjà mangé plus que d'habitude aujourd'hui. Je n'arrive pas à croire que j'aie à nouveau faim.

— Bon, reprit Drew lorsqu'il revint avec les boissons. Comment se passe votre enquête ?

Alexi leur rapporta l'appel de Jack à la banque.

— Après le déjeuner, nous nous pencherons sur le profil des hommes avec qui elle est sortie.

— Mon associée est en train de se renseigner sur leur passé, les informa Jack.

Il se tut le temps d'avaler une gorgée de la bière locale qu'il avait choisie et hocha la tête en signe d'approbation.

— Ce sont souvent les éléments que les gens taisent qui révèlent des indices.

— Est-ce que l'agence de votre sœur examine minutieusement les profils ? demanda Cheryl en jouant avec la paille de son verre de jus d'orange.

— Elle essaie de le faire, mais l'étendue de l'enquête est limitée quand on ne veut pas violer la vie privée du client.

— J'imagine qu'un membre ne peut pas mentir sur certaines choses sans se faire repérer, risqua Alexi.

— Tout à fait. Si une personne a rendez-vous avec une autre et découvre qu'elle a menti sur quelque chose d'important comme… disons, son métier, si elle est clairement plus âgée qu'elle le prétendait ou a un comportement inapproprié, alors Katie donne au contrevenant l'équivalent d'un carton jaune. Si cela se reproduit, cette personne est supprimée de la base de données. Comme je le disais à Alexi tout à l'heure, l'Association des sites de rencontres a mis en place un code de conduite que l'agence de Katie applique à la lettre.

Leurs plats arrivèrent et le silence régna pendant quelques minutes.

— J'aimerais en savoir plus sur Natalie elle-même, dit Jack. Mon associée est en train d'étudier son passé, mais…

— Pourquoi ? demanda Cheryl. Elle ne s'est pas kidnappée elle-même.

— Non, mais j'ai besoin d'avoir un aperçu de sa vie privée. Cela pourrait nous aider à comprendre ce qui lui est arrivé. Est-ce qu'elle a une sœur, une tante, une cousine, une nièce malade… ? Je ne sais pas, quelqu'un à qui elle tient assez pour laisser toute sa vie en plan et se précipiter à son secours sans prévenir personne ?

— Je n'ai vu aucun portrait de famille dans son cottage, nota Alexi.

— Je ne crois pas qu'il lui reste des proches, répondit Cheryl en réfléchissant.

Elle adressa un regard à Drew qui secoua la tête.

— C'est drôle, mais nous n'avons jamais vraiment parlé de ce qu'elle faisait avant de venir ici. Elle m'a raconté qu'elle avait été mariée pendant un temps, mais que ça n'avait pas marché et qu'elle n'avait pas eu d'enfants. C'était comme si elle préférait éviter de parler de son passé. Elle ramenait toujours la conversation à son commerce, ou à ses passe-temps…

— La photographie et la marche ?

— Oui.

— Est-ce qu'elle faisait partie d'un club de photo ou d'un groupe de randonneurs ? demanda Jack.

À nouveau, Cheryl et Drew échangèrent un regard, puis secouèrent simultanément la tête.

— Elle n'en a jamais parlé, répondit celle-ci.

— Il faut que nous retournions au cottage, dit Alexi. Que nous examinions ses dossiers. Après avoir vérifié ses e-mails, bien entendu. C'est certainement là que nous en apprendrons le plus.

— Je m'en veux de ne pas en savoir davantage sur sa vie. Je suis la pire des amies.

— Tu essaies de me voler le titre ?

Cheryl secoua la tête.

— Je suis à peu près sûre qu'elle n'a aucune famille. Je me souviens très bien qu'elle m'a raconté être fille unique et que ses parents étaient morts.

— Bon, rétorqua Jack d'un air songeur. Comment une quadragénaire vivant seule et gérant une entreprise modeste au fond de son jardin peut-elle avoir autant d'argent ?

— Sa convention de divorce ? lança Drew.

— Possible. Si c'est le cas, les vérifications de Cassie devraient le confirmer.

— Nous ne savons pas exactement quelle somme elle possède, constata Alexi.

— Non, mais nous savons qu'il y a deux ans, lorsqu'elle s'est installée ici et a reçu un relevé bancaire, elle avait deux cent cinquante mille livres réparties entre son compte de dépôt et divers investissements. Et elle n'a souscrit aucun prêt professionnel pour se lancer.

Cheryl et Drew parurent ébahis.

— Eh bien, dit celui-ci, se ressaisissant le premier. Nous nous sommes effectivement demandé comment elle pouvait se permettre d'investir dans un cheval de course. Mais nous le savons à présent, je suppose.

— Cependant, nous ignorons toujours l'origine de cet argent, répondit sa femme. C'est une sacrée somme.

— Est-ce qu'elle parlait souvent des chevaux ? demanda Jack.

— Tout le temps, assura-t-elle avec un hochement de tête. Le hippisme l'obsédait.

— Comme beaucoup de gens, rebondit Drew. C'est pour cette raison qu'ils investissent dans un cheval. De cette façon, ils peuvent fréquenter le public glamour des courses, entrer dans les enclos avec les propriétaires, ce genre de chose.

— Est-ce qu'elle avait des entraîneurs favoris ? Un cheval qui l'intéressait sérieusement ?

Le couple se regarda et secoua la tête.

— Si elle en avait trouvé un, elle ne nous en a rien laissé savoir, répondit Cheryl.

— Même chose pour les entraîneurs, lâcha Drew.

— Est-ce qu'elle avait d'autres amis proches au village ? s'enquit Jack.

— Pas vraiment, répliqua Cheryl. Elle s'entendait bien avec tout le monde, mais elle était également très secrète. Je crois que j'étais sa seule amie. Elle sortait avec un homme de temps en temps, mais avec personne en particulier. C'est pour cette raison qu'elle s'est inscrite sur un site de rencontres. Elle disait que les hommes bien sont encore plus rares que les politiciens honnêtes.

Jack sourit.

— La comparaison est intéressante. Bon, nous allons devoir attendre ce que découvre Cassie.

Drew se leva pour aller discuter avec quelques hommes en costume cravate qui lui faisaient signe.

— Cela arrive tout le temps, se plaignit Cheryl. C'est parfois agaçant, mais si nous voulons que l'hôtel marche, nous ne pouvons nous permettre aucune pause.

— Nous devons aussi nous remettre au travail, dit Jack avant de poser sa serviette et d'avaler le reste de sa bière. Merci pour le déjeuner, Cheryl. Mettez-le sur ma note.

6

— Quelle femme mystérieuse, nota Alexi tandis qu'ils grimpaient l'escalier côte à côte. Plus j'en apprends sur elle, moins j'ai l'impression de la connaître.

— Tout le monde a un passé.

— Bien sûr, mais j'ai l'impression que Natalie se montrait délibérément évasive. Elle semblait éviter de se faire des amies.

Elle s'arrêta un instant, la main sur la rampe.

— Je me demande si elle craignait de s'exposer à des questions gênantes en se rapprochant des autres. Cheryl, la seule amie qu'elle avait, ignorait tout de ses relations amoureuses, et elle était trop polie pour l'interroger. Je trouve quand même étrange que Natalie ne lui ait rien raconté de plein gré.

Jack lui lança un regard.

— Parce que vous dévoilez vos secrets d'alcôve, vous ?

— Il ne s'agit pas de moi.

Elle recommença à monter les marches.

— Vous croyez que Natalie maintenait les gens à distance parce qu'elle avait quelque chose à cacher ? La source de son argent peut-être ?

— Je ne vois pas comment elle se serait trouvée obligée d'en parler. Apparemment, elle ne menait pas la vie d'une femme qui a de l'argent à ne plus savoir qu'en faire. Sa maison est modeste, et elle travaillait dur.

Il ouvrit la porte du salon des clients et l'invita à passer devant.

— En tout cas, il pourrait y avoir une explication très simple à ses comptes bien garnis. Nous ignorons quand ses parents sont morts et si elle a touché un héritage à ce moment-là. Son mari était peut-être aisé et elle a obtenu un bon arrangement quand ils se sont séparés.

Alexi caressa la tête de Cosmo et lui donna les morceaux de poulet de sa salade qu'elle avait mis de côté. Elle rapprocha une chaise de la table de Jack et attendit qu'il allume son ordinateur en ignorant la vague de chaleur qui la traversa lorsque leurs cuisses se touchèrent accidentellement.

— Désolée.

Elle éloigna rapidement sa jambe de la sienne.

Avec un sourire, il afficha le profil du premier homme qu'avait rencontré Natalie.

— Paul Keiser, quarante-sept ans, agent de change installé à Reading. Jamais marié. Vit seul. Parmi ses centres d'intérêt, le cyclisme et, évidemment, les courses de chevaux. Elle est sortie avec lui une fois il y a deux semaines. Ses e-mails nous apprendront s'ils sont restés en contact par la suite.

Alexi fronça le nez lorsque l'image d'un personnage au physique très ordinaire, que seul son sourire aimable semblait racheter, emplit l'écran.

— Je me demande ce qu'elle lui trouvait, dit-elle en prenant des notes.

— Il est agent de change. Cela laisse supposer une fortune personnelle.

— Seulement s'il est adepte du délit d'initié. Autrement, c'est un métier comme un autre. En plus, Natalie a sa propre fortune.

— Elle l'a peut-être amassée en prenant pour cibles des types comme Keiser.

— Comment ? À moins de les épouser, elle n'aurait eu aucun accès à leurs comptes en banque. En tout cas, n'ayant jamais été marié, il a dû être flatté qu'une femme aussi séduisante s'intéresse à lui. Ce qui aurait pu l'amener à dépenser pour lui faire plaisir.

Il haussa les épaules.

— Laissons-le de côté pour le moment et voyons pour qui d'autre elle en pinçait.

Il afficha le profil du deuxième individu.

— Père divorcé de deux grands enfants, cinquante-deux ans, photographe indépendant…

— La photo fait partie des centres d'intérêt de Natalie.

Elle fronça à nouveau le nez en regardant le profil de l'homme.

— Il n'a rien d'extraordinaire non plus.

Jack lui lança un regard amusé.

— Vous ne vous fiez toujours qu'aux apparences ?

— Si Natalie cherchait une relation sérieuse, évidemment que l'apparence comptait pour elle. Mais je pense qu'elle se préoccupait tout autant de ce qui faisait vibrer les hommes qu'elle a rencontrés.

— Ou bien elle cherchait un vieux plein aux as qui soit flatté par son intérêt. Dans ce cas, l'apparence est sans importance.

— Décidez-vous, Maddox. D'abord, nous soupçonnons ses rencards d'essayer de la plumer, ensuite vous pensez que ce pourrait être l'inverse.

— Il est inutile de se focaliser sur une seule possibilité. Le mal que les gens sont prêts à se donner pour arriver à leurs fins ne cessera jamais de m'étonner.

— C'est juste. Mais ce type ne faisait pas l'affaire si elle avait l'intention de l'escroquer. Il a des enfants adultes. Ceux-ci se seraient naturellement méfiés en voyant une femme essayer de mettre le grappin sur leur père. Elle aurait risqué de les priver de l'héritage auquel ils pensaient probablement avoir droit.

Jack secoua la tête avec un sourire, lui reprochant visiblement son cynisme.

— Allez, prête pour la suite ?

On aurait dit le présentateur d'un jeu ringard tentant de susciter la ferveur d'un public indifférent.

— Le candidat numéro trois est celui avec qui elle est sortie trois fois, en rencontrant Paul et Roger entre les coups. Il s'appelle Darren Walker, travaillait dans la fonction publique, a pris sa retraite anticipée à cinquante-cinq ans et emménagé à Lambourn il y a environ un an.

— Il habite ici, au village ?

— À Hungerford, autrement dit dans le coin. Cela explique probablement pourquoi elle l'a vu aussi régulièrement.

Alexi jeta un coup d'œil à sa photo et grimaça.

— En effet, je ne vois pas d'autre explication.

Jack émit un petit rire.

— Ouais, d'accord. Même moi, je peux juger que ce n'est pas un dieu vivant, mais peut-être que c'est un charmeur.

— Un veuf sans enfant, lut-elle par-dessus son épaule. Voilà qui change la donne. C'était une cible idéale, en admettant qu'elle ait été la prédatrice. Je déteste le reconnaître, mais tout porte peu à peu à croire que vous aviez raison sur ce point. Nous devrions lui rendre visite.

— Pas tout de suite. Laissons le temps à Cassie de nous dénicher une information de taille. Une fois qu'elle se sera renseignée sur les finances de ces messieurs, il sera plus facile de déterminer s'ils s'intéressaient à Natalie pour son argent.

— Je déteste attendre en me tournant les pouces. On ne pourrait pas aller discuter un peu avec ces types ?

— Pour leur demander quoi ?

Elle sourit.

— D'accord, je vois ce que vous voulez dire. Quelles que soient nos questions, il serait difficile de deviner s'ils mentent compte tenu du peu que nous savons.

— Exact, et n'oubliez pas que nous essayons de protéger les intérêts de ma sœur. Enfin, c'est ma mission.

Une certaine détermination se lut sur le visage de Jack.

— Si nous allons frapper à la porte de ce Walker, nous n'aurons aucun moyen de lui expliquer comment nous avons eu vent de ses rendez-vous avec Natalie. Il en déduira que l'agence n'a pas respecté sa clause de confidentialité et risque de faire tout un cirque.

— Nous pourrions nous faire passer pour des amis de Natalie. L'informer qu'elle a disparu et que nous nous inquiétons pour elle. Elle nous avait parlé de ses rendez-vous avec lui et nous nous demandons quand il l'a vue pour la dernière fois.

Jack secoua la tête.

— Vérifions ses e-mails avant de nous décider, histoire de voir quels indices apparaissent.

Alexi retourna à son ordinateur.

— J'ai trouvé son mot de passe.

— Ah, Cassie, dit Jack alors qu'un nouvel e-mail s'affichait dans sa boîte de réception. Voyons ce qu'elle nous a trouvé.

Il lut le message, puis cliqua sur une pièce jointe et un long document s'ouvrit.

— Paul Keiser n'est pas agent de change. Il occupe un poste de cadre intermédiaire dans un cabinet d'investissement. Salaire de quarante mille livres. Vit avec sa mère âgée dont il paye les soins permanents.

— Un type bien qui ne peut pas consacrer toute son attention à une femme tant que sa mère est en vie.

— Exact. Donc, si l'intention de Natalie était de le plumer, elle a dû comprendre dès le premier rendez-vous qu'elle misait sur le mauvais cheval. La mère de Keiser étant propriétaire, il héritera probablement de sa maison, mais d'après Cassie, celle-ci ne vaut pas plus de deux cent mille livres. De nos jours, c'est une somme dérisoire.

— C'est vrai, et de toute façon, si Natalie est la victime, et non la prédatrice, il n'a pas eu assez de temps pour trouver un moyen de la kidnapper ou pire, sans compter qu'il n'a aucun motif flagrant. Keiser n'est sans doute pas notre homme, je suis d'accord avec vous.

— Ça alors, elle est d'accord avec moi. C'est un miracle.

Alexi balaya sa remarque d'un geste de la main.

— Arrêtez de faire le malin et voyons ce que Cassie a découvert sur Roger Dalton.

Jack passa à la deuxième page de la pièce jointe.

— Hmm, il possède un studio de photographe à Ascot, il est spécialisé dans les chevaux, mais son compte professionnel affiche un joli découvert et il a contracté une deuxième hypothèque sur sa maison.

— Une bonne raison pour Natalie de se désintéresser de lui s'il a révélé quoi que ce soit.

— Mais un tas de raisons pour lui de s'intéresser à elle.

— Une petite visite à Ascot pourrait bien nous être utile.

— J'en ai l'impression. Voyons tout de même notre candidat numéro un.

La troisième page comportait plus de détails.

— Il est propriétaire d'une maison à la périphérie de Hungerford, d'une valeur d'un demi-million de livres, payée comptant il y a deux ans.

— Où notre fonctionnaire a-t-il trouvé autant d'argent ?

— La femme avec qui il était marié depuis une trentaine d'années est morte d'un cancer il y a trois ans.

— Une assurance vie dans ce cas ?

Jack haussa les épaules.

— Possible. Pas d'enfants ni de relations proches.

Il leva les yeux vers Alexi.

— Si Natalie était motivée par l'argent ou voulait simplement trouver un mec bien pour partager sa vie, Walker faisait l'affaire. Je comprends pourquoi elle l'a rencontré trois fois.

— Dans ce cas, nous devons aller le voir.

— Je suis d'accord, mais retournons d'abord au cottage de Natalie pour regarder ses papiers de plus près.

— J'allais le dire.

Il lui adressa un sourire sexy qui fit faire des saltos arrière dignes d'un gymnaste olympique à son estomac.

— Désolé.

— Vous vous êtes racheté en découvrant tous ces éléments aussi rapidement. Comment Cassie fait-elle ?

— Nous avons nos trucs, dit-il avant d'esquisser un sourire en coin.

— D'accord, ne me révélez rien.

Il balaya sa réponse d'un revers de la main.

— Eh, ce n'est rien de très secret. Dans votre domaine professionnel, vous n'ignorez pas combien il est facile de dénicher tout ce qu'on veut sur quelqu'un de nos jours. Il suffit de savoir où chercher. L'entreprise pour qui travaillait Cassie rendait service en sous-traitance à la police.

— C'est de cette façon que vous l'avez rencontrée ?

— En fait, non, simple coïncidence. C'était une amie proche de mon ex-femme.

— Ah, je vois.

Il émit un petit rire.

— J'en doute. Cassie en a eu marre d'effectuer des tâches subalternes pour des personnes qui pensaient qu'un virus n'est autre qu'un germe vous conduisant chez le médecin et la sous-payant honteusement. Elle s'est lancée dans la réparation d'ordinateurs et est devenue détective pour compléter ses revenus, un métier qui s'est révélé plus rentable que son travail régulier.

— Conjoints volages, fraude aux aides publiques, ce genre de chose ?

— Pour commencer. Maintenant, on nous confie toutes sortes de missions obscures.

Il fit tourner un stylo entre son index et son pouce. Son langage corporel exprimait la décontraction, mais ce petit jeu fit supposer à Alexi que la conversation le mettait mal à l'aise.

— Bref, mon mariage n'a pas tenu. Cassie est restée neutre et nous avons gardé le contact en prenant un verre ensemble de temps en temps. Plus tard, quand elle a appris mes problèmes avec la police, elle m'a proposé d'investir dans son agence. Elle est capable de soutirer tous ses secrets à un ordinateur, mais elle avait besoin d'un professionnel expérimenté pour les enquêtes de terrain.

Il haussa les épaules.

— Nous formons une bonne équipe pour l'instant.

Tu m'étonnes !

— Ravie de l'apprendre. Bon, qu'est-ce que votre super associée a découvert sur le passé de Natalie ?

— Elle travaille encore dessus. Il faut toujours un peu plus de temps pour produire des miracles, comme elle appelle ces trouvailles.

— Bon, dans ce cas, jetons un coup d'œil à ses e-mails.

Alexi retourna à son bureau et se connecta au compte de Natalie.

— Je n'ai pas essayé de pirater le mot de passe de son adresse professionnelle. J'ai pensé que tout ce qui concernait sa vie privée devait se trouver dans sa boîte personnelle.

— Bien vu.

Il rapprocha sa chaise et se pencha par-dessus son épaule, ce qui empêcha Alexi de se concentrer. Il n'avait pas le droit d'avoir une odeur aussi… enfin, aussi masculine. Elle aurait voulu mettre une certaine distance entre eux, mais cela révélerait qu'il la troublait.

— Vous remarquez quelque chose ? demanda-t-elle en faisant défiler la liste d'e-mails.

— Oui, cette femme est incroyablement ordonnée. Très peu de dossiers.

— On peut même dire qu'il n'y en a aucun, ce qui est bizarre. J'en ai des tonnes dans ma boîte personnelle, et je garde mes dossiers professionnels à part, comme elle le fait sûrement.

Alexi s'adossa à son siège et leva les yeux vers Jack.

— Donc, soit elle ne classe pas ses e-mails, soit elle les conserve ailleurs que sur Internet.

— En fait, d'après Cassie, beaucoup de gens gardent les documents vraiment importants hors ligne, simplement parce que c'est plus sûr. Sur Internet, rien n'est totalement confidentiel. Le piratage est l'équivalent contemporain de l'évasion fiscale. En théorie, c'est interdit, mais quiconque s'y connaît en informatique ne peut s'empêcher d'essayer, et ce n'est pas vraiment considéré comme illégal.

— Puisque je viens de pirater le mot de passe de Natalie, je ne peux pas vraiment jouer les parangons de vertu.

Il lui lança un regard.

— Vous êtes journaliste, donc c'est inutile de toute façon.

Cette remarque caustique la prit par surprise. Elle pensait qu'ils avaient dépassé le stade de la rancœur contre sa profession.

— Désolé, dit-il, rompant leur silence gêné.

— Excuses acceptées.

Elle se laissa momentanément absorber par ses réflexions.

— Je me demande si Cassie pourrait découvrir si elle avait un compte de stockage en ligne. Dropbox, ou quelque chose de ce genre.

Jack prit une note sur un morceau de papier.

— Ça vaut le coup de vérifier.

— Étant donné qu'elle a disparu depuis maintenant quatre jours, je trouve surprenant que si peu de nouveaux e-mails l'attendent. Elle a reçu les spams habituels, mais pas grand-chose d'autre. Et visiblement rien de la part de nos suspects.

— Un message intitulé « Rendez-vous » ? Ou, plus pertinemment, « Finances » ?

Il avança la tête, posant presque le menton sur son épaule, et son souffle caressa son oreille gauche. Elle changea de position pour pouvoir s'écarter de lui et aperçut son profil dans son champ de vision. Un sourire effleurait ses lèvres, comme si la toucher accidentellement était un stratagème. C'était bien essayé, mais le sexe sans engagement n'intéressait pas Alexi. Enfin, peut-être qu'une aventure sans lendemain serait le meilleur moyen de tirer un trait définitif sur Patrick. Sa détermination à lui résister ne tenait qu'au fait qu'il croyait apparemment pouvoir obtenir ce qu'il voulait sans fournir trop d'efforts.

Elle répondit en un mot à la question formulée par Jack, ainsi qu'à sa proposition inexprimée.

— Non.

— Je suppose que ça aurait été trop beau.

Elle tourna la tête si brusquement que ses cheveux fouettèrent le visage de Jack.

— Et le type à qui elle a fait faux bond ?

— Pardon ?

— Votre sœur vous a demandé de l'aide parce que Natalie avait raté un rendez-vous. Avait-elle déjà vu ce type ? Peut-être qu'elle est allée à ce déjeuner et qu'il a prétendu le contraire pour écarter de lui tout soupçon ?

— Je vais vérifier auprès de Katie, mais elle m'a assuré que c'était un premier rendez-vous. Tous deux ne s'étaient jamais rencontrés.

— D'après ce qu'elle savait.

— Exact. Je lui demanderai le nom du type pour que nous puissions nous renseigner sur lui, au cas où.

Il écrivit aussitôt un e-mail à sa sœur en tapant avec deux doigts.

— Et maintenant ? demanda Alexi.

— Prenons un instant pour évaluer ce que nous avons appris jusqu'à maintenant. C'est pour cette raison que la police dispose de tableaux blancs pour ses enquêtes : chaque nouvelle piste y est notée de sorte que tout le monde soit au courant. Enfin, il ne s'agit pas forcément d'un tableau blanc de nos jours, mais plutôt de grands écrans tactiles sophistiqués. Mais je suis de la vieille école, je préfère l'ancienne méthode. Bref, nous savons de source sûre que Natalie Parker a été vue pour la dernière fois vaquant à ses occupations habituelles il y a plus de quatre jours. Elle n'a aucun proche à notre connaissance, mais Cassie les trouvera s'il en existe. En outre, elle n'a pas l'habitude de partir où que ce soit sans prévenir son amie Cheryl, qui veille sur sa maison pendant son absence.

— Et elle répond au téléphone quelles que soient les circonstances, car ce pourrait être un appel professionnel. Mais son portable est éteint et elle a fait faux bond à une cliente, ce qui ne lui ressemble pas du tout.

Il hocha la tête.

— Elle a – ou avait il y a deux ans – beaucoup d'argent sur son compte personnel, mais vit modestement et ne le crie pas sur les toits. D'où vient cette somme ? Je ne peux pas m'empêcher de penser que, si nous obtenons la réponse à cette question, nous la retrouverons.

— Elle est divorcée, mais nous ignorons combien de temps elle a été mariée, qui était son ex-mari et pourquoi ils se sont séparés. Nous savons en revanche qu'elle aimerait à présent vivre une nouvelle histoire, d'où son inscription sur Chamade, et qu'elle espère rencontrer un homme qui partage ses centres d'intérêt.

Jack écrivit le nom de Natalie en haut d'une feuille, puis dressa la liste des choses qu'ils savaient sur elle. Sur le côté droit, il énuméra les zones d'ombre qui nécessiteraient une enquête approfondie si elles n'étaient pas éclaircies grâce au rapport de Cassie. Le passé de son ex-mari et, élément important, la source de sa fortune apparaissaient en haut de la liste.

— Est-elle vraiment cette personne cherchant le grand amour, décrite comme gentille et secrète par Cheryl ? demanda Alexi.

— Est-ce une prédatrice qui use de sa sensualité pour prendre pour cibles des hommes aisés vulnérables ?

— Ou bien les hommes la prennent-ils pour cible en raison de son besoin de compagnie ?

— Elle fait un usage prudent d'Internet, mais est présente en ligne, car elle a un commerce et aurait peu de chances de survivre si les clients ne la trouvaient pas sur le Web.

— Cependant, il y a quelques anomalies. Elle est prudente sur Internet, mais raconte au monde entier *via* Facebook qu'elle songe à investir dans un cheval de course, ce qui sous-entend qu'elle a de l'argent. Pourquoi commettre une telle imprudence ? Ça ne colle pas avec son approche avisée des activités en ligne.

— Je n'y comprends rien.

— Il faut attendre que Cassie nous en apprenne davantage sur son passé.

— Et le fait que nous n'ayons pas encore de nouvelles signifie probablement qu'elle a quelques secrets à percer.

— Je pense à un autre élément qu'il faut ajouter à votre liste de questions en suspens. Un détail assez important. Est-ce qu'elle a rédigé un testament et…

— Et qui héritera s'il s'avère qu'elle est morte ?

Jack hocha la tête.

— Bien vu. Je deviens plus lent avec l'âge. C'était toujours une des premières choses à laquelle nous réfléchissions quand je travaillais dans la police.

— Ne vous en voulez pas. Je suis d'un naturel méfiant, et j'ai une assez piètre opinion de la nature humaine. Lorsqu'on a peu d'attentes, on risque moins d'être déçu.

Il se leva en lui souriant.

— Retournons au cottage et examinons sa paperasse, avant de nous rendre chez Darren Walker à Hungerford.

— Allez, Cosmo, lança Alexi en se levant à son tour pour prendre son sac à main. Ce n'est pas le moment de paresser. Nous avons du travail.

Le chat se leva, délogeant la tête de Toby de son ventre, puis s'étira.

— Il avait l'air tellement bien. Pourquoi ne pas le laisser là ?

— Nous formons une équipe. Et de toute façon, il boude si je l'abandonne trop souvent à son sort.

Jack lâcha un petit rire.

— Oh, je vois. Alors évitons de perdre notre temps à cause d'une crise. Désolé, Toby.

Il tira les oreilles du chien.

— Tu vas devoir t'amuser tout seul un petit moment.

7

— Nous aurions peut-être dû vérifier ses e-mails professionnels avant de partir, regretta Alexi tandis qu'ils suivaient Cosmo dans l'escalier.

— Nous le ferons plus tard si nécessaire.

— Je vais juste dire à Cheryl où nous allons.

Jack hocha la tête. Il se demandait encore s'il avait raison d'unir ses forces à celles d'Alexi. Il attirait si souvent l'attention des femmes que c'était difficile à gérer, et il n'en demandait pas tant. À présent, il en avait rencontré une qui l'intéressait enfin, mais il ne pouvait pas se permettre de se laisser distraire. Sa seule et unique préoccupation était l'entreprise de sa sœur.

— Bon, allons-y.

Jack la suivit jusqu'à sa voiture et voulut incliner le siège passager afin que Cosmo grimpe à l'arrière. Cependant, le chat ne l'entendit pas de cette oreille. Il s'assit sur le siège avant et lui lança un regard mauvais.

— Quoi ?

Déjà installée au volant, Alexi laissa échapper un petit rire.

— Vous ne vous attendiez quand même pas à ce qu'il s'installe à l'arrière !

Jack leva les yeux au ciel.

— Vous plaisantez ?

— Non. Cosmo ne voyage qu'à l'avant.

— C'est vrai ?

— Attention ! s'écria-t-elle lorsqu'il se pencha pour soulever le chat. Si quelqu'un essaie de lui forcer la main, le conflit se termine immanquablement dans le sang.

— Le sien ou le mien ?

Jack le posa au milieu de la banquette arrière.

— Dites donc, il pèse presque aussi lourd que moi.

Cosmo laissa échapper un miaulement indigné.

— Ne l'écoute pas, mon chéri, dit Alexi en faisant démarrer le moteur. Excusez-vous. Vous l'avez blessé.

Avec un petit rire, Jack se glissa sur le siège passager, souleva le levier pour le reculer au maximum et attacha sa ceinture. Son sourire disparut brusquement lorsqu'un félin d'une tonne atterrit sur le dossier de son siège et s'enroula autour de son cou, tandis qu'un ronronnement bruyant montait de sa gorge.

— Vous êtes sûr que ça ira ? demanda Alexi.

— Je suppose que je peux faire avec.

Il caressa le corps soyeux du chat, ce qui amplifia encore son ronronnement.

— Il vous aime bien.

— C'est réciproque, mais il sent surtout que je ne suis pas disposé à supporter son cinéma.

Il lança un sourire insolent à Alexi.

— Les enfants et les animaux ont besoin de limites.

Un court moment plus tard, ils se garèrent devant le cottage de Natalie, puis se dirigèrent vers la porte d'entrée. Cosmo s'en alla tranquillement dans le jardin. Jack prit les clés que lui tendait Alexi et déverrouilla la porte.

— Aucun système d'alarme ne protège le cottage, mais j'ai remarqué qu'il y en avait un dans l'atelier lorsque vous l'avez ouvert tout à l'heure.

— Oui, Cheryl m'a donné le code. J'ai pensé que Natalie avait dû sécuriser son local commercial pour des questions d'assurance.

— Ou parce que c'est là qu'elle conserve tout ce qui a de l'importance à ses yeux. J'ai noté qu'elle installait son ordinateur portable dans cette pièce.

— Oui, mais d'après Cheryl, elle laisse son iPad dans le cottage, ainsi qu'une petite imprimante et un scanner.

Jack haussa les épaules.

— L'ordinateur portable pour le commerce, l'iPad pour la détente. Ça tient debout.

— Mais il n'y a aucun dossier personnel dans son bureau, ni ailleurs. J'ai trouvé des factures de gaz et d'électricité dans son salon et ces vieux relevés bancaires sous des pulls dans son dressing, mais ils ne nous apprennent pas grand-chose sur la personne qu'elle était.

Il fronça les sourcils.

— Cela semble terriblement négligent de la part d'une femme aussi prudente.

— Un oubli, peut-être ?

— Les relevés bancaires datent de l'époque suivant son emménagement. Elle était probablement désorganisée et ils se sont retrouvés accidentellement dissimulés.

Ils étaient toujours dans le vestibule du cottage.

— Montrez-moi où vous les avez trouvés.

— D'accord.

Alexi monta l'escalier en premier et entra dans la chambre de Natalie.

— J'ai l'impression que le dressing n'existait pas avant, elle a dû le faire aménager. À mon avis, il y avait une troisième chambre, une petite qu'elle a transformée en penderie et en salle de bains attenante.

Jack hocha la tête.

— C'est plausible.

Alexi passa en revue les vêtements qui remplissaient les portants et les étagères.

— Beaucoup de tenues habillées. Des marques de luxe qu'elle devait prendre plaisir à porter, mais qui ne sentaient pas l'argent à plein nez.

— Vous êtes mieux placée que moi pour en juger.

Elle porta son attention sur les étagères de chaussures.

— Les souliers en disent long sur une femme. Et tous ceux-ci sont d'excellente qualité.

Jack était retourné dans la chambre et fouillait méthodiquement les tiroirs.

— On peut toujours compter sur un homme pour dénicher la lingerie d'une femme, dit-elle en arrivant derrière lui.

Elle secoua la tête en voyant son sourire et alla ouvrir les grands tiroirs d'une autre commode.

— Oh !

— Qu'est-ce que vous avez trouvé ?

— Venez voir par vous-même.

L'un d'eux était rempli de sous-vêtements sexy – très sexy. Et d'un certain nombre de jouets. Jack laissa échapper un sifflement.

— Madame prend son plaisir au sérieux.

— Visiblement. Mais seule ou bien invitait-elle des hommes ici ?

— Je vois mal l'utilité d'enfiler ces trucs s'il n'y a pas de public pour les apprécier.

Alexi hocha la tête.

— Nous devrions parler aux voisins, histoire de voir s'ils ont remarqué des allées et venues, poursuivit-il.

— Elle n'en a pas d'immédiats. Cette propriété est assez isolée.

— Ce qui facilitait ses rendez-vous secrets, si elle préférait rester discrète. C'est peut-être ce qui a motivé le choix de cette maison.

— Elle n'avait pas besoin de dissimuler ses activités, elle était sans attaches.

— Mais peut-être que son visiteur y tenait. Et il y en avait forcément un.

Il prit une cravache dans le tiroir à jouets et la fit claquer sur sa paume.

— Je doute qu'elle l'ait utilisée sur elle-même.

Alexi lâcha un petit rire.

— Sa passion pour le hippisme allait très loin, non ?

Il ne répondit pas. Cette découverte montrait Natalie sous un tout nouveau jour et l'intriguait.

— Les femmes sont plus libérées à notre époque, constata Alexi. Elles ne se sentent nullement obligées de s'excuser pour leurs besoins. Mais à en croire Cheryl, Natalie Parker était la mère Teresa de Lambourn.

— Venez, il n'y a rien d'autre d'utile ici. Allons faire le tour de son atelier.

— Rien d'autre que les comptes rendus méticuleux de ses transactions professionnelles pour les impôts, des factures de clients et d'autres de ses fournisseurs, dit Alexi un court moment plus tard en repoussant une mèche de son front. Pas le moindre indice sur sa vie personnelle. Rien même qui sous-entende qu'elle avait une vie avant d'emménager ici. Pas de répertoire, de vieilles cartes d'anniversaire conservées par nostalgie, pas de lettres… Absolument rien.

Elle secoua la tête.

— Moi qui pensais voyager léger. Mais à ce point, ce n'est vraiment pas naturel.

— Une chance que vous ayez trouvé ces vieux relevés bancaires.

— J'aurais flairé une certaine fortune personnelle en examinant son dressing, mais en effet, c'est notre seule percée pour le moment.

— Je me demande si elle a été interrompue alors qu'elle vérifiait ses relevés. Cela expliquerait pourquoi ils se trouvaient là. Elle a peut-être reçu un appel de son mec la prévenant qu'il arrivait. Elle était en train de parcourir son courrier, puis a dû se dépêcher de se préparer, décider quoi porter – ou pas. Debout au milieu de son dressing, elle a remarqué qu'elle tenait toujours les relevés et les a simplement laissés tomber sur cette étagère. Ils se sont retrouvés enfouis sous ses pulls, puis elle les a oubliés.

— Possible. Bon, que faisons-nous maintenant ? Apparemment, nous ne sommes pas…

Elle fut interrompue par la sonnerie du portable de Jack. Il vérifia l'identité de son correspondant et répondit.

— Salut, Cass, alors qu'est-ce que tu as ?

— Tu es seul ?

Il fronça les sourcils en s'interrogeant sur la raison de cette question et se sentit obligé de mentir. Cassie se montrerait possessive si elle apprenait qu'il était avec Alexi, et il n'avait aucune envie qu'elle lui casse les pieds.

— Absolument seul, tu peux parler.

— Vérifie tes e-mails. J'ai trouvé quelques trucs intéressants sur ta vertueuse Mme Parker.

— Je connais ce ton. Dis-m'en plus.

Il lança un clin d'œil à Alexi.

— Elle est connue des services de police. Qu'est-ce que tu dis de ça ?

— Elle a été arrêtée ?

Il regarda Alexi les yeux écarquillés, et elle resta bouche bée.

— Pour quel motif ?

— Racolage.

Jack retint brusquement son souffle.

*

Il ne paraissait pas totalement surpris de l'information dénichée par son associée, mais Alexi était stupéfaite. Pourquoi ? Elle n'aurait su le dire. Ce n'était pas comme si elle connaissait Natalie personnellement. En plus, elle avait tout vu et tout entendu pendant sa carrière de journaliste, et elle savait que les femmes se tournent vers le plus vieux métier du monde pour toutes sortes de raisons – généralement par nécessité financière. Les sous-vêtements sexy et l'importante collection de sex-toys auraient dû lui mettre la puce à l'oreille. À l'évidence, Jack avait déjà fait le lien, mais elle avait été longue à la détente parce qu'elle avait cru à l'opinion que Cheryl avait de son amie. Une erreur de débutante. Non que Cheryl ait des raisons de mentir, mais elle avait bel et bien tendance à ne voir le mal chez personne.

— Racontez-moi tout, dit-elle lorsque Jack eut mis fin à son appel.

— Cassie m'a tout expliqué dans un e-mail.

Il se connecta à son compte.

— Et voilà.

À nouveau, Alexi se retrouva obligée de lire par-dessus son épaule.

— Natalie Parker n'est donc pas son vrai nom, remarqua-t-elle.

— Non. Elle s'appelle Natalie Seaton, mais l'a modifié juridiquement il y a des années. Elle a été abandonnée à la naissance et proposée à l'adoption. Aucun renseignement disponible sur ses géniteurs.

— Comme elle ne les a jamais connus, elle a une bonne excuse pour prétendre qu'ils sont morts.

— Elle parlait peut-être de ses parents adoptifs. Qu'elle considérait sans doute comme ses véritables parents.

— C'est fort probable.

— Sa mère adoptive était jardinière, spécialisée dans l'art floral. Qu'est-ce que ça peut bien signifier ?

— Elle composait des bouquets. L'exemple de sa mère adoptive a dû encourager Natalie à suivre cette voie. Quel âge avait-elle lorsqu'elle a été arrêtée ?

— Quatorze ans.

— Quatorze ?

Alexi en resta momentanément sans voix.

— Son casier judiciaire doit être cacheté, alors Cassie n'a pas pu le parcourir.

— Est-ce qu'il est vraiment impossible de l'obtenir ?

Jack lui lança un regard ironique.

— Vous essayez d'insulter mon associée en sous-estimant ses capacités ?

Alexi répondit par une question.

— Pourquoi lui avez-vous dit que vous étiez seul ?

Comme il hésitait à répondre, elle fronça les sourcils.

— Maddox, vous ne lui avez pas parlé de moi, je me trompe ?

Un lent sourire étira les lèvres d'Alexi.

— Vous avez peur d'elle.

— Ouais, c'est ça !

Son déni ne la convainquit pas un instant, et l'occasion de creuser était trop belle pour qu'elle la laisse passer.

— Je croyais que votre relation était purement professionnelle.

— Je lui ai parlé de vous, mais j'ai minimisé la part d'enquête que nous effectuons en commun. Elle était déjà agacée parce que je passe plus de temps que prévu ici, alors que les missions payantes s'accumulent. Bref, inutile d'aggraver les choses. Elle peut se montrer un peu trop protectrice.

Alexi inclina la tête sur le côté et fit semblant d'être vexée.

— Elle a peur que ma compagnie sournoise vous traumatise ?

— Quelque chose de ce genre.

Il esquissa un sourire contrit.

Elle secoua la tête en songeant qu'elle venait d'apprendre une information utile. Cassie Fenton avait des vues sur Jack. Manifestement, celui-ci le savait puisqu'il était prêt à se mettre en quatre pour éviter de la contrarier. *Une relation purement professionnelle ? Mon œil !*

— Je me demande si le père adoptif de Natalie a commencé à se montrer trop amical. Ces choses-là arrivent. Souvent. J'ai écrit un reportage sur les maltraitances au sein du système de protection sociale. Les histoires que m'ont racontées ces gamins placés étaient bouleversantes. Ceux qui essayaient d'en parler n'étaient pas crus, on les cataloguait comme des perturbateurs.

— Ne tirez pas de conclusions hâtives.

— Je ne bâcle jamais le travail. Pour votre information, je vérifiais toujours trois fois les faits, sans quoi j'aurais eu les avocats du journal en permanence sur le dos. Je réfléchissais à voix haute, c'est tout.

— Hmm.

Occupé à lire l'e-mail de Cassie, il ne semblait plus l'écouter que d'une oreille.

— Si Natalie était escort de luxe, cela expliquerait pourquoi elle possédait tout cet argent, dit-elle.

Il laissa échapper un long sifflement admiratif.

Elle regarda l'écran et ne put que partager sa fascination. Les photos affichées provenaient d'un site sur lequel Natalie exposait ses charmes à l'époque de son ancienne carrière. Elle se faisait appeler Natalie Dwight, et c'était une femme à la fois classe, sexy et raffinée.

— Ce site n'existe plus depuis longtemps, mais Cassie l'a retrouvé. C'est ce qui lui a pris tout ce temps.

— Natalie a sans doute quitté la profession lorsqu'elle a emménagé ici il y a deux ans.

Elle le regarda faire défiler les pages du site ; chacune proposait une femme différente, et tous les types de cheveux, de peaux et les couleurs d'yeux étaient représentés. Il y avait de quoi satisfaire les goûts de chaque client.

— Elle faisait partie d'une agence d'escorts de luxe. Est-ce que le site indique où elle se trouvait ?

— Son nom est Mayfair Escorts. Je parierais que ses locaux étaient à Londres.

Alexi leva les yeux au ciel.

— Ma parole, rien ne vous échappe.

Il sourit et lui lança un clin d'œil.

— Cassie saura trouver l'endroit exact et découvrir si elle existe toujours.

— Je ne vois pas en quoi cela nous sera utile. Et pourquoi ce site aurait-il été fermé si l'agence existe toujours ?

— Je n'en suis pas encore sûr, mais je devine que cette agence, ou quiconque la dirigeait à l'époque, a eu une grande influence sur la vie de Natalie. Les établissements haut de gamme comme celui-ci sont très sélectifs.

Alexi le regarda d'un air interrogateur.

— Et vous savez cela parce que…

— Je le sais, c'est tout. Les maquerelles éprouvent une affection maternelle pour leurs filles. Celle de l'agence pourrait bien avoir sauvé Natalie si elle partait en vrille. Et peut-être que l'établissement s'est forgé le genre de réputation sélect qui rend inutile tout site internet ou type de publicité.

Alexi hocha pensivement la tête.

— Elle a dû prendre le nom de Parker juste avant d'emménager ici. Mais peut-être qu'elle voit toujours certains de ses anciens clients, ce qui expliquerait pourquoi elle a conservé ses outils professionnels.

— C'est possible, mais si elle voulait sérieusement se ranger, pourquoi aurait-elle continué à proposer des passes chez elle ?

— Je n'ai pas encore trouvé d'explication à cet élément.

Elle fronça les sourcils.

— Elle ne le fait peut-être pas chez elle. D'après Cheryl, Natalie partait souvent en déplacement une nuit ou deux… Elle a manifestement omis de préciser le but de ces voyages.

Jack lâcha un petit rire.

— Sacrée Cass. Elle a même piraté ses comptes bancaires.

Ensemble, ils examinèrent les chiffres qu'il fit défiler sur le petit écran.

— Natalie a quitté la profession avec plus d'un demi-million à la banque, dit-il.

— Nous le savions déjà.

Alexi soupira.

— Je n'ai pas choisi le bon métier. À l'école, aucun des conseillers d'orientation n'a jamais souligné les avantages financiers de l'ancienne profession de Natalie.

— Dans ce commerce haut de gamme, on emmène les filles à des soirées d'entreprise huppées. Elles doivent donc avoir le physique et la conversation nécessaires. Si elles sont futées, comme l'est manifestement Natalie, elles peuvent se faire une petite fortune.

— Oui, j'avais saisi cette partie.

— Apparemment, elle a payé sa propriété rubis sur l'ongle, puis a demandé un permis de construire pour l'annexe. Il lui a été accordé, et elle a obtenu l'autorisation de l'exploiter commercialement. Elle a également payé le tout en espèces.

— Ce qui a dû faire un trou dans ses économies.

— Visiblement.

Il continua à étudier les chiffres.

— Les relevés que vous avez trouvés lui ont été envoyés avant qu'elle débourse toutes ces sommes. Il lui restait moins de cent mille livres à la fin de la construction de son local commercial.

— Et aujourd'hui ?

— Elle possède le double.

Tous deux se regardèrent.

— Son commerce n'a pas pu lui rapporter autant d'argent en si peu de temps, je me trompe ? demanda Alexi.

— Elle reçoit des paiements réguliers de cent mille livres depuis le jour où elle a emménagé ici. Mais ils ont été versés sur son compte personnel, et nous savons qu'elle ne tient minutieusement ses comptes que dans le cadre de son activité professionnelle.

— Des paiements en échange de ses services ? Pourrait-elle vraiment demander autant ?

Il haussa les épaules.

— Tout dépend de son talent dans ce domaine.

Alexi examina les chiffres plus attentivement tandis que Jack faisait défiler les pages.

— Et ces sommes ? Sept mille, neuf mille. Les versements à quatre chiffres sont relativement nombreux.

— Et effectués assez récemment.

Jack parut pensif.

— Mais dans quelle sale affaire vous êtes-vous embarquée, Natalie ?

— Ces sommes ont dû échapper au radar de la banque, alors elle n'a pas eu besoin de justifier leur origine. Mais d'où venaient-elles, Jack ?

— Je n'en ai pas la moindre idée.

Il se pencha en arrière et s'étira. Son T-shirt se souleva, ce qui offrit à Alexi un bon aperçu de ses tablettes de chocolat et de la toison de poils frisés qui disparaissait sous sa ceinture.

— Elle faisait pression sur d'anciens clients peut-être ? demanda-t-il.

— Du chantage ? Le genre de menace qui aurait mis sa vie en danger ?

— Oui, si elle était assez stupide pour emprunter cette voie-là. Mais Natalie ne m'apparaît pas comme une sotte. Elle connaît les règles du jeu et les limites à ne jamais franchir.

— Mais admettons qu'elle en ait franchi ?

— Dans ce cas, nous devons absolument continuer à fouiller son passé trouble pour saisir ce qui est important.

— Vous n'y êtes pas obligé. Une fois que nous aurons définitivement mis l'agence de votre sœur hors de cause, vous n'aurez qu'à me laisser enquêter seule.

Il promena un lent regard paresseux sur son visage.

— Déjà marre de moi ?

— Votre associée attend votre retour avec impatience.

— C'est mon associée, pas ma mère. Et cette affaire a sérieusement éveillé ma curiosité, alors je vais traîner ici encore un jour ou deux, puis je verrai où nous en sommes.

— D'accord, mais si vous voulez mon avis, Natalie cherchait vraiment le grand amour et avait tiré un trait sur son ancienne vie. Dans le cas contraire, elle ne se serait pas inscrite auprès de l'agence de votre sœur.

— J'aurais tendance à être d'accord. Cependant, elle a également pu le faire parce qu'elle se sentait seule. D'après Cheryl, Natalie souhaitait une vie normale.

— Cassie n'a trouvé aucune trace de son ancien mari ?

— Non, Natalie devait mentir à ce sujet aussi.

— Nous n'avons pas trouvé de testament, ni même le nom d'un avocat.

— Nous n'aurons aucun mal à découvrir qui l'a représentée lors de l'achat de cette maison, puis lors de la construction de l'annexe.

— Seulement, cette personne ne nous dira rien.

Jack lui concéda ce point avec un hochement de tête.

— Bon, je crois que nous ne trouverons plus rien d'autre ici, dit Alexi. Il est temps d'aller trouver Walker, même s'il me paraît de moins en moins probable qu'un seul membre de l'agence de rencontres soit mêlé à sa disparition.

— Katie sera heureuse de l'apprendre.

Tous deux se figèrent lorsque le téléphone fixe de Natalie se mit à sonner. Alexi lança un regard à Jack et sentit qu'il avait comme elle la soudaine impression de violer sa vie privée. Le répondeur se mit en marche et la voix de Natalie s'éleva : douce, modulée, elle demanda à son interlocuteur de laisser un message. C'était la première fois qu'ils l'entendaient. Alexi trouva subitement cette femme plus humaine d'une certaine façon, ce qui augmenta son inquiétude pour son bien-être. Elle s'en voulut d'avoir tiré des conclusions hâtives et commencé à avoir une opinion plus négative d'elle depuis qu'elle avait découvert comment Natalie avait amassé son pécule. Ce n'était pas bien. Alexi se réprimanda intérieurement. Cette femme avait eu un départ difficile dans la vie et, sans en savoir davantage sur elle, elle n'avait aucun droit de la juger sur la base de ses choix.

« Natalie, dit une voix masculine. C'est Charles. Je ne serai pas loin de chez toi samedi, alors je me demandais si tu aurais un moment à me consacrer. Tiens-moi au courant. »

— Mince, lâcha Alexi à la fin du message. Il n'a pas laissé de numéro.

— Et celui de son téléphone est masqué, constata Jack après avoir composé le numéro servant à identifier le dernier appel. Ce n'est pas grave, il ne pourra pas échapper à Cassie.

*

Alexi résista à l'envie de faire du bruit pour révéler sa présence pendant que Jack discutait avec son associée possessive. Il lui demanda de vérifier l'historique d'appels de Natalie et de découvrir l'identité de ce Charles.

— Bon, lança-t-il en rangeant son portable dans sa poche. En route pour Hungerford.

Ils quittèrent l'atelier après avoir mis l'alarme en marche et fermé la porte à clé derrière eux. Cosmo émergea des broussailles et partit devant eux vers la voiture.

— Mais comment fait-il ? demanda Jack.

— C’est un chat perspicace, sans compter qu’il est très protecteur. Il vous a stoppé net ce matin alors que vous vous approchiez de moi sans bruit.

— J’ai eu la peur de ma vie.

Alexi émit un petit rire.

— C’est qu’il est malin, mon chaton !

— En tout cas, sachez que je ne m’approchais pas de vous en douce ; j’enquêtais. Je ne suis pas ce genre de pauvre mec.

— Si vous le dites, répondit-elle avant d’esquisser un sourire entendu. Vous devriez songer à changer de technique dans ce cas. Vous aviez vraiment l’air d’un type louche.

8

Il était plus de 17 heures lorsqu'ils quittèrent le cottage. Les quelques rayons de soleil qui étaient parvenus à percer avaient abandonné la compétition avec les lourds nuages et une bruine légère mouillait le pare-brise de la Mini.

Tandis qu'Alexi se concentrait sur la route, Jack en profita pour l'observer à la dérobée, remarquant des détails qui ne lui avaient pas encore sauté aux yeux. Le voile de taches de rousseur sur son nez. Une minuscule cicatrice juste sous le creux à la base de son cou. Sa façon mignonne de se mordiller la lèvre inférieure lorsqu'elle se concentrait. Cette robuste femme active ne se rendait probablement pas compte qu'elle débordait de féminité. Elle avait travaillé comme une acharnée pour se faire un nom, jusqu'à ce qu'on lui coupe l'herbe sous le pied. Elle se sentait un peu vulnérable depuis cette déconvenue, et Jack devinait que cela l'agaçait.

— Si seulement il pleuvait pour de bon, ou alors pas du tout, marmonna-t-elle. Je déteste la demi-mesure.

— Vous voulez que je conduise ?

— Personne, absolument personne d'autre que moi, ne conduit Fabio.

Il haussa un sourcil.

— Fabio ?

Elle tapota le volant.

— Fabio, je te présente Jack. Jack, Fabio.

— Enchanté, Fabio.

Il sourit.

— Qu'est-ce qu'on fait maintenant ? Est-ce qu'il y a un protocole ? Faut-il que je serre son levier de vitesses ?

— Certainement pas ! Vous vous connaissez à peine. Éloignez vos mains baladeuses, Maddox.

Alexi réprima un sourire en gardant les yeux fixés sur la route. Il eut envie de lui dire de laisser éclater son rire. Celui-ci était charmant, rauque et naturel. Elle finit par baisser la garde et son sourire fut sincère : il lui plissa les yeux et fit ressortir les taches argentées qui dansaient dans leurs profondeurs. Une médecin avec qui Jack était brièvement sorti lui avait expliqué que les muscles nécessaires pour sourire avec les yeux se contractent involontairement ; ils fonctionnent seulement en cas de sourire sincère, par opposition au sourire poli. En observant Alexi, il songea qu'il était prêt à le croire.

— Est-ce qu'on aurait dû l'appeler avant ? demanda-t-elle. Imaginons que Walker ne soit pas chez lui ?

— Mieux vaut le prendre par surprise. S'il est retraité, il y a fort à parier qu'il sera chez lui à cette heure de la journée.

— Sans doute.

Walker habitait dans une maison de belle taille sur une grande parcelle. Devant, la pelouse était impeccablement tondue, et il n'y avait pas une fleur ni un arbuste en vue. Ce jardin nu était la preuve flagrante que son propriétaire vivait seul. Jack se demanda si Natalie, fervente jardinière, avait eu l'occasion de le voir et, si c'était le cas, ce qu'elle en avait pensé. La vue de cette étendue verte l'avait-elle stimulée ou bien déprimée ?

— Reste ici, Cosmo, ordonna-t-elle lorsque Jack se défit de son cache-cou félin, avant de le déposer sur le siège qu'elle venait de quitter. Nous n'en aurons pas pour longtemps.

— Je sais, mon gars, la vie est dure.

Jack sortit à son tour de la voiture.

La présence d'une Audi haut de gamme garée devant le garage de Walker était encourageante. Jack appuya sur la sonnette et attendit. Un court moment plus tard, la porte s'ouvrit sur un petit homme en polo bleu marine et pantalon décontracté aux plis nets. Il était moins chic que sur la photo qu'ils avaient vue en ligne, mais il dégageait une impression de chaleur et d'ouverture que les femmes trouvaient probablement attirante, songea Jack. Loin de paraître agacé par l'irruption de ces deux inconnus, il leur adressa un sourire aimable.

— Darren Walker ? demanda Jack.

— Oui, que puis-je faire pour vous ?

— Nous espérions échanger quelques mots avec vous au sujet de Natalie Parker. Je crois que vous la connaissez.

Les sourcils de Walker disparurent sous ses cheveux fins.

— Natalie… Il lui est arrivé quelque chose ?

— Qu'est-ce qui vous le fait penser ? demanda Alexi.

Je croyais qu'on avait décidé de le laisser parler ! pensa Jack. Enfin, il était sans doute peu réaliste de s'attendre à ce qu'une journaliste garde le silence une seule fois dans sa vie.

— Pour quelle autre raison m'interrogeriez-vous à son sujet ?

Le sourire de Walker disparut.

— D'ailleurs, voulez-vous bien me dire qui vous êtes ?

— Jack Maddox, détective privé.

Walker serra machinalement la main que lui tendait Jack.

— Et voici mon assistante, Mme Ellis.

Jack ignora le regard noir d'Alexi, conscient qu'elle lui passerait un savon plus tard pour l'avoir arbitrairement rétrogradée. Walker lâcha sa main et voulut serrer celle d'Alexi en l'examinant avec une admiration évidente. Après tout, rares étaient les hommes possédant deux yeux et un pouls qui se montreraient insensibles à son physique, admit Jack, mais Walker la reluquait avec un ravissement très peu subtil. *Tu* rêves, *mon gars.*

Walker prit la carte que Jack lui tendait et l'étudia.

— Un détective privé. Je n'en avais encore jamais rencontré. Je n'aurais pas cru être visé par une enquête un jour.

— Vous n'avez rien fait, répondit Alexi.

— C'est rassurant. Mais si vous venez me voir au sujet de Natalie, j'imagine qu'il lui est bel et bien arrivé quelque chose

— Nous avons simplement quelques questions à vous poser.

— Dans ce cas, vous feriez mieux d'entrer.

Walker ouvrit plus largement la porte et les fit pénétrer dans un vestibule aseptisé. Les murs étaient d'un blanc aveuglant, la moquette, beige, et les uniques meubles – un portemanteau en tek surmonté d'un miroir très orné –

avaient dû coûter cher, mais… ils étaient fades. Un jeu de clubs de golf était appuyé contre un mur. Cependant, il n'y avait aucun manteau aux crochets, aucune chaussure abandonnée, aucun courrier publicitaire à traîner.

— Par ici.

Il ouvrit une porte sur un salon aussi incolore qui occupait toute la largeur de l'arrière de la maison. Ses murs étaient également d'un blanc éclatant. La même moquette beige que dans l'entrée couvrait le sol, assortie au mobilier en cuir. Soit cet homme était accro à ce ton, soit il avait embauché un décorateur d'intérieur qui manquait d'imagination.

Afin de soulager les yeux de tout ce blanc, quelques tableaux à peu près regardables étaient accrochés aux murs. Il y avait une grande télévision dans un coin, plusieurs tables et lampes dispersées, mais pas grand-chose d'autre dans la pièce. Aucune plante, décoration, ni livre, portrait de famille ou babiole. Les objets qui avaient réussi à franchir la porte étaient parfaitement alignés, et on n'apercevait pas un grain de poussière sur les surfaces. C'était un peu comme s'il venait d'emménager dans une maison meublée et n'avait pas pris la peine d'y ajouter sa touche personnelle.

— Asseyez-vous, je vous en prie, proposa-t-il à Alexi.

Partant du principe qu'il était inclus dans cette invitation, Jack s'enfonça dans un fauteuil en cuir beige qui était, il fallait l'admettre, délicieusement confortable.

— Est-ce que je peux vous offrir quelque chose à boire ?

— Non, merci, répondit-il. Nous ne vous retiendrons pas longtemps.

Walker s'assit en face d'eux.

— Alors, que puis-je faire pour vous ?

Jack ne vit pas l'intérêt de tourner autour du pot.

— Des amis de Natalie nous ont demandé d'essayer de la retrouver. Elle a disparu depuis quatre jours et…

— Quatre jours ? Mince alors.

Walker se gratta la tête.

— Enfin, ça ne veut peut-être rien dire.

— C'est étrange de la part d'une personne qui a un commerce, des obligations à remplir, et qui n'a pris aucune disposition pour y faire face pendant son absence, ni prévenu quiconque de son départ.

— Et qui ne répond pas sur son portable, renchérit Alexi.

— Ah, oui, je vois. Comme c'est inquiétant ! Cependant, j'ai bien peur de ne pas pouvoir vous aider.

Walker marqua une pause.

— Je suppose que vous savez que j'ai fait la connaissance de Natalie sur un site de rencontres.

Jack et Alexi hochèrent la tête.

— Je suis veuf, retraité depuis peu, et pour être honnête, je me sens un peu seul maintenant que je ne travaille plus. J'aurais peut-être dû rester à Londres. Cela dit, je n'avais pas vraiment d'amis là-bas, juste des collègues et des connaissances. Mais ça aurait sans doute été plus facile que de recommencer à zéro.

— Les hommes seuls attirent les femmes intéressées, remarqua Alexi en promenant son regard sur la pièce.

La décoration était peut-être inexistante, mais toute personne posant les yeux sur la façade de cette maison, et sur le quartier en général, aurait deviné qu'elle avait coûté une jolie somme.

— Exactement.

Walker sembla soulagé qu'elle le comprenne.

— On entend des histoires si terribles de nos jours, Jack. Je sais bien que je ne suis pas spécialement bel homme, ni particulièrement intéressant, donc lorsqu'une belle femme se jette à mon cou, je ne suis pas assez stupide pour penser que c'est dû à mon charme irrésistible.

Jack eut de la peine pour lui, mais fut soulagé qu'il se montre aussi réaliste. Les apparences comptaient à tout âge. C'était injuste, mais le monde fonctionne de cette façon.

— Vous vous êtes donc inscrit sur un site de rencontres dont les membres ont des centres d'intérêt en commun, conclut Alexi.

— Voilà. J'ai été attiré par Natalie à l'instant où j'ai vu sa photo. Elle était élégante, instruite, intéressante, et je me suis aussitôt senti à l'aise pour lui parler.

— Je comprends, répondit Jack. Combien de fois vous êtes-vous rencontrés ?

— Trois.

Walker prit un air modeste.

— Nous nous entendions très bien, mais pour être honnête, j'ai été surpris qu'elle accepte de me voir une deuxième, et encore plus une troisième fois.

— Pourquoi ? demanda Alexi.

— Vous l'avez rencontrée ?

Jack et elle secouèrent la tête.

— Les femmes comme elle ne choisissent jamais des hommes comme moi. J'ai peut-être un peu d'argent, mais elle l'ignore. Nous avons discuté par e-mail un moment avant de nous donner rendez-vous. Nous y parlions de nos goûts, de nos centres d'intérêt, mais tout ce qu'elle sait, c'est que je suis un fonctionnaire à la retraite. Je ne lui ai jamais dit où j'habite, donc elle ne peut pas savoir que je suis propriétaire de cette belle maison, ni que je n'ai contracté aucune hypothèque.

Jack était conscient qu'il se trompait. Si Natalie connaissait le nom complet de Walker, trouver son adresse avait dû être un jeu d'enfant. Elle avait peut-être eu l'intention réelle de lui jouer un sale tour. De toute évidence, il était déjà épris. Les efforts de Natalie avaient donc payé.

— En tout cas, nous nous sommes rencontrés deux autres fois. J'avais prévu de l'inviter ici la semaine prochaine. Il était temps que je sois totalement honnête avec elle sur ma situation. Enfin, si elle m'aimait bien, la vérité ne pouvait pas faire de mal, poursuivit Walker comme s'il essayait de s'en convaincre.

Il agita vaguement les bras autour de lui.

— Quoique le jardin n'ait pas risqué de lui faire grande impression. Je songe depuis un moment à embaucher quelqu'un, un paysagiste par exemple, mais je n'en ai pas encore trouvé le temps. Natalie adore les jardins, elle dit qu'elle est capable de faire pousser absolument n'importe quoi.

— C'est vrai, répondit Alexi. J'ai vu le sien. Il est magnifique, mais je suis comme vous, monsieur Walker, je ne saurais pas distinguer un pissenlit d'une jonquille.

— Je vous en prie, appelez-moi Darren.

— Est-ce qu'elle vous a parlé d'autres amis ou relations ? demanda Jack. D'un quelconque proche ?

Walker secoua lentement la tête, comme s'il fouillait dans sa mémoire.

— Non, elle m'a expliqué qu'elle était divorcée et n'avait plus aucun contact avec son ex-mari. Ses parents sont morts et elle n'a ni frère ni sœur. J'en ai conclu qu'elle était seule, comme moi.

— Vous n'avez donc aucune idée de ce qui aurait pu la pousser à partir ?

Il répondit à la question de Jack par une autre.

— Vous ne pouvez pas localiser sa voiture ?

— À moins qu'elle soit équipée d'un dispositif de localisation, c'est presque impossible. De toute façon, dit doucement Jack, sa voiture est toujours dans son garage.

Walker pâlit.

— Oh, mon Dieu ! C'est mauvais signe.

— En effet, c'est étrange, mais…

— Pourrais-je vous demander comment vous avez appris que Natalie et moi sortions ensemble ?

— Nous avons trouvé votre nom sur un morceau de papier à côté de son téléphone.

— Ah, d'accord.

Cette réponse sembla le satisfaire.

— Et qu'est-ce qu'on fait actuellement pour la retrouver ? En dehors de votre enquête, je veux dire.

— Des amis ont signalé sa disparition à la police, répondit Alexi.

— Je suppose qu'elle passera me voir aussi.

— Malheureusement, les policiers ne font pas grand-chose pour la retrouver, car…

— Car Natalie est adulte, il n'y a aucun signe flagrant d'enlèvement, j'imagine, et pas de cadavre.

Walker serra les lèvres.

— Oui, je regarde la télé.

— C'est pour cette raison que nous sommes intervenus, expliqua Jack. L'agence de rencontres tient à la confidentialité des données de ses clients, mais elle ne veut pas entraver les efforts déployés pour retrouver Natalie.

— C'est parfaitement compréhensible. J'imagine que vous allez interroger tous les hommes qu'elle a rencontrés par l'intermédiaire du site.

— Oui, mais vous êtes le seul qu'elle a vu plus d'une fois.

— C'est vrai ?

Il parut à la fois surpris et content.

— Eh bien, dans ce cas, il faut que vous me disiez si je peux faire quoi que ce soit pour vous aider à la retrouver. Ce serait terrible qu'il lui soit arrivé quelque chose.

— En effet.

Jack marqua une pause, les jambes tendues devant lui, puis il croisa les chevilles.

— Est-ce qu'il lui arrivait de parler du métier qu'elle exerçait avant son installation à Lambourn ?

— Elle m'a raconté qu'elle travaillait dans les relations publiques et voyageait beaucoup.

Bien joué, pensa Jack, c'était presque la vérité.

— Très bien, merci, répondit-il.

Il adressa un signe de tête à Alexi, puis tous deux se levèrent. Il fallut un moment à Walker pour parvenir à se lever à son tour. Jack vit qu'il était sincèrement bouleversé par la disparition de Natalie. Ils le remercièrent de les avoir reçus et promirent de l'informer s'ils finissaient par la retrouver.

*

— Votre assistante ? demanda Alexi, tandis que Jack et elle s'éloignaient dans sa voiture.

Elle était consciente que Walker les observait à travers une fenêtre.

— Les gens qui exercent votre métier ont mauvaise réputation, répondit Jack, impassible.

Elle lui lança un regard en coin.

— Vraiment ?

— Est-ce que je vous mentirais ?

Elle poussa un grognement.

— Qu'est-ce que vous avez pensé de lui ? demanda-t-elle.

— Je crois que sa rencontre avec Natalie lui a paru inespérée et qu'il est sincèrement bouleversé par sa disparition.

— Oui, c'est aussi mon impression. Il se sent seul et regrette d'avoir quitté Londres.

Elle marqua une pause.

— Que ça te serve de leçon, Alexi, dit-elle à mi-voix.

Jack sembla surpris.

— J'ignorais que vous aviez l'intention de quitter la capitale.

— Je ne vois pas pourquoi vous le sauriez. De toute façon, je ne me suis pas encore décidée. Bref, revenons à Darren Walker. Natalie avait peut-être prévu de lui jouer un mauvais tour, mais je suis convaincue que ce n'est pas l'inverse.

— Je suis d'accord avec vous.

— Bon, il reste les deux autres types.

— Je demanderai à Larry de se renseigner sur eux.

— Larry ?

— C'est un ancien flic qui travaille pour mon agence de temps en temps.

— Cassie ne va pas être contente.

— Si vous tenez votre langue, je ne lui raconterai rien non plus.

Il lui lança un sourire ravageur.

— Et Larry sera muet comme une tombe.

— Deux vieux flics qui se serrent les coudes, en somme.

— Eh, pas si vieux que ça.

Elle lui adressa un sourire angélique.

— Je décris ce que je vois.

Il lâcha un petit rire et changea de position. Cosmo l'imita aussitôt, tandis que Jack le grattait distraitement derrière les oreilles. Alexi secoua la tête, étonnée par l'adoration totale de son chat pour cet homme.

— Vous devriez prendre une chambre tous les deux.

— C'est ma faute si votre chat est doué pour cerner les gens ?

Levant les yeux au ciel, elle s'arrêta au bout de la file de voitures qui attendaient que le feu passe au vert.

— Vous ne pensez pas que ça vaudrait le coup d'appeler les deux autres hommes ? demanda-t-elle.

— Non. Chaque seconde compte, nous devons gérer correctement notre temps. Je suis de plus en plus convaincu que la disparition de Natalie est liée à son ancien métier. Il faut que nous découvrions l'identité de ce Charles et si Natalie voyait quelqu'un d'autre régulièrement. Un ex jaloux ? supposa-t-il en posant sur elle un regard interrogateur. Ou une personne de l'agence où elle travaillait, qui estime avoir été flouée si Natalie a étendu ses activités seule et est partie avec ses clients.

— Est-ce que c’est plausible ?

— Si seulement je le savais. Voilà pourquoi nous devons explorer cette piste. En attendant, Larry n’aura qu’à se renseigner sur les deux autres. J’ai confiance en son jugement. S’il flaire la moindre piste, il la creusera. Ensuite, nous passerons les voir.

— Très bien.

Alexi pénétra dans le parking de Hopgood Hall.

— J’imagine que nous ferions mieux d’informer Cheryl et Drew de ce que nous avons découvert, proposa-t-elle en descendant de voiture. Je me demande s’ils étaient au courant de quoi que ce soit. Concernant la vie secrète de Natalie, je veux dire.

— Nous le saurons bientôt.

Jack posa la main dans le creux de son dos et la guida vers la porte. Quoique vieux jeu, c’était un réflexe poli auquel elle n’aurait pu s’opposer sans que cela fasse toute une histoire.

— Partez devant, lança-t-il. Je vais passer un coup de fil à Larry, faire le point avec Cassie, et je vous rejoins.

— D’accord.

*

Cosmo entra le premier dans la cuisine, où Toby, fou de joie, s’élança vers lui. Alexi les regarda en souriant, lança son sac sur la table et leva les yeux vers…

— Patrick ?

Elle dévisagea son ex confortablement installé à la table de la cuisine, où il buvait une tasse de thé avec Cheryl. Celle-ci bondit sur ses pieds et adressa un regard désolé à Alexi.

— Il vient d'arriver, chuchota-t-elle. Il m'a dit que tu l'attendais.

Alexi tapota l'épaule de son amie.

— Ce n'est pas grave.

— Salut.

Patrick se leva et essaya de l'attirer dans ses bras, mais elle esquiva son geste. Ses lèvres se posèrent de manière assez inoffensive près de son oreille. Cosmo venait seulement de remarquer sa présence. Il fit le gros dos, le poil hérissé, puis émit une série de feulements rageurs. Cheryl, qui avait probablement perçu la tension avant même la réaction de Cosmo, paraissait totalement déconcertée.

— Mais qu'est-ce que tu fais ici ? demanda Alexi. Comment m'as-tu trouvée ?

— Je suis journaliste. C'est mon métier.

— J'espère pour toi que tu ne m'as pas localisée grâce à mon portable, dit-elle en s'éloignant de lui, les bras croisés.

— Bon, je vous laisse, les interrompit Cheryl qui se dépêcha de partir.

La porte se referma derrière elle. Alexi se retrouva piégée avec son ex déterminé, un chat en colère et un chien gémissant. Les seuls sons dans la pièce étaient les feulements de Cosmo et les jappements perplexes de Toby. S'efforçant de contenir sa colère, elle songea qu'il était hors de question de parler de la pluie et du beau temps pour détendre l'atmosphère.

— Tu n'as pas répondu à mes appels.

— Et pour quelle raison aurais-je dû le faire ?

Elle détourna les yeux de son visage.

— Allez, Alexi, sois indulgente envers moi. Je ne pouvais pas t'avertir de ce qui se préparait. J'aurais risqué bien plus que mon poste.

— Mais tu te moquais que je perde le mien, apparemment.

Il l'attrapa par les épaules et la força à se retourner afin de l'obliger à le regarder. Cosmo se mit à feuler plus fort.

— Si j'avais pu faire quelque chose, n'importe quoi, pour garantir le maintien de ton poste, tu ne crois pas que je m'en serais chargé ?

Elle haussa les épaules.

— Qu'est-ce que ça peut faire maintenant ?

Patrick poussa un profond soupir navré.

— Je t'aime, et je veux passer le reste de ma vie avec toi. Je pensais que tu éprouvais la même chose pour moi.

— Je le croyais aussi.

Elle marqua une pause, leva les yeux vers son beau visage tout en attendant qu'un regret s'empare d'elle… et ne ressentit rien. La confirmation de l'absence de tout sentiment pour lui fut libératrice. Elle s'interrogea cependant sur sa propre loyauté. Elle avait vraiment cru être amoureuse de lui. Elle avait passé deux jours à verser toutes les larmes de son corps après avoir perdu son travail et plaqué cet homme pour la raison qu'elle ne pouvait plus lui faire confiance. Patrick n'était peut-être pas l'amour de sa vie, après tout.

— Je l'ai cru, dit-elle.

— Tu connais les règles du jeu, Alexi. Au sein d'un journal, seul compte le résultat net. On fait avec les moyens du bord. Tu étais trop douée pour ce que tu faisais. Tu étais devenue trop chère pour ce poste.

Elle haussa un sourcil.

— Rien à voir avec le fait que le journal revoie ses standards à la baisse ?

— J'avais résolu le problème. Si tu avais accepté le poste qui t'était offert, je t'aurais ensuite permis de faire ce que tu fais le mieux par des moyens détournés. Une fois que la direction aurait compris combien tu manquais aux lecteurs, elle aurait été obligée de me donner le feu vert.

— Tu aurais préféré que j'écrive l'équivalent d'une chronique de ragots politiques et que je perde la face devant tout le milieu, sans parler des lecteurs ?

Elle le foudroya du regard.

— C'était ça, le super plan que tu essaies de me vendre ?

Il secoua la tête.

— Tu as changé.

— C'est ce qui arrive quand on se fait renvoyer.

— Si tu avais accepté de me revoir, ou même de répondre à mes appels, j'aurais pu t'expliquer que tu finirais par récupérer ton poste. Mais tu t'es montrée si soupe au lait, tu as refusé d'écouter ce qu'on te disait au lieu de réclamer tes indemnités de licenciement. Tu es en colère, et tu as tout à fait le droit de l'être, fit-il d'une voix plus douce. Je vais avoir plus de mal à te faire réintégrer maintenant, mais je peux y arriver.

— Comment comptes-tu t'y prendre ?

Alexi s'attendit à davantage de faux-fuyants, de promesses stériles.

— Le reportage sur Rachman.

Elle redressa aussitôt la tête. Ce n'était pas du tout la réponse qu'elle avait anticipée. À la suite de la catastrophe de Morecombe Bay, où une vingtaine de travailleurs sans papiers avaient trouvé la mort, un scandale avait éclaté au sujet de l'exploitation des immigrés clandestins qui étaient obligés de vivre dans des conditions rudimentaires tout en se tuant littéralement au travail. La stupéfaction avait été si grande que le public habituellement indifférent s'était intéressé au problème. Personne n'avait vraiment de solution à proposer, mais tout le monde convenait que les responsables devaient payer.

Avant d'être renvoyée, Alexi enquêtait justement sur un scandale similaire à Londres, où des immigrés clandestins vivaient entassés dans des cabanes de jardin qui n'étaient même pas pourvues des installations de base. Et leurs riches propriétaires leur faisaient payer ce privilège une petite fortune. Elle avait baptisé ce projet « Rachman », du nom du propriétaire de Notting Hill tristement célèbre qui avait banalisé l'exploitation des locataires à l'extrême dans les années 1950 et 1960. L'article d'Alexi promettait de faire l'effet d'une bombe, mais toutes les personnes impliquées dans son enquête étaient trop effrayées pour témoigner officiellement.

Songeant que Patrick employait une des techniques fourbes dont il avait le secret pour tenter de la faire revenir, elle refusa de lui témoigner trop d'intérêt.

— Je t'écoute ? lâcha-t-elle.

Elle s'en voulut aussitôt. Journaliste un jour, journaliste toujours.

— Une personne s'est portée volontaire pour témoigner.

— Qui ça ? L'une de celles que j'essayais de convaincre ? Pourquoi s'est-elle adressée à toi ?

— Écris cet article. Il sera très utile pour t'aider à réintégrer ton poste.

Patrick retira brièvement les mains de ses épaules et les écarta devant lui.

— Mince, tu pourras sans doute demander le mien, sans parler de tous les prix que tu remporteras.

— Je crois que j'en ai marre de cette lutte acharnée.

Il rit.

— C'est ce qui te fait vibrer.

— Plus maintenant.

— Je t'ai appelée à ton appartement. Est-ce que tu le loues ?

— Ouais.

— Où vas-tu habiter ?

Elle haussa les épaules.

— Le monde est vaste. Je peux vivre ou travailler à peu près partout où ça me chante. Ici, par exemple.

Il resta un instant bouche bée.

— Mais tu détestes la campagne.

— Eh bien, c'est toi qui l'as dit : j'ai changé.

— Cheryl m'a appris que tu étais à la recherche de son amie disparue.

Alexi nota dans un coin de sa tête qu'elle devrait l'étriper plus tard. Elle aurait pu avoir la présence d'esprit de ne pas mentionner une telle chose à un reporter. Une fois qu'il flairait un scoop, aucun journaliste n'était plus digne de confiance !

— Promets-moi de réfléchir à ma proposition. Notre lanceur d'alerte n'attendra pas indéfiniment, et je ne peux pas laisser filer ce sujet. Si tu n'en veux plus, je devrai le donner à quelqu'un d'autre.

Il avait raison. Mince alors, la simple perspective d'écrire enfin cet article la faisait saliver.

— Oui, d'accord, j'y penserai.

Patrick posa à nouveau les mains sur ses épaules et ses doigts s'enfoncèrent presque douloureusement dans sa chair. Les feulements de Cosmo redoublèrent. Patrick lui lança un regard méfiant avant de baisser ses mains jusqu'à la taille d'Alexi et de l'attirer contre lui.

— Ne tire pas un trait sur ce que nous partagions juste parce que tu es en colère.

Il murmura ces mots contre le sommet de sa tête, tandis que les doigts d'une de ses mains remontaient le long de son dos pour se glisser dans ses cheveux.

— Nous étions bien ensemble. Tu me manques tellement que c'est douloureux. Reviens à Londres, nous trouverons une solution.

— Je t'ai répondu que j'y réfléchirais. N'insiste pas, Patrick.

— C'est ce type avec qui tu enquêtes ici, n'est-ce pas ?

Sa voix s'était durcie.

— Quel type ?

— Oh, arrête, Cheryl m'a tout raconté.

— Elle parle trop.

— Elle tient à toi.

— Cette histoire ne regarde personne d'autre que moi.

— Tu es blessée. Je le comprends. Et tu as le droit d'être en colère, mais tu te trompes de coupable. J'ai été obligé de ménager les propriétaires du journal tout en essayant d'obtenir le meilleur accord pour toute mon équipe, toi incluse. Je vous le dois à tous. Le meilleur moyen de combattre le mal n'est pas toujours le mal.

Elle hocha la tête à contrecœur. Il fallait le reconnaître : Patrick avait toujours joué le jeu de la politique interne d'une main de maître, tandis qu'elle avait tendance à s'exprimer sans réfléchir, surtout lorsqu'elle était en colère. Ce n'était pas la bonne stratégie, mais, bon sang, elle s'était sentie beaucoup mieux après avoir envoyé les propriétaires du *Sentinel* se faire voir.

Furieuse, bouleversée et perdue, elle fronça les sourcils en se demandant si Patrick était conscient d'avoir l'air d'un parfait égocentrique.

— Tu voudrais que je te plaigne ? demanda-t-elle. D'accord, tu as toute ma compassion. Maintenant, va-t'en.

— Je pensais rester quelques jours.

— Je ne veux pas. De toute façon, tu as une rédaction à diriger et l'hôtel est complet ce week-end.

— Tu penses que tu ne veux pas de moi, mais je crois me rappeler une époque où tu étais très demandeuse.

Sans prévenir, il plaqua ses lèvres sur les siennes, dur, accaparant. Les feulements de Cosmo se transformèrent en miaulements indignés et Alexi songea presque avec inquiétude aux mollets de Patrick. L'autre moitié de son cerveau confus encourageait le chat à l'attaquer lorsque la porte s'ouvrit derrière elle.

— Oh, pardon, fit la voix de Jack. Je ne savais pas que vous aviez de la compagnie.

9

Larry accepta volontiers de se renseigner sur les deux autres hommes avec qui Natalie était sortie dès le lendemain matin. Cassie fut plus difficile à convaincre : elle se montra insensible aux arguments les plus persuasifs de Jack et en voulut à Alexi de le maintenir éloigné de son travail principal.

Si Natalie était morte, expliqua-t-il patiemment à son associée récalcitrante, son corps pouvait réapparaître à tout instant. Dans ce cas, la limitation des dégâts ne serait plus de son ressort. Il fallait absolument qu'il la retrouve avant tout le monde, et de préférence en vie, afin de pouvoir tranquilliser sa sœur. Cassie resta de marbre, mais elle accepta finalement de jeter un coup d'œil à l'historique d'appels de Natalie et de découvrir l'identité du mystérieux Charles.

L'humeur de Jack s'assombrit davantage lorsqu'il entra dans la cuisine et trouva Alexi blottie dans les bras d'un inconnu. Il s'excusa et se retourna pour quitter la pièce.

— Reste, Jack.

Au son de la voix d'Alexi, il s'arrêta net. Cosmo cessa son boucan d'enfer, le regarda en clignant des yeux, puis alla frotter sa grosse tête contre ses mollets. L'homme qui tenait Alexi dans ses bras – Patrick – observa l'attitude du chat avec un étonnement non dissimulé.

— Patrick Vaughan, Jack Maddox, annonça sèchement Alexi qui s'éloigna en leur tournant à moitié le dos.

Elle se contenta de ces sobres présentations, mais après tout, des explications auraient été inutiles. Vaughan était manifestement son ex-patron, et ex-amant. Il souhaitait visiblement se réconcilier avec elle, et Alexi ne semblait pas vraiment opposée à cette idée. Vaughan lui tendit la main avec une réticence évidente. Jack la lui serra avec un manque égal d'enthousiasme.

— Patrick s'apprêtait à partir, dit Alexi, rompant le silence gênant qui s'était installé tandis que les deux hommes se jaugeaient.

— Bonne route, lança Jack avant de se diriger vers la porte.

Drew et Cheryl se trouvaient tous deux au bar lorsqu'il y entra.

— Qu'est-ce que je vous sers ? demanda Drew en lui faisant signe d'approcher.

— Je ne serais pas contre une bière.

— J'aurais dû vous prévenir que Patrick était là, commença Cheryl avant de se mordre la lèvre, tandis que Drew allait chercher le verre de Jack. D'ailleurs, il aurait aussi fallu que j'avertisse Alexi. Cet homme est bien la dernière personne qu'elle a envie de voir en ce moment.

— Ce n'est pas l'impression que j'ai eue, répondit distraitement Jack.

— Il a débarqué sans prévenir.

Elle parut tiraillée.

— Qu'est-ce que j'étais censée faire ? Nier qu'Alexi était ici ?

Jack ne put dissimuler sa surprise.

— Il l'ignorait ?

— Elle a refusé tous ses appels.

Cheryl fit une grimace.

— Je n'ai jamais beaucoup aimé Patrick, mais après tout, ce n'est pas moi qu'il essaie d'impressionner.

— Ouais, je vois.

Il haussa les épaules, ne sachant pas très bien quoi dire, ni pourquoi il était aussi mécontent. Drew posa une pinte mousseuse devant lui avant qu'il ait trouvé la moindre réponse à ces questions. Il but une longue gorgée et sentit son corps commencer à se détendre. Il avait instantanément détesté Vaughan et savait qu'il pouvait se fier à son instinct depuis son expérience dans la police, mais c'était le problème d'Alexi en fin de compte, pas le sien.

— Vous avez bien avancé cet après-midi ? demanda Cheryl. Est-ce que vous en savez plus sur Natalie ?

— Plus que tu peux l'imaginer.

Jack se retourna au son de la voix d'Alexi. Elle était seule. Elle tira la chaise à côté de lui et s'assit.

— Un verre de vin blanc, Alexi ? demanda Drew.

— Remplis-moi le plus grand que tu trouveras à ras bord.

— C'est si grave que ça ?

Il partit chercher son verre en riant.

— Désolée, Alexi, dit Cheryl. Est-ce que j'ai fait une bêtise en lui révélant que tu étais ici ?

— Ce n'est pas grave.

Alexi laissa échapper un long soupir.

— Il m'aurait retrouvée d'une façon ou d'une autre. Il est parti.

— Il pensait que tu retournerais au journal avec lui.

— Il avait tort.

Un verre de vin blanc frais apparut devant Alexi. Jack n'en avait encore jamais vu d'aussi grand. Elle but une longue gorgée et soupira de plaisir.

— C'est un verre ou un vase ? demanda-t-il, amusé.

— Vous avez donc découvert des choses au sujet de Natalie ? demanda Cheryl d'un air grave.

Jack et Alexi échangèrent un regard, puis préparèrent Cheryl et Drew à un véritable choc avant de leur révéler tout ce qu'ils avaient appris.

— Elle était escort ?

Comme prévu, Cheryl n'en crut pas ses oreilles.

— Escort de luxe, répondit Jack.

Elle secoua la tête.

— Ça fait une différence ?

— Une énorme, oui, précisa Drew. Notamment en termes de gains.

Elle fixa son mari d'un air interrogateur.

— Et comment tu sais ça, toi ?

Il rit.

— Pas par expérience.

Il marqua malicieusement une pause d'un air plein de regrets.

— C'est au-dessus de mes moyens.

Elle lui donna un coup de poing dans le bras.

— Natalie est suffisamment belle pour gagner sa vie de cette façon, fit-elle remarquer. Elle a un petit je-ne-sais-quoi.

Elle fronça les sourcils.

— C'est difficile à décrire. Une présence, une sensibilité ? C'est dans sa façon de se tenir. D'écouter ce que vous avez à dire en paraissant fascinée. C'est quelque chose de rare. Les gens veulent tout le temps parler d'eux-mêmes, mais ce n'est jamais son cas.

— Jack l'a décrite comme sensuelle, et il ne l'a jamais rencontrée en personne, dit Alexi avec un sourire amusé.

Il écarta les mains.

— Qu'est-ce que vous voulez que je vous réponde ? Je suis un observateur qualifié.

— Quel travail difficile ! Et pourtant, il faut bien que quelqu'un le fasse, nota Drew avec un sourire canaille.

Leurs pitreries allégèrent momentanément l'atmosphère.

— Donc, reprit Cheryl en retrouvant son sérieux, si j'ai bien compris, le nom de naissance de Natalie est Seaton, mais elle se faisait appeler Dwight quand elle exerçait son ancienne profession, puis elle a troqué ce nom contre Parker lorsqu'elle a emménagé ici. Elle a été adoptée à la naissance, Seaton étant le nom de ses nouveaux parents, et sa mère adoptive aimait le jardinage et la composition florale.

Elle continua à énumérer chaque point en les comptant sur ses doigts.

— Un jour, il s'est passé quelque chose. Elle s'est enfuie de chez elle et a été arrêtée pour racolage quand elle avait… quel âge ?

— Quatorze ans, répondit Jack.

Drew grimaça.

— Merde alors !

— Nous n'en savons pas plus, dit Alexi. Et c'est une chance que l'associée de Jack ait réussi à en apprendre autant.

— Elle ne serait pas retournée auprès de sa famille par hasard ? demanda Drew.

— C'est ce que nous essayons de découvrir, répondit Jack en songeant que Cassie prendrait tout son temps pour obtenir cette information.

Elle avait un message à lui faire passer. Comme s'il ne l'avait pas déjà compris ! Celui-ci était limpide.

— Je ne pense pas, précisa Cheryl. Enfin, elle a choisi d'exercer le plus vieux métier du monde. Je parie qu'elle l'a fait par nécessité. À la place de sa mère adoptive, je ne l'aurais pas laissée se vendre sans intervenir.

Un grand homme coiffé d'une casquette plate qui dissimulait en partie ses cheveux gris entra dans le bar et adressa un signe de tête au couple d'hôteliers.

— Qui est-ce ? demanda Alexi.

— Graham Fuller, un entraîneur local.

Cheryl plissa le nez.

— Ce sont ses garçons d'écurie qui occupent notre annexe.

— Je connais ce nom, dit Jack en regardant Fuller commander un demi et un shot de whisky, avant de s'asseoir sur un tabouret au bar.

L'homme ne cessait de jeter des coups d'œil à sa montre, comme s'il attendait quelqu'un.

— Ouais, c'est un personnage important dans le coin, répondit Drew. Ce n'est pas peu dire, vu le nombre d'écuries dans la région. Et les locaux ne se laissent pas facilement impressionner par une réputation. Mais son père avait une influence incontestable. Il était charmant et charismatique. Enfin, les rumeurs sont encore nombreuses sur la dureté avec laquelle il traitait sa propre famille.

— Ce qui n'a pas empêché Graham Fuller de suivre les traces de son père, dit Jack.

Drew haussa une épaule.

— Il paraît qu'il n'a jamais cessé d'essayer de satisfaire ses attentes. Graham a épousé une riche Américaine et ils ont plusieurs enfants adultes.

Alexi le regarda engager la conversation avec un pilier de bar.

— Il a l'air en colère, ou fuyant. Je ne saurais vraiment dire.

— Cet homme a une très haute opinion de lui-même, précisa Cheryl.

— Tu ne l'aimes pas ?

Elle haussa les épaules.

— C'est son attitude qui me déplaît. Il se prend pour Dieu.

— Il est le roi dans le coin, argua Drew.

— Ce n'est pas une raison pour se pavaner ou se montrer impoli avec les gens. Tout ça parce que certains de ses chevaux ont remporté toutes les courses. D'ailleurs, c'était il y a longtemps.

— Pour en revenir à Natalie et son choix de carrière, recadra Jack, il est possible que sa mère adoptive ignore dans quoi elle s'était embarquée, puisque nous n'avons aucune idée de ce qui lui a fait prendre cette direction aussi jeune.

— Elle est sortie avec un type trois fois, dit Alexi. Nous venons de lui rendre visite et nous sommes convaincus qu'il ne sait rien sur sa disparition.

— Et les autres hommes qu'elle a rencontrés ? demanda Drew.

— Un de mes collègues est en train de se renseigner sur eux, répondit Jack. Mais ils n'ont pas l'air suspect.

Drew s'adossa à sa chaise.

— Tout renvoie donc à son passé mystérieux. Vous pensez qu'elle a emménagé à Lambourn par hasard ? Enfin, je sais qu'elle s'intéresse aux chevaux…

— Ou qu'elle prétend du moins s'y intéresser, l'interrompit Cheryl. Tout ce que nous pensions savoir sur elle est incertain maintenant.

— Bien vu. Mais j'aimerais quand même savoir pourquoi elle a choisi Lambourn. Est-ce qu'elle avait une raison cachée ?

— Difficile à dire tant que nous n'en savons pas plus sur elle, répondit Jack, avant de boire une gorgée de bière.

— Le problème, renchérit Alexi, c'est que plus nous en apprenons, plus son passé paraît compliqué.

— Dommage qu'elle ne soit pas aussi accro que tout le monde à Internet, murmura Cheryl.

— Il est plutôt logique de rester secrète quand on essaie de cacher son passé, asséna Jack. De nos jours, nombreux sont ceux qui se coupent des réseaux sociaux dans le but de préserver leur vie privée.

— Il est si facile que ça de pirater un compte sur le Net ? demanda Drew.

Jack hocha la tête.

— N'importe quel jeune fâché contre la terre entière qui possède une chambre et des connaissances en informatique…

— Autrement dit, la plupart des adolescents, l'interrompit Alexi.

— Exact. Ces gamins-là ont une maîtrise d'Internet que vous n'imaginez même pas. Ils sont incapables de résister à l'envie de frimer et de provoquer le chaos. Il est donc plus sûr de ne rien publier en ligne, à moins d'être préparé à ce que le monde entier l'apprenne.

*

Jack remarqua l'arrivée d'un autre homme dans le bar. Celui-ci croisa le regard de Fuller, mais ne le salua pas. Il s'acheta une pinte et l'emporta vers une table dans un coin. Jack se demanda ce qui retenait son attention chez le nouveau venu. Il ne détonnait pas parmi les clients et avait un physique parfaitement ordinaire. Malgré tout, Jack continua à l'observer lorsqu'il se leva au bout de quelques minutes et se dirigea vers les toilettes. Fuller le suivit presque immédiatement.

Intrigué, Jack s'excusa et quitta la table, presque convaincu que l'inconnu était venu dans l'intention précise de rencontrer Fuller. Il tenait à savoir ce que leur discussion avait de si privé. Pour quelle raison ces deux individus avaient-ils donc besoin de s'entretenir aux toilettes ?

Fuller et le nouveau venu discutaient à voix basse à côté des lavabos. Lorsqu'il entra, tous deux levèrent les yeux, froncèrent les sourcils et se turent. Il leur adressa un signe de tête et se dirigea vers une cabine. Cela produisit l'effet escompté. Bien que la porte en bois qui les séparait soit peu épaisse, ils reprirent leur conversation à mi-voix.

L'oreille pressée contre la porte, Jack les entendit mentionner des noms de chevaux, ainsi que des meetings hippiques et, il en fut presque certain, des courses précises. Peu après, les deux hommes quittèrent les toilettes, mais il resta appuyé contre la porte de sa cabine et réfléchit. L'inconnu devait être le dénicheur de talents d'un pronostiqueur, et Fuller, l'entraîneur réputé toujours bien informé, lui donnait des tuyaux.

Ou bien ils étaient de mèche dans le trucage d'une course.

Ces deux activités étaient totalement illégales, dangereuses et stupides. Pourquoi Fuller prendrait-il de tels risques ? Et pourquoi tenir ces réunions dans les toilettes pour hommes d'un hôtel de Lambourn ? Jack ignorait totalement la réponse à la première question, mais il songea que la seconde était moins énigmatique. Il ne savait presque rien des types qui fréquentaient le monde des courses, mais après ce qu'il venait d'entendre, il était quasiment sûr d'avoir deviné le rôle du complice de Fuller. Les gens du coin, dont la vie entière tournait autour des courses hippiques, auraient eu moins de mal que lui à l'identifier si ces deux-là s'étaient rencontrés dans un lieu public, et les spéculations sur l'association de Fuller avec cet inconnu seraient allées bon train. Mais qui soupçonnerait quoi que ce soit s'ils se croisaient par hasard dans des toilettes ?

— Qu'est-ce que tu manigances, Fuller ? marmonna Jack en se lavant les mains, avant de retourner au bar.

De son côté, l'entraîneur avait engagé la conversation avec un groupe de personnes. Le verre vide du dénicheur de talents était posé sur sa table et il était à présent invisible.

— Est-ce que ça va ? demanda Alexi. Tu as l'air préoccupé.

— Non, non.

Il n'était pas prêt à lui faire part de ce qu'il pensait avoir entendu. Cette histoire n'avait aucun lien avec la disparition de Natalie, et ce n'était pas le moment de se laisser distraire, même si l'ancien policier qu'il était aurait rêvé de faire tomber Fuller.

— Où en étions-nous ?

— Nous discutions de la présence en ligne de Natalie, dit Drew. Il est surprenant qu'elle se soit montrée aussi prudente avec ses e-mails et le reste, alors qu'elle avait un compte Facebook et parlait publiquement d'investir dans un cheval de course.

Il secoua la tête.

— Ça n'a aucun sens.

— Excellente remarque, abonda Jack.

— Qu'est-ce que vous avez l'intention de faire à présent ? demanda Cheryl. Maintenant que vous êtes certain que les clients de votre sœur sont insoupçonnables, est-ce que vous allez poursuivre l'enquête ?

— Je ne crois pas à leur implication, mais je tiens à trouver une autre piste pour expliquer la disparition de Natalie qui mènera la police dans une autre direction, si elle finit par enquêter. De préférence une piste qui nous permettra finalement de la retrouver saine et sauve.

— Vous avez une idée ? insista Drew.

— L'agence d'escorts pour laquelle elle travaillait. J'espère que la direction sera capable de nous éclairer, car je suis convaincu que son ancienne vie est la clé de sa disparition.

Il se tourna vers Alexi et sourit.

— Partante pour une petite balade à Londres demain ?

*

Cosmo fut enfermé dans la cuisine tandis qu'Alexi et Jack, sur l'insistance de Cheryl, partaient dîner au restaurant de l'hôtel. On les conduisit à une table ronde dans un recoin intime. Une orchidée était posée au centre, et un serveur alluma une bougie avant de leur remettre les menus. Alexi le remercia, puis se cacha derrière le sien et fit semblant de l'étudier tout en essayant de comprendre pourquoi Jack était brusquement aussi distant.

Elle posa la carte sur le côté tandis qu'il avait une longue discussion au sujet des vins avec le serveur. Il en choisit finalement un. Ils commandèrent leurs plats, puis, avant que l'un d'eux ait eu le temps d'entamer la conversation, le serveur revint avec leur bouteille. Jack accomplit le rituel qui consistait à le goûter et lui donna son approbation. Le serveur remplit le verre d'Alexi et elle en but une gorgée. Il leur servit ensuite de l'eau, posa une corbeille de pain ainsi qu'un ramequin d'huile d'olive entre eux et… ils furent enfin seuls.

— Qu'est-ce qu'il y a ? demanda-t-elle avec humeur.

Le regard lourd de sens que Jack avait fixé sur elle pendant quelques minutes pleines de tension avant l'arrivée du pain ne lui avait pas échappé.

— Je ne peux pas m'empêcher de penser que tu aurais préféré dîner en tête à tête avec quelqu'un d'autre.

— Qu'est-ce que tu veux dire ?

— Je vous ai manifestement interrompus, ton patron et toi, à un moment crucial de vos négociations.

Son ton était dégoulinant de sarcasme, et Jack sut qu'il se comportait comme une ordure. Il ne pouvait simplement pas s'en empêcher. Il trempa un morceau de pain dans le mélange d'huile et de vinaigre balsamique en essayant de se ressaisir.

— Est-ce que tu vas rentrer à Londres pour récupérer ton ancien boulot ?

— Je n'ai pas eu une minute pour y réfléchir.

— Il t'a offert de reprendre ton poste ?

— Pas exactement.

— Qu'est-ce que c'était dans ce cas ?

Il s'écarta de la table lorsque le serveur posa leurs entrées devant eux.

— Il m'a parlé d'un reportage sur lequel j'ai beaucoup travaillé.

Elle planta sa fourchette dans une crevette grillée, la porta à sa bouche et mordit dedans.

— Raconte-moi ça.

Généralement muette en ce qui concernait les sujets sur lesquels elle enquêtait, elle se surprit à se confier à lui, lui expliquant le travail de terrain qu'elle avait déjà effectué et à quel point elle aurait voulu le mener à bien.

— Crois-le ou non, je ne le fais pas que pour la gloire. Je m'intéresse vraiment au sort de ces pauvres gens. Une ou deux personnes m'ont raconté en privé qu'elles feraient mieux de rentrer dans leur pays, mais elles n'ont pas les moyens de payer le voyage et se sentent incapables de supporter la honte une fois là-bas. Leurs familles se sont tellement serré la ceinture pour les envoyer en Angleterre où on leur promettait une vie meilleure, des revenus inimaginables… Le matraquage habituel auquel ces trafiquants sans scrupules se livrent pour vendre du rêve.

— Ces migrants ne veulent pas admettre qu'ils ont été dupés. Je peux comprendre ce qu'ils ressentent et pourquoi cette histoire t'obsède autant, mais le truc, c'est que… Si tu étais la seule personne en contact direct avec ces gens, comment se fait-il que ton lanceur d'alerte ait joint Vaughan ?

— C'est une très bonne question.

Elle se tut le temps que le serveur débarrasse leurs assiettes.

— Il avait mon numéro de portable, mais… Eh bien, je déteste l'admettre, mais j'étais plutôt déprimée après avoir démissionné du journal, et je ne répondais plus au téléphone. Patrick a pris l'habitude de m'appeler avec des numéros que je ne connaissais pas, et je ne voulais pas lui parler. Peut-être que, n'ayant pas réussi à me joindre, mon contact a téléphoné au journal directement dans l'espoir de m'y trouver et que l'appel a été transmis à Patrick.

Jack fixa sur elle un regard inquisiteur.

— Tu penses que c'est ce qu'il aurait fait ?

— Pourquoi Patrick mentirait-il ?

— Au hasard, je dirais qu'il est fou de toi, qu'il veut désespérément te faire rentrer à Londres, quoi qu'il en coûte.

— Mais je finirais par découvrir qu'il m'a fait revenir sous un prétexte si mon contact niait m'avoir appelée.

Il haussa les épaules.

— Cependant, tu serais de retour dans la ville où tu te sens le plus chez toi, et tu aurais eu le temps de digérer les événements qui ont eu lieu au journal.

— Je crois qu'il n'a pas cru un instant que j'avais quitté Londres pour de bon. Il a pensé que j'évitais simplement ses appels.

Elle posa un coude sur la table, puis son menton sur son poing serré, et détourna les yeux de ceux de Jack qui l'observait avec un calme véritablement troublant.

— Il a appelé chez moi, découvert que j'avais loué mon appartement, et ça lui a flanqué la trouille.

— Ce type est amoureux de toi, répondit-il doucement.

Elle le regarda finalement dans les yeux et la tension entre eux fut remplacée par quelque chose de plus déterminant. Quelque chose qu'elle préféra ne pas nommer.

— Merci.

Elle lui adressa un faible sourire.

— Enfin, je crois.

— Qu'est-ce que tu vas faire ?

Elle soupira.

— J'ai découvert une nouvelle facette de Patrick maintenant. Un côté contrôlant, manipulateur, et c'est assez déplaisant.

Elle secoua la tête.

— Je veux finir ce reportage, je veux récupérer mon ancien travail, mais je ne veux pas de lui.

— Tu n'es pas amoureuse de lui ?

— Je crois que je ne l'ai jamais été. Pas vraiment.

Le lent sourire de Jack fit vibrer Alexi à un degré dont elle n'avait pas le moindre contrôle. Le serveur apparut avec leurs plats, et elle fut soulagée de cette interruption. Il était temps de changer de sujet.

— Est-ce que Cassie est en train de se renseigner sur le passé de Natalie ? demanda-t-elle.

— Pas exactement.

Le couteau de Jack s'enfonça comme dans du beurre dans son steak fermier.

— Comment ça ?

— Elle a d'autres priorités pour le moment.

— Elle t'en veut toujours.

Alexi secoua la tête.

— Ce n'est pas constructif. Nous avons besoin d'en savoir plus sur l'arrestation de Natalie, sur l'identité de ses parents adoptifs, et il faut découvrir si elle est retournée chez eux après son passage au commissariat. L'idéal serait que nous parlions avec ce couple. Nous avons également besoin de connaître l'identité de Charles. Si les actions de Natalie sont motivées par son passé, alors cette information est essentielle.

— Voilà pourquoi j'espère que l'agence nous en apprendra davantage demain.

— Je suis plutôt impatiente d'y aller. J'ai très envie de voir à quoi elle ressemble.

Ils mangèrent dans un silence pensif pendant quelques instants.

— Mais la direction nous révélera-t-elle quoi que ce soit sur le passé de Natalie ? demanda Alexi. Je suppose que ses affaires lui imposent une discrétion absolue.

— C'est sûrement le cas, du moins en ce qui concerne l'identité des clients, mais…

— Mais si ces gens pensent que l'une des leurs est en danger et que le responsable est peut-être un client, ils pourraient bien se montrer plus communicatifs.

— Espérons-le.

— J'imagine que nous nous y présenterons sans rendez-vous.

Jack sourit.

— En effet.

— Est-ce que tu as l'adresse ?

— Oui. Cassie l'a trouvée.

Alexi leva les yeux au ciel.

— Évidemment. Bon, comment veux-tu procéder une fois que nous y serons ?

— J'ai pensé que nous pourrions jouer cartes sur table, mais tu vas devoir me laisser improviser. Tout dépend en fait de qui nous rencontrons et de sa réactivité. Si cette personne se ferme comme une huître, il faudra sans doute que tu passes du rôle… d'assistante à ton vrai métier, dit-il avec un sourire insolent.

— Une journaliste sur la piste d'un scoop ?

Elle lui rendit son sourire.

— Tu serais surpris de tout ce que me confient les gens dès qu'ils ont ma parole que je ne publierai pas leurs révélations.

Le serveur débarrassa les assiettes vides, puis leur proposa la carte des desserts, mais tous deux étaient rassasiés.

— J'ai réfléchi, dit-elle tandis qu'ils attendaient leurs cafés. Si Cassie confirme nos soupçons, je pourrai obtenir des infos sur l'arrestation de Natalie et sur ses parents adoptifs.

Jack se redressa un peu.

— Comment ?

— J'ai écrit un article choc un jour sur le système des familles d'accueil.

Il hocha la tête.

— Une femme haut placée au sein des services sociaux a répondu très honnêtement à mon interview en révélant quels obstacles empêchaient les employés de faire leur travail correctement. La plupart de ces informations étaient confidentielles, et elle m'a recontactée lorsque l'article a été imprimé pour me dire que le traitement du sujet était pour une fois nuancé. Elle trouvait que j'avais bien mis en lumière les freins imposés à l'activité de son service et la façon dont les services sociaux souffraient de… eh bien, de la bureaucratie et des coupes budgétaires du gouvernement. Car c'est la réalité.

— Si je comprends bien, tu as les coordonnées de cette dame et tu estimes qu'elle a une dette envers toi.

Alexi sourit.

— Il n'y a pas de mal à essayer, d'autant que j'ai une raison valable de lui demander ce service et qu'elle sait que je ne révélerai sa participation à notre enquête à personne.

— Je suppose que ça vaut le coup de tenter.

Il vida sa tasse de café et recula sa chaise.

— Bon, retournons à nos ordinateurs pour le moment, histoire de voir s'il y a du nouveau.

10

Jack et Alexi quittèrent Lambourn à 10 heures le lendemain matin. Cette fois, il insista pour conduire, et il fallut soudoyer Cosmo à l'aide d'une boîte de thon biologique et d'une souris en herbe à chat pour qu'il reste à l'hôtel.

À la sortie de la propriété, Jack freina brusquement pour laisser un groupe de pur-sang qui rentraient de l'exercice traverser la route devant eux.

— Est-ce qu'ils ne sont pas magnifiques ?

Alexi observa les chevaux fougueux avec admiration.

— Ça te donne envie de ressortir tes jodhpurs, on dirait ?

— Loin de là. Tiens, je crois que c'est Tod.

Elle regardait le dernier jockey de la file qui adressa un remerciement à Jack.

— Il est difficile de le reconnaître sous sa bombe.

— Qui est Tod ?

— Tod Naismith est un des apprentis jockeys de Graham Fuller. Il habite dans l'annexe de Cheryl et Drew.

— Ah, d'accord.

Jack appuya sur l'accélérateur une fois que les chevaux furent passés en songeant que Fuller était décidément partout.

— Je n'ai pas encore eu le temps de te le demander : est-ce que tu as réussi à joindre ton contact des services sociaux ce matin ?

— Oui. J'ai dû faire vite, car elle partait à une réunion, mais j'ai pu lui expliquer ce que nous voulions savoir sur Natalie et elle a promis de me recontacter plus tard aujourd'hui.

— Ah, le pouvoir de la presse.

— Tu devrais éviter de te moquer. Il me semble que mes sources non rémunérées se montrent plus coopératives que ton associée. Oh, pardon, dit-elle en l'entendant inspirer brusquement. Sujet délicat ?

— Cassie a ses propres… problèmes.

— C'est ce que j'ai compris.

Elle lui lança un regard.

— Tu veux en parler ?

— Il n'y a rien à dire. Je n'aime pas être en désaccord avec elle, c'est tout. Je pensais qu'elle comprendrait que j'aie besoin d'aider ma sœur. Mais bon, elle finira par surmonter sa colère et nous trouvera les infos dont nous avons besoin.

— Est-ce qu'elle est énervée à cause de moi ?

Il haussa les épaules.

— Difficile à dire. C'est peut-être juste parce que nous ne serons pas payés. Cassie ne perd jamais les finances de vue. Elle considère que, puisque nous avons disculpé les hommes avec qui Natalie est sortie, ma participation à l'enquête n'est plus nécessaire. Comme je ne suis pas d'accord, nous nous sommes disputés à ce propos.

— Je vois.

Alexi changea de sujet.

— Bon, où se trouve cette agence d'escorts Mayfair ? Je parie que ce n'est pas à West End.

Il sourit.

— Clapham.

— Clapham ? C'est tout près de mon ancien territoire. Les propriétés y sont chères, mais ce n'est pas un quartier huppé.

— Tu sembles croire que nous nous rendons dans une maison close.

— Eh bien, c'est le cas, non ?

— J'en doute. Les personnes ayant besoin d'authentiques escorts s'inscrivent en ligne et font leur choix à partir de photos comme celles que nous avons vues sur le site de l'agence.

— Tout le monde n'y a pas accès ?

— À mon avis, c'est plus sélect que ça de nos jours. En tout cas, ces clients payent l'agence pour un temps déterminé avec l'escort, et tout ce qui se passe entre eux est, je suppose, négocié entre l'homme et la jeune femme.

— Est-ce que, selon une règle implicite, les filles sont obligées d'accepter ? grogna Alexi. Je ne trouve pas ça très juste.

Jack s'engagea dans la bretelle d'accès pour s'insérer dans le flot de voitures qui filaient sur l'autoroute menant à Londres.

— Tu crois qu'elles ne savent pas dans quoi elles s'embarquent ? demanda-t-il.

— Je suppose que c'est toujours mieux que de faire le trottoir.

— Ces filles voyagent à travers le monde en première classe aux frais de leurs clients. Quand on y pense, elles sont une sorte de femmes trophées. Elles doivent être belles, se montrer inventives au lit, flatter l'*ego* d'un homme riche. Tu n'as qu'à voir ce métier sous cet angle, si ça peut t'aider.

Alexi fronça le nez.

— Je ne préfère pas.

Elle soupira.

— Je ne peux pas m'empêcher de penser que ces jeunes femmes sont exploitées, même si je sais que Natalie était futée et qu'elle a quitté le métier avec assez d'argent sur son compte pour vivre à l'aise jusqu'à la fin de ses jours.

— Tu vois !

Jack avait réglé son autoradio sur une station de musique classique. Sans doute bercée par le ronronnement du moteur et les accords de Beethoven, Alexi réprima un bâillement. Puis elle battit des paupières et ferma les yeux.

*

Elle ne se réveilla qu'au moment où Jack quitta l'autoroute et ralentit, coincé dans la circulation aux abords de Londres. Elle se redressa sur son siège, cligna des yeux, puis s'étira.

— Désolée, s'excusa-t-elle d'un air penaud. On ne peut pas dire que je t'aie tenu compagnie. Où sommes-nous ?

— Plus très loin, répondit-il en vérifiant le GPS, alors que la voiture était arrêtée à un feu rouge.

Cinq minutes plus tard, il partait chercher un ticket à l'horodateur situé dans une petite rue bordée d'élégantes maisons edwardiennes restaurées.

Il posa une main sur le coude d'Alexi et la guida le long du trottoir bondé.

— Nous n'aurions pas pu nous garer plus près. L'agence se trouve dans cette petite rue.

Une plaque discrète fixée au centre d'une porte noire confirma qu'ils étaient au bon endroit. Alexi leva les yeux vers la façade plutôt imposante et bien entretenue du bâtiment et sourit.

— Il ne faut jamais juger une maison sur son apparence, dit-elle d'un ton désinvolte.

Jack appuya sur la sonnette et la porte s'ouvrit en grand. Ils pénétrèrent alors dans un vestibule aéré au sol carrelé. Sur les deux côtés, une grande ouverture cintrée menait à un salon. Il n'y avait personne en vue. La porte d'entrée était sans doute surveillée par une caméra, raison pour laquelle elle s'était ouverte toute seule.

— Ce n'est pas exactement ce à quoi tu t'attendais ? demanda Jack.

Avant qu'Alexi puisse répondre, une jeune fille apparut du fond de la maison. Elle n'avait pas plus de vingt ans, portait un jean et un haut sans manches, ainsi qu'une queue-de-cheval. Il n'y avait pas une trace de maquillage sur son joli visage.

— En effet, finit par murmurer Alexi.

— Puis-je vous aider ? demanda aimablement la jeune fille.

— Nous venons voir Athena De Bois, répondit Jack.

— Est-ce que vous avez rendez-vous ?

— Non, mais j'espérais qu'elle accepterait de nous accorder quelques instants. Je m'appelle Jack Maddox. Je suis détective privé.

— Oh.

Elle perdit un peu de son assurance.

— J'espère que votre visite ne créera pas de problèmes.

— Je suis certain que non.

Il lui tendit sa carte et lui adressa un sourire éblouissant qui la fit rougir.

— Nous avons simplement quelques questions à lui poser sur Natalie Dwight.

— Je vois.

De toute évidence, ce nom ne lui disait rien.

— Si vous voulez bien vous asseoir, dit-elle en montrant un des salons. Je vais voir si Athena est disponible.

— Merci.

— Qui est Athena De Bois ? demanda Alexi tandis qu'ils s'installaient dans deux fauteuils.

— La femme qui dirige cet endroit.

Il lui sourit.

— J'ai fait mes devoirs.

— C'est ce que je vois.

Un court moment plus tard, la jeune fille revint.

— Athena va vous recevoir. Veuillez me suivre s'il vous plaît.

*

Elle leur fit monter un large escalier et frappa à une porte ouverte située à une extrémité du couloir. Elle les invita à entrer dans une pièce meublée avec goût, puis referma derrière eux. Une femme élégante était assise derrière un bureau en marbre. Les murs étaient peints dans un jaune doux. Un grand tableau abstrait occupait l'un d'eux et un miroir tout aussi grand reflétait la lumière qui passait à travers une longue fenêtre juste derrière le fauteuil qu'elle occupait.

Un figuier poussait dans un pot en céramique dans un coin de la pièce, et un petit chien beige dormait profondément dans un panier moelleux. La fenêtre donnait sur une terrasse en bois. Des jardinières de plantes en fleurs entouraient un mobilier d'extérieur à l'air coûteux. Le seul élément révélant la nature du commerce de l'établissement était une statue d'Aphrodite.

Jack estima qu'Athena De Bois approchait de la cinquantaine, mais elle semblait plus jeune. Lorsqu'elle se leva pour les saluer, son maintien distingué et son élégance lui sautèrent aux yeux. Elle portait un pantalon fait sur mesure et un chemisier en soie fuchsia qui moulaient son corps élancé, et ses cheveux étaient rassemblés en un chignon parfait.

— Monsieur Maddox, dit-elle en lui tendant une fine main manucurée.

Le vernis de ses ongles était exactement du même rose que son haut.

Il imagina qu'une telle attention aux détails était de rigueur dans sa profession.

— Je suis Athena De Bois.

— Jack Maddox. Merci de nous recevoir sans rendez-vous.

Un sourire effleura les lèvres de la femme. Elle prit la carte de Jack sur son bureau et la retourna entre ses doigts

— Un détective privé. Ma curiosité a pris le dessus.

— Je vous présente mon assistante, Alexi Ellis.

Toutes deux se serrèrent la main.

— Votre nom me dit quelque chose.

Athena De Bois évalua Alexi du regard.

— Mais je ne crois pas vous connaître dans le rôle d'enquêtrice. Rafraîchissez-moi la mémoire, Alexi. Pourquoi avez-vous l'air si familière ?

— Je ne suis pas enquêtrice. Vous me connaissez probablement pour m'avoir lue dans le *Sentinel.*

— Mais oui, bien sûr.

Si la présence d'une journaliste dans son bureau la perturba, Athena ne le laissa pas paraître et resta parfaitement calme.

— J'admire votre travail, dit-elle.

— Merci.

— Je vous en prie, asseyez-vous et expliquez-moi pour quelle raison un détective et une journaliste s'intéressent à mon amie Natalie Dwight.

— Elle a disparu, répondit Jack sans détour. Et nous sommes plutôt inquiets pour elle.

— Disparu ?

Athena haussa un sourcil parfaitement épilé et parut légèrement moins posée.

— Depuis combien de temps ?

— Cela fait cinq jours aujourd'hui.

— Oh.

— Vous la connaissez ? demanda Alexi. Enfin, je suppose que oui, puisque vous la considérez comme votre amie.

— Excusez-moi, mais avant de vous répondre, j'ai besoin de comprendre la raison de votre présence, Alexi. À quel titre êtes-vous ici ?

— C'est tout simple. Je loge en ce moment chez une amie à Lambourn. Natalie et elle sont devenues proches. C'est Cheryl qui m'a alertée de sa disparition. J'ai accepté de partir à sa recherche et rencontré Jack au passage. Vous avez ma parole que je n'écrirai pas un mot sur cette affaire, et si jamais je devais le faire, je vous demanderais la permission avant de rédiger quoi que ce soit sur votre entreprise.

— Je vous en prie, ne le prenez pas mal, mais pourquoi vous croirais-je ?

Alexi lui adressa un sourire désabusé.

— Nous ne sommes pas tous des menteurs. Je mène cette enquête pour rendre service à une amie, et parce que j'ai l'impression d'avoir appris à connaître Natalie depuis mon arrivée. Je veux la retrouver.

Elle se pencha en avant.

— Je sens qu'elle est en danger et qu'elle a assez sérieusement besoin de notre aide.

Athena s'adossa à son fauteuil, apparemment satisfaite.

— Très bien, que souhaitez-vous savoir ?

— Vous avez déclaré que Natalie et vous étiez amies, dit Jack.

— Oh, oui. Nous avons travaillé ensemble ici un bon nombre d'années. Ma carrière d'escort touchait à sa fin lorsque nous avons commencé à la former.

Alexi fronça les sourcils.

— La former ?

— Les compétences requises dans ce métier sont bien plus nombreuses que vous le pensez.

Les idées fausses d'Alexi ne semblaient pas surprendre Athena.

— D'après vous, combien de temps tiendrait une personne au sein de votre rédaction si elle partait simplement du principe qu'elle connaît le métier de journaliste ?

Alexi lui concéda ce point avec un hochement de tête et un sourire.

— Je vois ce que vous voulez dire.

— Vous êtes sans doute au courant que Natalie a emménagé à Lambourn et ouvert un commerce de composition florale, poursuivit Jack.

— Oui, je le savais.

— Vous avez gardé le contact avec elle ?

— Nous sommes restées amies.

Jack devina à la légère crispation de son visage qu'il l'avait vexée.

— Au risque de vous surprendre, les escorts sont capables de nouer des amitiés, comme tout le monde.

— Je ne suis absolument pas surpris, répondit-il calmement.

Athena baissa brièvement la tête.

— Désolée. C'est un sujet qui fâche.

— J'imagine.

— À part mon amie Cheryl Hopgood, qui est hôtelière à Lambourn, vous êtes la seule autre personne proche de Natalie à notre connaissance, poursuivit Alexi. D'ailleurs, nous ne savions même pas que vous étiez amies avant de vous rencontrer.

— C'est une femme très secrète.

Athena triturait distraitement la carte de Jack.

— Nous nouons de vraies amitiés, mais nous choisissons avec prudence les personnes à qui nous faisons confiance.

— Ce qui explique sans doute pourquoi elle a changé de nom quand elle a cessé de travailler et pourquoi personne à Lambourn ne sait quel était son ancien métier.

— D'après vous, quelles conclusions tireraient ces gens s'ils l'apprenaient ?

— Très juste, répondit Jack.

— Si elle n'était pas chassée de la ville par des épouses jalouses, vous pouvez être sûrs que ces femmes enfermeraient leurs maris à double tour.

Le sourire d'Athena parut forcé.

— Croyez-moi, ce serait gaspiller sa salive qu'essayer de leur expliquer qu'elles n'ont rien à craindre. Divertir les hommes pour gagner sa vie est une chose. Quand il s'agit de nos vies privées, nous pouvons nous offrir le luxe de nous montrer considérablement plus sélectives.

— Je peux le comprendre, répondit Alexi.

— Bon, dites-moi ce que je peux faire pour vous.

— Quand avez-vous parlé à Natalie pour la dernière fois ?

— Il y a environ un mois. Elle est venue quelques jours à Londres et nous avons convenu de déjeuner ensemble.

— Vous a-t-elle raconté qu'elle avait l'intention de s'inscrire sur un site de rencontres ?

— Oui, elle avait envie d'une relation sérieuse, comme tout le monde, répondit calmement Athena. Elle m'a demandé ce que j'en pensais, et je l'y ai encouragée.

— Elle a dû se trouver confrontée à un dilemme, car si elle rencontrait un homme qui lui plaisait et lui avouait la vérité sur son passé, celui-ci risquait de mettre fin à leur relation, lança pensivement Alexi. Si elle la lui cachait, elle vivrait dans le mensonge.

Athena hocha la tête.

— Un homme peut se permettre d'avoir un passé tumultueux, mais cette règle ne s'applique pas toujours aux femmes.

— Nous avons enquêté sur les trois avec qui elle est sortie, dit Jack. Et nous avons été rapidement convaincus qu'aucun d'eux ne savait ce qui lui est arrivé. Nous avons donc décidé de creuser, et c'est ainsi que nous avons découvert son ancienne vie.

Il s'adossa à son siège et posa une cheville sur un genou.

— Le problème, c'est que nous n'avons pas appris grand-chose, à part le fait qu'elle a travaillé ici.

— Nous savons qu'elle a été adoptée, exposa Alexi.

— Et qu'elle a été arrêtée pour racolage quand elle était mineure.

— En effet, répondit Athena.

— Mais malheureusement, nous n'avons aucun moyen de savoir si elle est retournée chez ses parents adoptifs, ni comment elle est devenue escort, renchérit Jack.

— Je ne vois pas en quoi une seule de ces informations pourrait vous être utile. C'est de l'histoire ancienne.

— Peut-être, mais je suis prêt à parier que sa disparition n'est pas due au hasard. Natalie a été prise pour cible.

— Comment pouvez-vous en être aussi sûr ?

— Il n'y avait aucune trace de lutte chez elle, sa voiture se trouve dans son garage, et elle ne répond ni au téléphone, ni à ses e-mails, énuméra Alexi. D'après ce que nous savons, elle a également fait faux bond à une cliente, ce qui ne lui ressemble pas du tout.

— C'est vrai.

Athena fronça les sourcils, l'air sincèrement préoccupé à présent.

— Très bien, je vais vous dire ce que je sais. Elle a été arrêtée à l'hôtel Park Lane pour avoir essayé de racketter un client aisé.

Un sourire adoucit son regard.

— Il était évident qu'elle était mineure et qu'elle ignorait totalement ce qu'elle faisait. D'habitude, les filles comme elle ne franchissent pas les portes de ce type d'établissement, elle avait dû se faufiler à l'intérieur tandis que le concierge avait le dos tourné.

— Vous en parlez comme si vous y étiez, s'étonna Jack.

— Oh, mais j'y étais, répondit-elle calmement. J'ai tout vu.

*

Alexi cligna des yeux.

— Vous avez vu Natalie, adolescente, essayer de draguer un riche client dans un hôtel cinq étoiles ?

— J'étais dans le hall où j'attendais que le mien termine son appel. Natalie n'était pas du tout dans son élément, mais à l'époque, elle avait déjà un certain je-ne-sais-quoi qui la distinguait.

Athena esquissa un sourire sardonique.

— Comme je l'ai appris plus tard, elle a refusé catégoriquement de retourner chez ses parents adoptifs, mais, bien sûr, les services sociaux ont décidé que c'était la meilleure solution et l'y ont forcée. Je savais qu'elle fuguerait à nouveau, et eux aussi probablement, mais comme elle ne voulait pas leur expliquer quel était le problème, ils n'ont pas eu le choix.

Elle soupira.

— Inutile de dire que j'ai prévenu Bella…

— Bella ? demanda Alexi.

— La femme qui dirigeait cet établissement quand j'étais encore escort. Je lui ai parlé de Natalie et lui ai assuré que je croyais en son potentiel. La deuxième fois qu'elle a fugué et été arrêtée par la brigade des mœurs, mon contact m'a prévenue. Nous avons contourné les règles en omettant de prévenir les services sociaux, et je l'ai prise sous ma responsabilité.

— Sur un simple coup de tête ? demanda Alexi sans pouvoir éviter de prendre un ton de reproche. Vous n'avez pas essayé de savoir pourquoi elle était si déterminée à fuir le seul foyer qu'elle ait jamais connu ?

— Je n'en ai pas eu besoin. J'ai lu dans son regard qu'elle avait ses raisons. Des raisons impératives qui l'avaient probablement obligée à essayer de se vendre la première fois. Je savais aussi que si elle retournait chez les Seaton, elle fuguerait à nouveau. Il fallait que quelqu'un veille sur elle.

— Ne lui demandiez-vous pas de se vendre en l'amenant ici ?

Athena se redressa légèrement dans son fauteuil.

— Savez-vous combien de magnifiques jeunes filles aspirent à se lancer dans le métier ?

— Éclairez-moi.

— Elles sont aussi nombreuses que celles qui souhaitent devenir mannequins ou actrices et, croyez-moi, quelle que soit leur ambition, devenir escort de luxe est un rêve presque aussi inaccessible. Prenez la jeune femme qui vient de vous faire entrer par exemple. Qu'avez-vous pensé d'elle ?

— Elle avait l'air d'une fille comme les autres, répondit lentement Alexi. Fraîche, jeune, et pourtant…

Elle lança un regard à Jack.

— Elle a retenu ton attention, même si elle portait une tenue décontractée. Elle n'avait pas l'air de chercher à faire impression.

— Dans ce cas, nous faisons une bonne action.

Le corps d'Athena parut en partie se détendre.

— Voilà ce que nous enseignons ici. Ce métier ne repose pas seulement sur des tenues sexy et un maquillage épais. C'est tout le contraire, en fait. Les hommes inscrits dans notre registre exigent une sophistication discrète. Sachez que cet établissement est une sorte d'école dont une seule fille sur dix sort diplômée.

— Ça alors, murmura Alexi.

— Natalie avait quinze ans lorsque nous l'avons recueillie. Elle en voulait à la terre entière, et à juste titre. Elle n'a rien voulu savoir lorsque nous lui avons expliqué les dangers de ce métier. Elle savait tout mieux que nous, évidemment.

Athena prononça ces mots avec un haussement d'épaules incroyablement élégant.

— Enfin, comme n'importe quelle adolescente, n'est-ce pas ? La plupart des gamines qui se comportent ainsi refusent de rentrer dans le rang et se font renvoyer, mais Bella convenait qu'elle avait du potentiel et lui a laissé une certaine liberté d'action.

— Je vous en prie, ne le prenez pas mal, mais comment apprend-on à devenir escort ?

— Vous avez la journée devant vous ?

Athena sourit.

— Natalie étant une fille intelligente, nous n'avons pas eu de mal à l'intéresser à tous les sujets dont elle devait se tenir informée pour pouvoir entretenir poliment la conversation au cours d'un dîner… La politique, l'actualité, ce genre de chose. Elle devait lire les journaux chaque jour et répondre intelligemment à nos questions sur un éventail de sujets. Elle a appris à s'exprimer correctement, marcher, s'habiller, se maquiller et se coiffer. Nos apprenties reçoivent également des conseils en investissement.

Un sourire effleura ses lèvres.

— Croyez-le ou non, nous employons une comptable en interne.

Alexi hocha la tête. C'était crédible.

— L'apprentissage de Natalie a duré deux ans.

Elle haussa les sourcils.

— Tant que ça ?

— Nos clients payent cher. En échange, ils s'attendent à obtenir ce qu'il y a de mieux. Et nous sommes fières de le leur donner.

— On dirait bien que Natalie était votre protégée, dit Jack.

— Elle l'était à bien des égards. Puisque je l'avais amenée ici, je me sentais responsable d'elle. Nous sommes devenues amies, et j'attache de l'importance à cette amitié. J'espère que vous la retrouverez saine et sauve.

— Avez-vous une idée de l'endroit où elle a pu partir ? demanda Alexi.

— Non, je suis désolée, je ne vois pas. Si je pense à quelque chose, je vous en informerai.

— Sans vouloir vous vexer, insista Jack, l'idée nous a effleurés qu'elle avait pu se lier avec un célibataire aisé dans le but de profiter de sa fortune.

Une légère irritation assombrit l'expression d'Athena.

— Natalie a elle-même fait fortune. Et même si elle n'était pas riche, elle ne ferait pas une chose pareille.

— Elle a acheté sa maison et payé la construction d'une annexe pour y installer son commerce, ce qui a causé un trou important dans ses économies. Mais depuis, de grosses sommes ont été régulièrement versées sur son compte. Vous imaginez bien que cela peut paraître suspect d'un point de vue extérieur.

Il marqua une pause.

— Surtout aux yeux de la police, si elle commence à enquêter.

Elle frissonna.

— Espérons qu'il ne sera pas nécessaire d'en arriver là.

— Nous avons réussi à accéder à ses comptes par, disons, des moyens détournés. Nous avons également alerté le directeur de sa banque de sa disparition. S'il signale toute anomalie financière à la police, l'enquête passera à la vitesse supérieure. Autrement dit, son passé sera inévitablement découvert.

— Je vois.

Elle tourna la tête sur le côté, comme si elle souhaitait leur cacher son inquiétude.

— Je veux qu'on la retrouve, mais j'aimerais protéger cette agence de toute publicité néfaste. Nous avons beaucoup de clients très en vue qui n'apprécieraient pas.

— Natalie s'est inscrite sur un site de rencontres qui appartient à ma sœur. C'est ainsi que je me suis retrouvé mêlé à cette affaire. Ma principale préoccupation est de protéger ses intérêts, tout comme vous tenez à protéger les vôtres.

— Savez-vous pourquoi Natalie s'était enfuie de chez ses parents ? demanda Alexi.

Les lèvres brillantes d'Athena esquissèrent une moue.

— Son père est agent sportif. Il représente un certain nombre de footballeurs et de tennismen connus, ce genre de personne. Il est célèbre, très séduisant et extrêmement respecté.

— Gerald Seaton ? demanda Alexi avec un froncement de sourcils. Évidemment, je connais ce nom. Comme tout le monde.

Athena hocha la tête.

— Il l'a emmenée à une de ces cérémonies de remise de prix tape-à-l'œil quand elle avait quatorze ans. Pour une raison ou une autre, sa mère était absente, alors ce soir-là, Natalie a eu une chambre luxueuse rien que pour elle à l'hôtel.

Alexi frissonna.

— Laissez-moi deviner : le Park Lane.

— Exactement. Elle m'a avoué combien elle était excitée. Combien elle s'était sentie adulte. Elle idolâtrait son père, voyez-vous, elle aurait fait n'importe quoi pour lui plaire. Enfin, tout sauf ce qu'il a finalement voulu d'elle.

Athena soupira.

— Plus tard, lorsqu'elle s'est effondrée, il l'a prévenue que personne ne la croirait si elle en parlait. Puisqu'il l'avait recueillie et lui avait offert un mode de vie luxueux, elle avait une dette envers lui.

Elle fronça les sourcils.

— Toutes les âneries habituelles. Mais le plus inquiétant, c'est qu'il lui a bien fait comprendre qu'il n'avait pas l'intention de s'arrêter. À partir de ce moment-là, il a abusé d'elle chaque fois qu'il en avait envie.

Alexi frissonna.

— Il a cependant sous-estimé sa force de caractère. Ses actes ont fait voler en éclats l'adoration que lui vouait Natalie et lui ont ouvert les yeux sur le monde réel. Elle m'a expliqué qu'elle avait grandi ce jour-là et accepté ce qu'elle essayait de nier depuis des années : quelque chose était fondamentalement détraqué en elle. Autrement, sa mère biologique ne l'aurait jamais abandonnée. Et voilà que l'homme qu'elle considérait comme son père semblait penser qu'il pouvait se servir d'elle à son gré. Disons que cette prise de conscience lui a fortement déplu, et elle a décidé que la situation ne se reproduirait plus. Et puisque les hommes adultes la trouvaient attirante, elle a également choisi d'en profiter pour gagner sa vie selon ses propres conditions.

— D'où son retour sur le lieu de son pire cauchemar, dit doucement Jack.

— Exact.

— Ses parents sont-ils toujours en vie ? demanda Alexi.

— D'après ce que je sais, oui. J'imagine que son père est à la retraite maintenant. Ils habitent à Woldingham dans le Surrey.

Alexi connaissait ce village. Idéalement situé pour les agents de change, et l'immobilier n'y était pas à la portée de toutes les bourses.

— J'adorerais voir Seaton écoper de la punition qu'il mérite, mais je doute vraiment que Natalie ait pu faire quoi que ce soit pour se venger après tout ce temps. Aujourd'hui encore, c'est sa parole contre la sienne.

— Était-elle déterminée à lui rendre la monnaie de sa pièce ? À sa place, je suppose que je l'aurais été.

— Elle n'a jamais vraiment digéré ce qu'il lui avait fait. Elle m'a dit plus d'une fois que c'était comme un obstacle, que ce traumatisme l'empêchait d'être elle-même. J'ai souvent pensé que c'était pour cette raison que tant de gens sortaient de l'ombre des années plus tard en accusant des célébrités d'actes abominables. Aujourd'hui, le monde est enfin prêt à les croire.

— Encore deux ou trois questions et nous vous laissons tranquille, dit Jack en la voyant jeter un coup d'œil à sa montre. Natalie était excessivement prudente sur ce qu'elle publiait en ligne.

— Dans notre profession, la prudence devient une seconde nature.

— Laisser le moins de traces physiques possible aussi, j'imagine...

Athena hocha la tête.

— Ce qui explique pourquoi il y a si peu de documents, personnels ou autres, dans son cottage. Mais elle doit bien conserver certaines choses indispensables. Avez-vous une idée de l'endroit où elle pourrait les cacher ?

— Désolée, elle ne me l'a pas confié.

— A-t-elle rédigé un testament ?

— Très certainement. Nous faisons toutes appel au même avocat.

Elle fouilla dans un tiroir et en sortit une carte.

— Vous n'avez qu'à demander à ce cabinet s'il représente ses intérêts.

— Merci, répondit Jack en rangeant la carte dans sa poche. Une dernière chose. Savez-vous si elle avait un client nommé Charles ?

Athena fronça les sourcils et parut ne pas vouloir répondre. Mais Jack constata que ce nom lui était familier.

— Il a laissé un message sur son répondeur, dit Alexi. Il désirait la voir. Il ne fait pas partie des hommes qu'elle a rencontrés grâce à l'agence de la sœur de Jack, alors nous nous sommes demandé…

— Oui, je sais de qui vous parlez. Il arrive que des clients s'attachent à une escort en particulier et qu'ils continuent à la voir en privé, même après qu'elle a quitté le métier.

— Est-ce que c'est un problème ? Dans ces conditions, vous vous retrouvez exclue de leur arrangement financier.

Athena sourit.

— Pas le moins du monde. Nous avons un accord professionnel avec nos escorts tant qu'elles sont employées chez nous. Elles ont l'obligation contractuelle de travailler ici pendant une période donnée, ce qui nous garantit de récupérer les frais de leur formation et d'encaisser un bénéfice. Après leur départ, elles sont libres d'agir à leur gré.

— Mais ce Charles est inscrit ici ? demanda Jack.

— Tout à fait.

— Des montants réguliers d'un millier de livres ont été versés sur son compte bancaire. La paierait-il une telle somme ? demanda Alexi.

Athena tordit la bouche.

— Elle se rabaisse.

Alexi resta un instant bouche bée.

— Son tarif était plus élevé quand elle travaillait ici ?

— Considérablement.

Athena prit un air complaisant.

— Nous sommes très douées pour ce que nous faisons, et Charles a des demandes spécifiques.

— Manifestement.

— Je suis prête à le contacter pour vous aider. Je lui expliquerai la situation et lui demanderai s'il est d'accord pour vous parler. Mais je sais de source sûre qu'il n'a pas vu Natalie ces deux dernières semaines parce qu'il est en voyage d'affaires.

Alexi et Jack échangèrent un regard.

— Une de nos filles l'a accompagné à une fête à Paris la semaine dernière, ce qui le met plutôt hors de cause en ce qui concerne la disparition de Natalie, n'est-ce pas ?

Jack hocha la tête.

— Je suppose que oui.

— En plus, ils s'aiment beaucoup, il n'aurait aucune raison de lui faire du mal.

Athena leva les mains.

— Et avant que vous me posiez la question, il ne lui viendrait jamais à l'idée de profiter de lui. N'y pensez même pas.

Elle leur indiqua que l'entretien était terminé en se levant.

— Je suppose que je peux donner votre numéro à Charles ?

Jack se leva à son tour et lui tendit la main.

— Bien sûr. Merci de nous avoir reçus.

— Je vous en prie. Tenez-moi au courant s'il vous plaît, et dites-moi si je peux faire quoi que ce soit d'autre pour vous aider.

— Vous serez la première informée, répondit Alexi.

— Oh, je viens de penser à une chose.

Jack et Alexi se tournèrent vers elle alors qu'ils s'apprêtaient à franchir la porte.

— Au cours de sa dernière année ici, elle a commencé à consulter un psychiatre dans l'espoir de régler ses problèmes. Il l'a encouragée à tout noter, à inscrire chacun de ses sentiments sur le papier.

Tous deux échangèrent un regard.

— Nous n'avons rien trouvé de tel, répondit Jack.

— Eh bien, elle n'a sûrement pas laissé ce genre de chose traîner. C'est beaucoup trop délicat.

Surtout si elle avait l'intention de se venger, pensa Alexi.

— Pourquoi a-t-elle décidé de voir un psy ? demanda Jack. Ce que nous avons découvert sur elle révèle une personnalité secrète, indépendante.

— Vous avez raison, mais lorsqu'elle m'a appris qu'elle pensait abandonner ce travail… Eh bien, disons simplement que toutes nos escorts sont activement encouragées à discuter de leur décision avec des professionnels. Vous seriez surpris du nombre d'entre nous qui font ce métier pour des raisons semblables à celles de Natalie, et de la difficulté que nous éprouvons à nous adapter sans aide à la normalité.

— Oui, répondit Alexi. C'est compréhensible.

— Ce psychiatre l'a incitée à explorer les sentiments que lui inspirait son abandon à la naissance.

— Et sa mère biologique ?

Elle échangea un regard avec Jack.

— Est-ce qu'elle a essayé de la retrouver ?

— Pas à ma connaissance. Mais je viens de me rappeler une chose… Je ne suis pas sûre que ce soit utile. Elle a reçu une nouvelle inattendue qui a précipité son départ de cette agence.

— Savez-vous qui l'a contactée ? demanda Alexi.

— Elle a fait peu de commentaires, mais a paru très affectée. J'ai essayé de la convaincre de reporter sa décision de nous quitter. Je dirigeais déjà l'établissement à ce moment-là. Natalie avait quarante ans, mais elle en paraissait dix de moins et était très demandée. Elle aurait pu gagner encore beaucoup d'argent, mais j'ai deviné que ce mystérieux message l'avait décidée. Il semblait assez inutile d'essayer de la faire changer d'avis.

— Avez-vous le nom de son psy ? demanda Jack. Je sais qu'il ne me révélera rien de leurs séances, mais il pourrait savoir quelque chose d'important.

Avec un sourire, Athena lui tendit une nouvelle carte.

— Dans cette agence, nous avons également la possibilité de contacter un psychiatre en urgence.

11

— Qu'est-ce que tu en as pensé ? demanda Jack tandis qu'Alexi et lui sortaient de la maison.

— Que je n'ai pas choisi le bon métier. Mille livres pour…

Elle fronça le nez.

— Quoique, peut-être pas finalement.

Il sourit.

— Allez, je t'invite à déjeuner pendant que tu réfléchis aux possibilités de carrière que tu as manquées. Puis nous préparerons la suite de notre enquête.

Ils se dirigèrent vers le pub le plus proche. Comme c'était l'heure du déjeuner, il était bondé, mais Jack réussit à trouver une petite table dans un coin. Autour de leurs sandwichs et boissons sans alcool, ils passèrent en revue tout ce qu'ils avaient appris.

— On peut dire que la chance a souri à Natalie, dit-il. Du moins au début, puisqu'elle a été adoptée par une famille aussi aisée que les Seaton.

— Elle a dû bénéficier de tout ce qu'il y avait de mieux, surtout si elle était fille unique.

— Sa bonne éducation et la fréquentation des plus riches se sont sans doute avérées utiles pour devenir escort.

Alexi hocha la tête.

— Cela lui a certainement donné de l'assurance. C'est peut-être ce qu'Athena a perçu chez elle. Enfin, combien de filles de quatorze ans auraient assez de cran pour entrer dans un hôtel cinq étoiles et tenter le même coup qu'elle ?

— Les filles de cet âge sont débrouillardes de nos jours.

Jack mordit dans son sandwich au jambon.

Alexi serra les dents.

— Lorsque le monde confortable et sans danger de Natalie s'est effondré, elle a perdu tout amour-propre. Quel salaud !

— L'homme en qui elle avait le plus confiance a abusé d'elle, dit-il. Évidemment qu'elle s'est sentie bonne à rien. Il a dû lui expliquer que c'était sa faute, et elle l'a probablement à moitié cru. Sa mère biologique l'avait abandonnée. Et voilà que l'homme qu'elle considérait comme son père renonçait à son rôle parce qu'il la jugeait indigne d'être sa fille.

Il secoua la tête.

— Pauvre gamine !

— Tu crois que c'est vrai ? demanda pensivement Alexi. J'ai assisté un jour à une cérémonie à laquelle participait Seaton. Il avait une telle présence, un tel charme. Je ne l'aurais jamais cru capable de commettre un acte aussi horrible.

— Les charmeurs, les personnes en situation d'autorité, font en sorte que des gamines vulnérables se sentent spéciales quand ils les remarquent. Regardez tous les scandales qui ont récemment éclaté. Des célébrités de la télévision ont abusé de leur position pendant des années en toute impunité – jusqu'à maintenant.

Il abandonna son sandwich à moitié entamé.

— Nous devons tout de même garder l'esprit ouvert. Natalie était peut-être une petite princesse trop gâtée et choyée qui a décidé de se rebeller dans l'unique intention de s'amuser, et elle a perdu le contrôle de la situation.

Il sourit à Alexi.

— Il pourrait y avoir un tas d'autres explications.

Elle croisa les bras sur la table et se pencha vers lui avec un regard intense.

— Je suis certaine que tu pensais à ton propre procès par les médias lorsque tu as suggéré d'accorder le bénéfice du doute à Seaton.

Il lui adressa un sourire penaud.

— Bien vu. Mais cela vaut tout de même le coup d'examiner l'affaire sous tous les angles avant de juger qui que ce soit.

— Je n'arrête pas de penser à son compte bancaire. Et à ces paiements. Je me demande s'ils sont liés au mystérieux message qu'elle a reçu. Tu penses qu'elle a fait chanter son père afin qu'il achète son silence sur ce qu'il lui a fait subir ?

— En admettant qu'il ait vraiment abusé d'elle.

— Eh bien, même dans le cas contraire, elle aurait pu inventer une histoire convaincante pour ruiner sa réputation.

Il hocha la tête.

— J'ai eu la même pensée.

— A-t-elle choisi de s'installer à Lambourn par hasard ou était-ce également lié à ce message ? Pour ce que nous en savons, elle n'y était jamais allée avant d'emménager, et il faut bien admettre que la vie y est peu palpitante, à moins de s'intéresser aux chevaux. Et, comme moi, elle avait toujours vécu à Londres avant.

Alexi fit la moue, frustrée.

— Je sais qu'elle voulait prendre un nouveau départ, mais quand même…

— Si jamais nous mettons la main sur les souvenirs qu'elle est censée avoir notés, nous connaîtrons probablement le fin mot de l'histoire. Mais est-ce qu'elle a fait chanter son père ? Je dirais que c'est une forte possibilité.

Il haussa les épaules, puis marqua une pause.

— Et le plus sûr moyen pour elle de se faire tuer.

Alexi poussa un petit cri surpris.

— Ne me dis pas que…

— C'est juste une observation.

Les sourcils froncés, elle regarda au loin et enroula distraitement une mèche de cheveux autour de son index.

— Je me demande si elle a essayé de raconter ce qui s'était passé à sa mère adoptive.

— Et si nous allions lui poser la question ?

— C'était justement ma suggestion suivante.

— Les avocats et le psychiatre ne nous recevront certainement pas sans rendez-vous, et ils ne nous diront probablement rien que nous sachions déjà, si par miracle nous parvenons à leur parler. Il faut que nous nous recentrions sur nos priorités et suivions d'abord les pistes les plus prometteuses. Si Natalie réapparaît saine et sauve, avec une explication plausible sur sa disparition, nous plierons bagage et retournerons à nos vies. Dans le cas contraire…

— Si on retrouve son corps, tu veux dire ?

— Oui. Si cela arrive, la police se mobilisera aussitôt et nous perdrons tout contrôle de l'enquête. Laissons donc le psy et l'avocat pour plus tard.

Alexi était déjà en train de googler sur son iPhone.

— Gerry Seaton est cofondateur de Sporting Initiatives. Il approche maintenant des soixante-dix ans, s'est retiré de la vie active il y a cinq ans, mais il a conservé un poste au conseil d'administration.

— Vois si tu peux trouver l'adresse du couple.

Elle lui adressa un grand sourire.

— Ils habitent toujours à Woldingham. Je me demande quels efforts ils ont fournis pour essayer de retrouver Natalie la deuxième fois qu'elle a fugué. À mon avis, il existe des articles en ligne sur le sujet, mais cette recherche va devoir attendre.

— Si Seaton a bel et bien abusé d'elle, il a sûrement tout tenté pour couvrir ses traces, alors je parie que l'affaire n'a pas fait grand bruit.

Elle grimaça.

— Tu as probablement raison.

— Bon, allons-y.

Ils vidèrent leurs verres et quittèrent le pub.

— Je suis allée plusieurs fois à Woldingham, dit-elle tandis qu'il prenait la direction de Croydon. C'est un village sur les collines de North Downs. On est chez les rupins. Il y a un club de golf très fréquenté, dont je parie que ce plein aux as de Seaton est membre.

— Sans aucun doute, surtout s'il est retraité.

Il ralentit lorsqu'ils pénétrèrent dans le village, puis mit son clignotant à gauche et longea une rangée de boutiques : une sellerie, un magasin d'articles de sport dont la vitrine présentait des cannes à pêche, des bottes en caoutchouc vertes et des supports de tir, ainsi que l'incontournable supérette. Manifestement, même les riches étaient parfois à court de sucre.

— C'est cette rue, indiqua-t-il en prenant encore à gauche.

— Et je parie que j'aperçois leur maison.

Alexi pointait du doigt une grande demeure bâtie sur un demi-hectare de terrain, dont le jardin fleuri était éclatant de tons vifs.

Il haussa les épaules.

— Tout ce que je vois, c'est un tas de couleurs, alors je suppose que tu as raison.

— Tu ne m'as pas dit ce que tu comptais leur raconter. Nous pouvons difficilement frapper à leur porte et demander si Seaton aurait la gentillesse d'avouer avoir abusé de sa fille il y a trente ans.

Il lui lança un clin d'œil.

— Je trouverai quelque chose.

— D'accord, merci pour le partage.

— Je ne te cache rien. Simplement la situation exige que j'improvise. J'ignore totalement comment m'y prendre. Tout dépend de l'accueil qu'ils vont nous faire.

— Je suppose que tu penses pouvoir déterminer d'un seul coup d'œil si Seaton est un prédateur ou une victime ?

— Après toutes ces années dans la police, j'ai acquis un certain flair, mais il m'arrive de me tromper.

— Tu viens vraiment d'admettre avoir des défauts ?

Elle lui lança un regard incrédule.

— Tu n'es donc pas infaillible ?

Il sourit.

— Je n'ai pas dit que je me trompais souvent.

*

Il s'avéra que la maison au jardin paré de fleurs appartenait effectivement aux Seaton. La BMW de Jack franchit le haut portail en fer forgé qui était grand ouvert et suivit une allée de dalles lisses. Il décrivit un arc de cercle et s'arrêta devant la porte d'entrée.

— Jolie, dit-il à Alexi lorsqu'ils sortirent du véhicule, les yeux levés vers l'immense demeure moderne et impeccablement entretenue.

Elle se contenta de grogner. Il appuya sur la sonnette, puis une petite femme ronde au sourire aimable et assez craintif ouvrit la porte.

— Madame Seaton ? demanda-t-il.

— Oui, puis-je vous aider ?

— Mon nom est Maddox. Je suis détective privé.

Il tendit sa carte à la femme perplexe et prit son ton charmeur.

— Nous sommes désolés de vous rendre visite à l'improviste, mais je me demandais si vous nous accorderiez quelques instants.

— De quoi s'agit-il ? Est-ce que c'est Na... Vous avez du nouveau ?

— Je vous présente Alexi, mon assistante. Pouvons-nous entrer ?

— Oui, bien sûr.

Elle les emmena dans un grand salon dont les hautes portes vitrées donnaient sur un large patio. Une immense serre partait d'une extrémité de cette cour intérieure, et

Jack vit l'eau turquoise d'une piscine intérieure scintiller à travers ses vitres. Derrière, le jardin explosait de couleurs et pas une feuille morte ne traînait sur l'herbe.

— Vous avez une maison charmante.

— Merci. Asseyez-vous, je vous en prie. Puis-je vous offrir quelque chose à boire ?

— Du thé, si ça ne vous dérange pas, répondit-il avant de lui adresser son sourire le plus enjôleur.

— Absolument pas. Faites comme chez vous. J'en ai pour un instant.

Elle s'empressa de se diriger vers ce qui devait être la cuisine.

— Est-ce qu'il arrive à ce sourire de laisser une interlocutrice de marbre ? demanda Alexi.

Il lui adressa le sourire en question.

— Rarement. Ne me juge pas. Je parie qu'il t'arrive aussi d'exploiter tes attributs physiques pour convaincre les personnes que tu interviewes de parler.

Elle se mordit la lèvre.

— Pourquoi avoir demandé du thé ?

Sans répondre, il se dirigea vers un buffet couvert de portraits de famille. Sur chacun ou presque posait une jeune fille – manifestement Natalie – à différents stades de l'adolescence, souriant toujours jusqu'aux oreilles. Sur les dernières, c'était une adolescente d'une grande beauté.

— Notre fille.

Mme Seaton était revenue si silencieusement dans la pièce que le son de sa voix le fit sursauter. Il faillit laisser tomber le portrait qu'il avait pris pour le regarder de plus près. Sur cette photo, la fillette n'avait pas plus de quatre ans. Il fut extrêmement attristé en songeant à la tournure qu'avait prise la vie de cette enfant, innocente ou non.

— Elle est très jolie.

— Merci. Oui, elle l'était.

— Était ? demanda Alexi en l'aidant à débarrasser la table basse afin qu'elle y pose son plateau.

— Elle a disparu il y a longtemps maintenant, mais elle me manque encore chaque jour. Lorsque vous m'avez dit être enquêteur, j'espérais un peu que vous aviez de ses nouvelles. Nous avons embauché un détective il y a des années, mais mon mari a fini par se passer de ses services, car il ne trouvait rien. Malgré tout…

Jack secoua lentement la tête et vit l'espoir disparaître du regard de Mme Seaton.

— Je n'ai jamais cessé de me demander ce qui lui était arrivé. Elle est toujours en vie quelque part, j'en suis absolument certaine. Mais qu'est-ce qui l'a poussée à quitter la maison ? Je n'ai jamais réussi à le comprendre. Elle avait tout ce dont elle pouvait rêver, et deux parents qui l'aimaient par-dessus tout.

Ignore-t-elle vraiment ce que lui a fait son mari, ou bien ne s'est-il rien passé en réalité ? se demanda Alexi.

— Cette situation doit être difficile, répondit-elle en s'asseyant en face de leur hôtesse.

D'un signe de tête, elle la remercia pour la tasse en porcelaine anglaise qu'elle lui tendait, posée sur sa soucoupe.

— En effet. Je m'en veux tellement. De toute évidence, j'ai fait quelque chose de mal.

— J'en doute.

Mme Seaton lui tendit une assiette.

— Un biscuit ? Je les ai préparés moi-même.

— Dans ce cas, ça ne se refuse pas.

Alexi en choisit un, mordit dedans, ferma les yeux et soupira.

— Délicieux !

Ce compliment fit manifestement plaisir à la mère de Natalie. À partir de ce qu'il savait de la personnalité publique qu'était son mari, Jack pensa qu'ils devaient être aux antipodes l'un de l'autre, ce qui ne le surprendrait pas. Il avait rencontré plus d'un couple de ce genre et commençait déjà à comprendre pourquoi Natalie s'était sentie incapable de raconter à sa mère ce qui lui était arrivé, en admettant que son père lui avait fait quelque chose et qu'elle n'avait pas essayé d'en parler. Mme Seaton aurait eu du mal à croire que celui qu'elle avait épousé pouvait être un homme aussi dépravé. Elle était anéantie par la perte de sa fille, comme le prouvait l'autel photographique dédié à Natalie, mais si elle avait dû choisir entre eux, Jack se demanda quel camp elle aurait rejoint.

Fay Seaton faisait partie de ces victimes de la vie. Ce genre de femme plaisait généralement aux hommes forts comme celui qu'elle avait épousé. Il avait dû la trouver facile à manipuler et maîtriser. Elle venait peut-être même d'une famille aisée, fournissant ainsi à Seaton les moyens financiers de faire décoller son affaire. Mais Jack ne l'ayant pas encore rencontré, il tirait peut-être des conclusions erronées.

Ou pas.

— Nous admirions votre jardin avant de sonner à votre porte, dit Alexi.

— Oh, merci.

— Cela doit représenter beaucoup de travail.

— En effet, mais je me fais aider pour les travaux difficiles, ce qui me laisse libre de m'adonner à mes tâches préférées. Le jardin est ma passion, vous savez.

— C'est évident.

— Je ne voudrais pas être impolie, mais je n'ai pas beaucoup de temps. Je dois me rendre très bientôt à la réunion de mon club de jardinage.

Jack lui adressa un nouveau sourire charmeur.

— Dans ce cas, je ferais mieux d'aller droit au but. Je n'ai pas été totalement honnête avec vous tout à l'heure, Mme Seaton. Je tiens à vous présenter mes excuses.

— Oh, répondit la femme en clignant des yeux. Mais alors que…

— Je suis bien enquêteur, mais Alexi n'est pas mon assistante. Elle est journaliste au *Sentinel.*

Mme Seaton la dévisagea d'un air pensif.

— Mais, je ne comprends pas…

— Alexi rédige un article sur les enfants portés disparus.

La femme retint brusquement son souffle.

— Nous ne voulons surtout pas vous bouleverser, mais votre nom est apparu au cours de son enquête, et nous nous sommes demandé si vous seriez prête à parler.

— Eh bien, je…

Elle réfléchit quelques instants, mais par chance, elle ne lui demanda pas comment lui, le détective privé, en était arrivé à collaborer avec une journaliste.

— Je ne vois pas très bien ce que je peux vous raconter après tout ce temps. Et puis mon mari affirme que nous ne devons plus parler de Natalie. Cela nous secoue trop, tous les deux.

Jack jeta un coup d'œil à la galerie de portraits et songea que cette exposition était une des rares occasions où Mme Seaton avait trouvé le courage de défier son époux.

— D'après nos recherches, il semble que vous ayez offert tout ce qu'il y avait de mieux à Natalie, dit doucement Alexi. Est-ce que la situation a changé pour qu'elle veuille quitter la maison ? Les adolescents ne sont pas toujours faciles, n'est-ce pas ?

— Elle ne nous a jamais causé le moindre embêtement.

Mme Seaton fronça les sourcils et parut soudain plus âgée de plusieurs dizaines d'années.

— C'est pour cette raison que je n'ai jamais pu comprendre son départ.

— Était-elle bonne élève ?

— Oh oui, elle s'est montrée très appliquée pendant toute sa scolarité. Elle voulait devenir vétérinaire spécialiste des chevaux, et elle aurait réussi. Elle allait au bout de tout ce qu'elle entreprenait.

— Mais elle a été arrêtée par la police, dit Alexi d'un ton doux et compatissant invitant la femme à se confier.

— Oh, c'était un malentendu. Elle était fâchée contre nous pour une raison ou une autre et a essayé de nous punir en fuguant. Elle s'était rendue dans cet hôtel avec son père une ou deux semaines auparavant. Cet endroit lui était familier, c'est sans doute pourquoi elle y est retournée, mais la police a tiré les mauvaises conclusions.

— Oui, je me doute, répondit gentiment Alexi.

— Je croyais qu'elle commençait à avoir de mauvaises fréquentations à l'école et que ces élèves avaient une influence néfaste sur elle. Il s'avère qu'à cet âge-là, il est extrêmement difficile de remettre les adolescents sur le droit chemin.

Voilà, pensa Jack, *Mme Seaton a cru à cette explication.*

— Certains sont de la mauvaise graine, même dans les bonnes écoles comme celle où nous avions inscrit Natalie. En tout cas, nous avons cru l'avoir remise dans le droit chemin. Elle nous a promis de se reprendre, mais elle n'était pas rentrée à la maison depuis deux jours qu'elle est repartie, et cette fois, elle n'est jamais revenue.

La femme essuya une larme sur sa joue ridée.

— J'espère toujours qu'elle réapparaîtra un jour.

— Quels étaient ses loisirs ? demanda Jack.

— Oh, elle adorait les chevaux, comme la plupart des jeunes filles.

Il lança un discret regard entendu à Alexi. Cette confession expliquait aussi pourquoi Natalie avait choisi Lambourn. Si elle avait conservé cet amour des chevaux, elle avait peut-être sincèrement voulu investir dans un cheval de course, d'où son besoin de l'annoncer publiquement sur Facebook.

— Elle possédait son propre poney, vous savez ?

Mme Seaton soupira.

— Nous avons fini par vendre Dandy Kim lorsqu'il est devenu évident qu'elle ne reviendrait jamais le monter.

— Cette période a dû être très éprouvante pour vous.

— Pour nous deux, oui. Natalie adorait son père. Ils étaient si proches que je me sentais parfois exclue.

Elle secoua la tête.

— C'est absurde, je sais, mais on ne peut pas lutter contre ses sentiments, n'est-ce pas ?

— Non, en effet.

Alexi se pencha en avant pour lui toucher la main et parut lui communiquer sans effort son empathie. Jack commençait à comprendre comment elle se débrouillait pour que les gens surmontent leur méfiance des journalistes et se confient à elle. Dans le cas présent, elle gardait ses yeux immenses et humides de compassion posés sur Fay Seaton et lui témoignait son entière attention.

— Et puis, bien sûr, il y avait Perry.

Mme Seaton tendit la main vers le buffet et prit la photo de la fillette de quatre ans avec le chiot que Jack avait examinée un peu plus tôt.

— Sa disparition a bien failli lui briser le cœur à lui aussi. Il s'asseyait devant le portail chaque jour en attendant qu'elle rentre de l'école, mais bien entendu, elle n'est jamais revenue.

Elle poussa un soupir.

— J'ai moi-même eu envie de baisser les bras. J'ignore encore comment j'ai surmonté cette terrible épreuve.

— Vous avez pu vous appuyer sur votre mari.

— Il souffrait aussi. C'est étrange, nous aurions dû être capables d'en parler, de nous réconforter, mais nous semblions éviter le problème. Gerry s'est réfugié dans le travail et j'ai eu… Je n'étais pas très bien. Mais j'avais mon jardin, une passion que Natalie partageait avec moi. J'ai toujours trouvé que c'était inhabituel pour une jeune fille, mais elle avait naturellement la main verte et ne voyait pas d'inconvénient à se salir.

— Un trait de caractère qu'elle tenait de vous, dit Jack.

— En fait, non. Nous l'avions adoptée. Je n'ai jamais pu avoir d'enfant.

— Oh, je vois.

— La police a-t-elle mené une enquête minutieuse après la disparition de Natalie ?

Mme Seaton secoua la tête.

— Les policiers n'ont cessé de passer pendant des jours, des semaines… Je ne sais pas vraiment. Comme je l'ai dit, j'étais souffrante. Je faisais une légère dépression, la situation était trop difficile à affronter, et mon médecin me maintenait sous traitement. Mon époux a tout géré et essayé de me protéger.

Une clé dans la porte d'entrée la fit presque bondir de son fauteuil. Sa réaction confirma les soupçons de Jack : elle avait peur de son mari, il la dominait, raison pour laquelle leur mariage avait tenu.

— Ce doit être lui. Il rentre du golf plus tôt que prévu.

L'homme qui entra dans la pièce à grandes enjambées était de haute taille, droit comme un i, n'avait pas un gramme de graisse et arborait une crinière de cheveux gris. Il portait une tenue décontractée à l'air coûteux. Il semblait habitué à obtenir ce qu'il voulait. Son regard se posa brièvement sur Jack, puis s'attarda un peu trop sur Alexi comme par un mélange de politesse et d'agacement, associé à un goût flagrant pour les formes féminines. Il était sans nul doute assez arrogant pour prendre ce qu'il voulait si on ne le lui offrait pas. Il n'avait pas ouvert la bouche que Jack le détestait déjà. Mme Seaton paraissant trop troublée pour prononcer un seul mot, il prit la relève et se leva pour se présenter.

— Des enquêteurs ? demanda jovialement Seaton, usant de son charme. Qu'est-ce que nous avons fait ?

— Tous deux m'interrogeaient à propos de Natalie, chéri, répondit sa femme d'une voix craintive.

Le sourire de l'homme disparut.

— Est-ce que vous avez de ses nouvelles ?

— Pas exactement, répondit Jack. Mais il y a quelques...

— Dans ce cas, à quoi bon aborder le sujet et bouleverser ma femme ?

— Je ne suis pas bouleversée, chéri. J'aime bien parler de Natalie. Mais il faut vraiment que je parte maintenant, sinon je vais être en retard à ma réunion. Tu pourrais peut-être répondre aux autres questions de nos invités ?

— Bien sûr.

Seaton lui tapota l'épaule.

— File maintenant.

— Merci de nous avoir reçus, Mme Seaton, dit Jack en prenant sa main dans les siennes. C'était un plaisir de vous rencontrer. J'espère que vous apprendrez un jour ce qui est arrivé à votre fille.

— Je doute que nous le découvrions après tout ce temps.

Elle secoua la tête d'un air résigné.

— C'était tout de même agréable de reparler d'elle. Je n'en ai pas souvent l'occasion.

12

Maintenant qu'ils étaient seuls avec Seaton, Alexi s'attendait plus ou moins à ce que le charme s'évanouisse et que son vrai caractère transparaisse. S'il était responsable de la disparition de Natalie et conservait ce secret depuis toutes ces années, il avait de bonnes raisons d'être inquiet et risquait de se tenir sur la défensive. Elle fut déçue lorsque, au lieu de se transformer en bête enragée, il concentra la force de son sourire sur elle.

— Bon, dit-il. Permettez-moi de vous proposer quelque chose de plus fort que du thé.

— Pas pour moi, merci, répondit Jack, même si la question s'adressait à Alexi.

— Pour moi non plus.

— J'espère que vous ne voyez pas d'inconvénient à ce que je boive un verre.

Sans attendre de réponse, il se dirigea vers un meuble bar bien approvisionné et se servit une dose généreuse de single malt. Le dos tourné, il en avala une longue gorgée, puis pivota vers eux.

— Vous ne m'avez pas expliqué pourquoi vous vous informiez sur Natalie.

— Vous avez vu quel effet a produit la disparition de votre fille sur votre épouse, répondit Jack. Pourquoi ne pas avoir eu la décence de lui révéler qu'elle était toujours en vie ?

— Pardon ?

Seaton le regarda les yeux écarquillés en affichant une expression de confusion innocente.

— Je ne comprends pas ce que vous sous-entendez.

Il semblait si perplexe qu'Alexi fut presque certaine qu'il était sincère.

— Vous savez aussi bien que moi que c'est faux, répondit Jack en contenant perceptiblement sa colère.

— Écoutez, nous avons essayé de tirer un trait sur cette horrible histoire. Nous avons beaucoup souffert lorsque l'enfant que nous adorions s'est enfuie, mais nous avons fini par conclure qu'elle était probablement morte. Ce qui nous a au moins permis de tourner la page.

— Morte ? demanda Alexi. Qu'est-ce qui vous le fait croire ?

— C'est la seule explication sensée. Natalie était une bonne petite, et nous n'avions eu aucune sorte de querelle avec elle.

Il haussa les épaules.

— Elle n'avait absolument aucune raison de tourner le dos à tout ceci, fit-il en décrivant un grand geste pour désigner le luxe qui l'entourait. De toute façon, si elle était toujours en vie, elle nous aurait contactés depuis longtemps. Elle savait que nous l'adorions. Surtout Fay.

— Mais il y a une autre explication, n'est-ce pas ? demanda Jack.

— Quelle explication ?

De profonds sillons apparurent sur le front de Seaton.

— Avez-vous déjà perdu un enfant ? Je suppose que non, autrement vous ne poseriez pas des questions aussi ridicules.

Il but le reste de son verre d'une traite et se tourna pour se resservir.

— Maintenant, à moins que vous ayez connaissance des derniers déplacements de Natalie, je ne pense pas pouvoir vous en dire plus, d'autant que vous avez omis de me révéler la raison de cet interrogatoire.

— Quand vous a-t-elle recontacté pour la première fois ?

La franchise de Jack stupéfia autant Alexi que Seaton.

— Mais enfin de quoi parlez-vous ?

Le bluff de Seaton était presque convaincant. Presque. Mais il fut trahi par un tic agitant la paupière inférieure de son œil gauche et par le très léger tremblement de ses mains. Et n'avait pas pu s'empêcher de détourner le regard en tentant faiblement d'esquiver la question de Jack.

— Vous l'avez violée à l'hôtel Park Lane quand elle avait quatorze ans.

— Bon sang, mais pour qui vous prenez…

— Jolie comme un cœur, pas vrai ? Tous ces fous rires que vous partagiez, le rentre-dedans qu'elle vous faisait, sa façon de vous idolâtrer. Elle ne demandait que ça. Quatorze ans à l'époque, c'était comme vingt-cinq aujourd'hui.

Seaton resta de marbre.

— Je n'ai pas à écouter ces calomnies.

— Vous pensiez qu'elle vous en serait reconnaissante, dit Jack d'un ton glacial. Au lieu de ça, elle a fugué et essayé pendant des années de se remettre de ce que vous lui aviez fait. Comme elle n'y arrivait pas, elle est revenue se venger et vous a frappé là où ça vous fait le plus mal. Au portefeuille.

— Vous délirez. Sortez immédiatement de chez moi !

— Très bien, mais si nous partons, nous reviendrons. Avec la police.

— Et je vous poursuivrai pour harcèlement.

— Parfait, répondit Alexi avec mépris. C'est précisément devant un tribunal que nous voulons vous traîner. Même si vous gagnez, la médiatisation de l'affaire ruinera votre réputation, sans parler de votre mariage. Je parie que votre renommée, et les apparences, ajouta-t-elle en écartant les bras pour désigner la pièce à son tour, sont vraiment tout ce qui compte pour vous. Vous êtes prêt à tout pour les préserver.

— Même si Natalie était bel et bien revenue en inventant une histoire absurde, pourquoi l'aurais-je payée pour qu'elle s'en aille à nouveau ?

Alexi se posait exactement la même question.

— Un psy l'a encouragée à écrire ce qui lui était arrivé.

Elle observa attentivement Seaton pendant que Jack parlait.

— Nous avons lu son récit et savons ce qu'elle vous reprochait.

Alexi croisa les doigts derrière le dos en espérant que Seaton ne lui demanderait pas de préciser.

— Elle vous a dit qu'elle voulait un paiement ponctuel, mais comme tous les maîtres chanteurs, elle a remis ça. Sans arrêt. Elle vous saignait à blanc, mais une partie de vous était prête à payer, ne serait-ce que pour le plaisir de la revoir. Malgré tout, vous aviez encore envie d'elle.

Mais c'est allé trop loin. Elle est devenue de plus en plus avide. Elle a peut-être menacé de révéler la vérité à votre femme, même si vous aviez payé.

Jack marqua une pause.

— Est-ce la raison pour laquelle vous l'avez tuée ?

Seaton redressa brusquement la tête.

— Attendez une minute ! Tout à l'heure j'étais un violeur, et maintenant je suis un assassin. Il faudrait savoir.

— Vous êtes très probablement les deux.

Seaton resta silencieux, cloué sur place comme un cerf aveuglé par les phares d'une voiture. Il tenait mollement son verre vide dans les doigts d'une main.

— Vous délirez, finit-il par répéter avec un geste nonchalant. Si vous y croyiez vraiment et que vous pouviez le prouver, c'est la police qui serait ici.

— Oh, elle viendra, une fois que le corps de Natalie aura été retrouvé. Ce n'est qu'une question de temps.

— Elle viendra même si on ne le retrouve pas, dit Alexi. Nous détenons un compte rendu écrit de ce qui lui est arrivé, ainsi que le journal intime qu'elle tenait à l'époque du viol.

Jack lui lança un regard d'avertissement. Ils n'avaient aucun moyen d'être certains que Natalie en avait tenu un, mais d'après Alexi, c'était fort probable. La plupart des filles de cet âge notent chacun de leurs sentiments, pensées et aspirations. Elle-même l'avait fait.

— Natalie et ses foutus journaux.

Seaton se laissa tomber dans un fauteuil, les regarda tour à tour, puis secoua la tête et la posa dans ses mains. Alexi sentit qu'il s'apprêtait à leur avouer la vérité, ou du moins sa propre version.

— Malgré tout ce que nous avons essayé de faire pour elle, Natalie avait un défaut génétique qui la rendait incapable de rester sur le droit chemin. Ce n'était pas vraiment sa faute.

Alexi en resta bouche bée.

— J'avais prévenu Fay. Je l'avais prévenue.

Il se frappa la cuisse avec le poing.

— On ne sait pas quel enfant on récoltera lorsqu'on veut adopter. Mais Fay refusait de céder. Elle voulait un bébé et n'a pas cessé d'en parler jusqu'à ce que je craque. Voyez le mal que cela lui a fait. Les mauvais gènes s'expriment un jour ou l'autre, quels que soient vos efforts pour transmettre vos règles et valeurs à l'enfant. Ce qui est arrivé à Natalie est dû à la génétique. Je n'arrive pas à comprendre comment elle peut prétendre avoir été violée, surtout après un tel choix de profession.

— Vous n'êtes pas sérieux, marmonna Jack.

Alexi était tout aussi écœurée par les tentatives pathétiques de Seaton de justifier l'injustifiable. En même temps, elle avait envie de sauter de joie. En admettant qu'il savait ce qu'était devenue sa fille, il reconnaissait également avoir été en contact avec elle après qu'elle s'était reconvertie en escort.

— Elle me regardait d'une façon ambiguë depuis quelques mois.

Seaton poussa un soupir.

— Elle paradait en bikini en sortant de la piscine et savait très bien ce qu'elle me faisait. Je me suis contenté de lui donner ce qu'elle voulait.

— Ce qui va vous conduire tout droit en prison, grogna Jack. Elle était mineure.

Alexi secoua la tête, au bord de la nausée.

— Elle cherchait l'approbation de son père, pas du sexe. Elle avait confiance en vous. Je ne sais pas comment tout a pu dégénérer à ce point.

Il leva les yeux vers eux, comme s'il espérait leur indulgence, voire leur compassion.

— Ce n'est pas comme si j'avais tout planifié. Quelque chose m'a simplement fait craquer. Je suppose que je n'ai jamais été fait pour devenir père. Le mien était un piètre modèle, alors j'ai dû improviser. Les gamins ne sont pas livrés avec un mode d'emploi.

Il les foudroya du regard, un soupçon de défi dans les yeux.

— Mais vous devez me croire : je n'avais pas l'intention de faire ce que j'ai fait, et ça ne se serait jamais reproduit.

— Même si vous l'avez prévenue qu'elle serait à vous chaque fois que vous auriez envie d'elle ? demanda Alexi.

Seaton redressa aussitôt la tête.

— Ces mots n'ont jamais franchi mes lèvres. Je le jure.

— Et pourquoi devrions-nous vous croire ?

Étrangement, Alexi sentit qu'il était honnête alors même qu'elle formulait sa question. Il était impossible de feindre la surprise avec une telle sincérité.

— Quand elle est revenue, j'ai essayé de lui dire combien j'étais désolé, que je me rattraperais. Je lui avais volé son innocence, et les choses ne redeviendraient jamais comme avant entre nous. Mais je pouvais au moins lui montrer qu'elle n'avait plus rien à craindre de moi. En tout cas, c'est ce que je pensais.

Son air de défi disparut, et ressembla à un homme brisé.

— Je savais qu'elle ne reviendrait pas la deuxième fois qu'elle a fugué.

— Pourquoi êtes-vous allé à Lambourn ? demanda brusquement Jack.

— Lambourn ?

Seaton parut perdu.

— Qu'est-ce que je serais allé faire là-bas ?

— Voir votre fille. La convaincre d'arrêter son chantage.

— C'est là qu'elle habitait ? Je n'y ai jamais mis les pieds. Je l'ai vue quelquefois pour lui remettre l'argent qu'elle exigeait, mais toujours à Londres, dans les lieux publics de son choix.

— Combien de fois et quelle somme l'avez-vous payée ?

— Trois fois dix mille livres.

Jack laissa échapper un sifflement.

— Comment est-elle entrée en contact avec vous ?

— La première fois, elle m'attendait devant mon bureau à Londres. Je ne l'ai pas reconnue au début. Nous sommes allés dans un bar et j'ai senti toute sa colère contenue.

— Tu m'étonnes, marmonna Alexi.

Jack lui effleura la main pour éviter qu'elle l'interrompe.

— J'ai réessayé de lui dire combien j'étais désolé. Elle ne voulait rien savoir, et elle a eu un fou rire quand je lui ai suggéré de rentrer à la maison. Je lui ai assuré que sa mère serait folle de joie de la revoir.

Il soupira.

— Au lieu de me suivre, elle a déclaré qu'elle voulait cent mille livres. J'ai répondu que je ne pouvais pas mettre la main sur une telle somme. Nous sommes tombés d'accord sur un paiement initial de dix mille, mais je savais qu'elle viendrait m'en réclamer plus.

— Et vous ne pouviez pas la laisser vous saigner à blanc.

— Je me sentais soulagé à certains égards.

— Parce qu'elle vous faisait chanter ? demanda Alexi, les sourcils froncés.

— Parce que je me rachetais, dans une faible mesure. Tout en sachant que ce ne serait jamais assez. Je ne vous demande pas de me croire, mais je ne suis pas fier de moi.

Il laissa tomber sa tête et se massa le front avec les pouces, laissant des empreintes blanches sur sa peau mate.

— Si je pouvais remonter le temps…

— Mais c'est impossible, répondit Jack. Même si vous aviez payé, Natalie a commencé à vous embêter, pas vrai ? Vous soutirer de l'argent n'était qu'une partie de sa vengeance. Elle voulait aussi vous empêcher d'avoir l'esprit tranquille. Vous obliger à rester sur vos gardes, inquiet de savoir ce qu'elle avait l'intention de faire ensuite. Elle a menacé de téléphoner à Fay et de lui raconter toute l'histoire. Vous ne pouviez pas prendre ce risque. Natalie était la seule personne capable de mettre en danger votre confortable vie conjugale, car la réaction de votre femme aurait été incontrôlable. Cette affaire allait trop loin, alors vous vous êtes rendu à Lambourn pour y mettre fin.

— Je pense que vous feriez mieux de partir maintenant. Je n'ai plus rien à dire. J'ai bel et bien payé Natalie pour qu'elle se taise, mais si elle est morte, je n'y suis pour rien. Et n'essayez pas de revenir avec la police et de m'accuser de viol, car je nierais que cette conversation a eu lieu.

13

— Jack, je n'arrive pas à croire qu'il soit tombé dans le piège !

Alexi bondissait sur son siège tandis qu'ils s'éloignaient dans la BMW.

— Il a tout avoué, tu as été brillant.

— J'ai pensé qu'il devait exister une sorte de preuve irréfutable. Autrement pourquoi aurait-il payé ?

— Nous n'étions pas certains qu'il l'avait fait.

Jack sourit tristement.

— Nous le sommes maintenant. J'ai pris le risque d'insister parce qu'il ne nous a pas mis à la porte à l'instant où j'ai parlé de viol. Un homme innocent aurait appelé son avocat sur-le-champ.

— Très malin, mais admettons qu'il ait nié ou nous ait demandé quelle était la preuve ?

Il s'arrêta à une intersection.

— J'ai supposé que c'était quelque chose de très personnel et d'embarrassant. Une manie sexuelle que seule sa femme connaissait…

— Quelque chose qu'il n'admettrait jamais devant des inconnus ? Il a pensé que Natalie l'avait noté dans son journal et que nous l'avions lu.

— Exact.

L'expression de Jack était sombre.

— Nous l'avons pris au dépourvu, et le bluff a fonctionné quand j'ai ajouté le meurtre dans l'équation. Mais les personnes comme lui ne s'avouent pas vaincues sans se battre. Si la police vient à l'interroger à propos des retraits sur son compte, il aura une explication pour chacun d'eux.

Alexi fut momentanément silencieuse.

— Tu penses qu'il l'a tuée ?

— Il avait naturellement un motif. Mais s'il n'a pas menti sur le nombre de fois où il l'a rencontrée et sur la somme qu'il a payée, alors il n'est probablement pas le seul à avoir acheté son silence.

— Oui. J'ai eu la même pensée. Il y a eu des versements plus importants, et plus récents aussi, que ceux de Seaton sur le compte de Natalie. En revanche, nous savons maintenant qu'il l'a bien dépucelée et lui a volé son innocence. Je parie que l'homme qui l'a mise sur le chemin de la ruine était l'unique responsable de toute cette colère contenue. Je lui en aurais voulu à mort aussi. Mais s'il l'a vraiment tuée et a abandonné son corps quelque part près de Lambourn, il ne s'approchera plus de cet endroit.

— Non.

Jack esquissa un sourire crispé.

— Mais s'il pense qu'il existe une trace écrite de tout ce qu'il lui a fait, il risque d'essayer de la récupérer, juste pour se couvrir. Si la police trouve ce document avant lui, elle ne le lâchera pas. Il le sait, d'autant qu'il supposera que nous avons rapporté notre conversation avec lui aux policiers. Mais si nous allons finalement leur raconter ce que nous savons, Mme Seaton finira par apprendre comment sa fille a gagné sa vie pendant toutes ces années.

— Ah.

— Voilà. En admettant que Natalie soit toujours en vie, je ne veux pas leur faire une chose pareille, ni à elle, ni à sa mère.

— Je suis d'accord, mais ça veut dire que ce pervers va encore s'en tirer !

— Je sais, mais même s'il ne l'a pas tuée, il sait que nous sommes au courant du chantage, et il pense qu'il existe un journal susceptible de l'incriminer. Ce sera suffisant pour lui donner des insomnies.

Alexi fit la grimace.

— J'aimerais tellement être là quand on lui passera les menottes. La façon dont il m'a regardée m'a donné la chair de poule.

— Je lui aurais bien fait avaler son dentier. Comme c'était impossible, je l'ai frappé avec des mots.

Il lui lança un clin d'œil.

— Bon, qu'est-ce qu'on fait maintenant ? demanda-t-elle.

— Retournons à Lambourn. Je t'invite à dîner et nous continuerons à réfléchir à l'endroit où Natalie a pu cacher ses documents. Nous savons maintenant que des écrits existent, et ils doivent se trouver quelque part dans son cottage. Il faut juste chercher plus minutieusement.

*

Le portable de Jack se mit à sonner alors qu'il quittait l'autoroute. Cassie. Encore. Leur conversation de la veille au soir ne s'était pas conclue par des amabilités, et ce n'était pas vraiment le moment de décrocher, car Alexi était assise juste à côté de lui et, puisqu'il conduisait, il devrait utiliser le mode haut-parleur. Il était impossible de deviner ce que Cassie avait à lui dire, et Alexi n'en perdrait pas une miette. Mais son associée ayant sans doute du nouveau concernant Natalie, il prit l'appel.

— Salut, Cass. Quoi de neuf ?

— Où es-tu ? J'ai des infos sur l'historique d'appels de Natalie, mais je te téléphone surtout parce que j'ai des choses importantes à te montrer concernant tes enquêtes rémunérées.

Elle insista sur le dernier mot.

— Je suis à dix minutes du bureau. Je vais passer.

— À tout de suite.

Il raccrocha.

— Tu ne vois pas d'inconvénient à ce que j'y fasse un saut ? demanda-t-il à Alexi.

— Non, mais je ne pense pas que ton associée sera ravie de me voir.

— Elle s'en remettra.

— J'attendrai dans la voiture.

— Pas question.

Il serra les dents.

— Nous travaillons sur cette affaire ensemble. Et puis je n'ai absolument pas honte d'être vu en ta compagnie.

— C'est bon à savoir.

Il roula jusqu'au bâtiment où se trouvait son bureau, un ancien appartement situé au-dessus d'un buraliste, à la périphérie de Newbury.

— Bienvenue dans nos modestes locaux, dit-il en glissant un bras sur le dossier du siège d'Alexi afin de se garer en marche arrière sur la seule place libre. Bon, allons affronter l'inquisition.

— Non mais, quel froussard, Maddox.

Il rit.

— Je préfère me considérer comme un pacifiste.

Il déverrouilla la porte d'entrée et précéda Alexi dans un étroit escalier. Lorsqu'il l'invita à entrer dans leurs bureaux composés de deux pièces, Cassie était au téléphone. Elle sourit en le voyant. Puis ses yeux se posèrent sur Alexi, et son sourire disparut. Elle termina son appel et se leva. Jack fit les présentations et sentit que les deux femmes se jaugeaient en se serrant la main.

— Je n'avais pas compris que tu venais accompagné, Jack, dit Cassie d'un ton accusateur.

Il lui expliqua d'où ils venaient et ce qu'ils avaient découvert.

— Vous croyez que son père l'a tuée pour mettre fin à ce chantage ?

— Lui ou quelqu'un d'autre, répondit Alexi. Nous pensons que Seaton n'était pas la seule personne qu'elle faisait chanter, mais nous ignorons pour le moment qui était son autre victime.

— En tout cas, ce n'était pas un membre de l'agence de ta sœur, dit Cassie à Jack.

— Qu'est-ce qui a attiré ton attention dans l'historique d'appels de Natalie ?

Elle lui tendit une liasse de papiers.

— Je n'ai pas eu le temps de tout vérifier, mais deux numéros qu'elle contactait régulièrement sortent du lot. L'un est celui d'un fournisseur de fleurs, l'autre, celui d'un entraîneur local, Graham Fuller.

Encore lui, pensa Jack en se remémorant la scène des toilettes la veille au soir.

Alexi redressa brusquement la tête.

— Fuller. Un grand nombre de ses employés habitent dans l'annexe de Cheryl.

— Cela peut valoir le coup de s'entretenir avec eux quand nous serons rentrés à Lambourn, dit Jack. Si elle avait envie d'investir dans un de ses chevaux de course, ils seront au courant, et cela expliquera les appels.

— Tu retournes là-bas ? demanda Cassie. C'est vraiment nécessaire ? Tous ces documents que tu attendais sur la fraude à la carte bancaire sont arrivés.

Elle désigna une pile de papiers sur le bureau de Jack.

— Le client a appelé plusieurs fois. Il veut te rencontrer demain.

Jack savait qu'elle avait raison, il fallait s'occuper de cette affaire. Mais Newbury n'était pas très loin de Lambourn.

— Je reviendrai m'en occuper demain, dit-il en soulevant la pile de feuilles. Je vais étudier ces documents ce soir et je l'appellerai.

Cassie fit la moue.

— Très bien.

Elle retourna à son bureau et se concentra sur ce qui était affiché sur son écran d'ordinateur.

— Ravie de vous avoir rencontrée, dit Alexi en sortant, tandis que Jack lui tenait la porte.

Cassie marmonna une réponse incompréhensible.

Alexi se glissa à l'intérieur de la voiture de Jack avec un sourire ironique.

— Tout s'est bien passé.

— Désolé qu'elle ait été aussi impolie. C'était totalement injustifié.

— Elle est stressée. Je reconnais les signes.

— Parfois elle stresse toute seule. Nous avons du boulot, mais pas tant que ça.

— Elle aime avoir le contrôle. Surtout sur toi.

— Qu'elle essaye un peu.

Ils restèrent silencieux pendant le court trajet jusqu'à Lambourn. Une fois là-bas, Jack gara sa voiture sur une place devant le George.

— Il paraît que cet établissement a été construit au XVIIIe siècle, dit-il en coupant le moteur. C'est le plus ancien pub de Lambourn.

Alexi sourit.

— Tu parles comme un guide touristique.

— Je suis une bonne affaire.

Elle rit.

— Continue à te faire des films, Maddox.

— Tu es déjà venue ici ?

Il posa les deux mains sur son cœur.

— On y sert de la vraie bière d'Arkell's Brewery.

— Super… Tant que je ne suis pas obligée d'en boire.

— Laisse faire l'expert.

Il lâcha un rire en ouvrant la porte du bar.

Un court moment plus tard, il tenait une pinte de sa bière tant désirée, et elle, un grand verre de vin.

— Bon, dit Alexi lorsqu'ils eurent commandé leurs plats. Je pense que nous devons retourner au cottage et tout mettre sens dessus dessous jusqu'à ce que nous ayons mis la main sur les documents personnels de Natalie. Plus son absence dure, plus je suis convaincue qu'elle est morte. La police risque d'intervenir à tout moment et, si nous ne les trouvons pas, nous pouvons être certains que les flics le feront.

— Ils ne s'intéresseront vraiment à Natalie que si un cadavre apparaît.

— Comme tu ne cesses de me le rappeler, dit-elle avec un frisson.

— Il faut reconnaître que cette femme était futée. Nous savons que Seaton lui a payé trois fois dix mille livres, mais elle n'a pas tout déposé à la banque.

— Chaque fois une somme différente pour éviter d'éveiller les soupçons, et pas assez importante pour que les régulateurs bancaires s'interrogent sur leur origine.

Jack but une lampée de bière, puis essuya la mousse sur sa bouche du revers de la main.

— Je comprendrais que la police ne prenne pas notre inquiétude au sérieux si nous n'avons rien pour étayer notre théorie, dit-il. Mais si nous trouvons ses papiers, ça changera la donne. Nous devrons les remettre aux policiers, évidemment.

Alexi sourit.

— Mais seulement après les avoir lus.

— En parlant de ça…

Jack sortit la liste imprimée des appels de Natalie de la poche intérieure de sa veste et les compara avec les numéros des trois hommes que sa sœur lui avait donnés.

— Elle n'a téléphoné à aucun de ces types, dit-il avec soulagement. Ils communiquaient sans doute uniquement par e-mail.

— C'est de bon augure pour Katie. Natalie était prudente, elle ne s'est pas sentie assez proche d'eux pour leur donner son numéro.

— Sauf si elle utilisait une carte prépayée dont nous ignorons l'existence. Et qu'elle s'en servait pour son chantage.

— Vous voyez toujours le mal partout, monsieur Maddox.

Il lui adressa un sourire insolent.

— Déformation professionnelle, madame Ellis.

La serveuse posa leurs plats devant eux, interrompant temporairement leur conversation.

— Bon, comment trouver ce que Natalie a découvert ? demanda Alexi en réfléchissant. Cette nouvelle qui l'a décidée à quitter son métier. Je sens que c'est la clé de tout.

— Ses documents personnels. Tout nous ramène à eux.

— Je sais qu'elle ne souhaitait pas retrouver sa mère biologique, mais supposons qu'elle ait changé d'avis. Elle a probablement voulu que personne ne le sache, au cas où elle serait à nouveau rejetée.

— Mais dans quel but, après toutes ces années ?

— Bonne question. Cependant, si elle est partie à sa recherche, elle a dû n'avoir aucun mal à découvrir son identité. À dix-huit ans, elle avait obtenu le droit de demander une copie de son acte de naissance et les détails de son adoption, non ?

— La loi l'autorise désormais, mais seulement aux personnes nées après 1972. Natalie a raté le coche de peu, ce qui signifie qu'elle a dû rencontrer un psychiatre nommé par l'État et lui expliquer pourquoi elle souhaitait consulter son dossier après tout ce temps.

— Ah.

— En plus, n'oublie pas qu'elle s'était enfuie et avait changé de nom. Elle ne voulait pas que son père adoptif la retrouve, ni, je suppose, bouleverser sa mère adoptive. Le risque était qu'ils découvrent qu'elle avait cherché à se renseigner. Ensuite, Fay Seaton aurait sans doute appris comment elle gagnait sa vie.

— Je croyais que toutes ces choses étaient confidentielles.

— Elles le sont, et les chances que les Seaton le découvrent étaient minces, mais rappelle-toi que Natalie protégeait sa vie privée de façon obsessionnelle.

— Tu penses qu'elle avait honte de ce qu'elle était devenue ?

Il haussa les épaules.

— Les années passant, j'imagine qu'elle s'est sentie de plus en plus déterminée à se venger. Tu n'imagines pas jusqu'où les gens sont prêts à aller pour prendre leur revanche.

— Inutile de m'éclairer. Je suis journaliste, au cas où tu l'aurais oublié.

— En effet.

Il soupira.

— En tout cas, nous aurons un tas de questions à poser à Natalie si nous la retrouvons.

— D'après Athena, c'était son psy qui voulait qu'elle cherche sa mère biologique, mais le seul moyen d'accomplir cette démarche était de s'adresser à un autre psy qu'elle n'aurait pas choisi. Tu parles d'une ironie !

— Celui qu'elle consultait nous expliquera peut-être pourquoi il l'a encouragée à entreprendre cette démarche.

Elle rit.

— Tu rêves.

Il feignit la surprise.

— Tu sembles avoir une piètre opinion des psys.

— Ils ont leur utilité, mais je pense parfois qu'ils font plus de mal que de bien. Si les gens refoulent leurs mauvais souvenirs, ce n'est pas pour rien, et quand ils s'y confrontent, cela se retourne souvent contre eux.

Elle poussa son assiette vide sur le côté et se pencha vers Jack.

— Je parie que tu es du même avis sur les professions psychiatriques, pas vrai ? Allez, Maddox, crache le morceau. Pourquoi es-tu remonté contre ce remarquable corps de métier ?

— Le travail de policier exige un esprit cynique, mais ce n'est pas ce qui nous intéresse pour le moment. Revenons à nos moutons. Sais-tu qu'on entraîne plus de mille cinq cents chevaux de course dans cette vallée ?

— Non, mais je ne suis pas surprise. J'ai l'impression que les chevaux y sont beaucoup plus nombreux que les humains.

— Exact, et leur entraînement coûte une petite fortune à leurs propriétaires. C'est pourquoi beaucoup vendent des parts de leurs chevaux. Tu ne trouves pas bizarre que Natalie n'ait négocié qu'avec un entraîneur, d'après ce que nous savons ?

Alexi réfléchit, le front plissé.

— Peut-être qu'elle s'intéressait à un cheval en particulier.

— Possible, mais ça ne colle pas avec ce que nous

connaissons de son caractère. Sa sentimentalité adolescente s'est évaporée le soir où son père l'a violée.

— Tu ne peux pas en être sûr.

— Je peux faire une déduction logique en m'appuyant sur ce que j'ai vu de son cottage et ce que nous avons appris grâce aux personnes qui la connaissaient.

Il s'adossa à sa chaise et fixa sur Alexi un regard intense.

— D'après Fay Seaton, la deuxième fois qu'elle a fugué, elle n'a rien emporté d'autre que quelques vêtements et le contenu du portefeuille de son père. Elle adorait son chien et son poney, mais n'a emporté aucune photo d'eux, rien. C'est comme si elle avait tiré un trait sur cette partie de sa vie et pris un nouveau départ, ce qui, à mon avis, révèle une adolescente très déterminée.

Alexi inclina la tête sur le côté.

— Bien vu.

— Bon, mais pourquoi ne s'est-elle renseignée que sur un cheval ? Elle était en bonne position de négociation, car elle possédait la somme nécessaire. Pourquoi n'a-t-elle pas tiré profit de cet avantage ?

— Si seulement je le savais.

La serveuse débarrassa leurs assiettes, leur proposa des cafés que tous deux déclinèrent, puis Jack demanda l'addition.

— Cosmo va penser que tu lui as été infidèle.

— Il a plus de jugeote que ça. Je suis la femme d'un seul chat.

Il eut un petit rire.

— D'accord.

— Parle-moi de Cassie et toi. Pourquoi est-elle aussi possessive ?

— Nous n'en avons jamais discuté.

— Allez, Maddox !

— Bon, disons qu'elle m'a remonté le moral quand j'ai divorcé.

— Vous êtes sortis ensemble ?

— Je ne dirais pas ça comme ça.

Il balança ses mains du haut vers le bas comme s'il pesait ses paroles.

— Nous faisions plutôt un travail d'introspection pendant lequel j'étais surtout celui qui parlait, tandis qu'elle écoutait. De mon point de vue, il n'y avait rien de plus entre nous, mais je me demande parfois si je lui ai envoyé les mauvais signes.

— Raison pour laquelle tu marches sur des œufs avec elle.

— C'est ce que je fais ?

Il fut sincèrement surpris par sa remarque.

— J'étais distrait par mon divorce, je m'en voulais d'avoir passé trop de temps au travail et négligé ma femme.

— Tu n'espérais pas divorcer ?

— Je crois que je savais que c'était inévitable, et j'étais plus contrarié qu'accablé. Je ne voulais simplement pas avoir l'impression que tout était ma faute. Cassie était bonne critique parce qu'elle nous connaissait tous les deux et pouvait se montrer objective.

Alexi se tourna sur le côté et le regarda plus attentivement.

— Tu as fini au lit avec elle ?

— Non, mais j'ai failli. Je noyais mon chagrin dans l'alcool, elle était là, disponible et… enfin, tu sais, quoi.

— Le fait de vous associer a renforcé sa conviction que tu t'intéressais à elle.

— Je ne vois pas pourquoi.

Elle lui adressa un regard comique, accompagné d'un grognement impatient.

— Évidemment. Tu es un homme, tu n'as pas pris le temps d'y réfléchir. Tu as confié à Cassie que tu sentais que ton travail avait creusé un fossé entre ta femme et toi, puis tu as accepté de collaborer avec elle. Quel message lui as-tu envoyé, d'après toi ?

— Tu es en train de dire que Cassie s'imagine que je me suis associé avec elle dans le but de vivre une histoire où le travail ne serait pas une gêne ?

— Bien vu, Sherlock.

Le sourire d'Alexi disparut.

— Si tu ne veux pas de Cassie, tu vas devoir jouer franc jeu avec elle. Ce n'est pas juste de la faire attendre.

Il soupira.

— Tu as raison. Je n'avais pas vu les choses de cette façon.

Jack la prit l'addition que la serveuse venait de leur apporter.

— C'est pour moi.

— Un gentleman à l'ancienne. Comme c'est rafraîchissant.

Elle se pencha au-dessus de la table et déposa un baiser sur sa joue.

— Merci.

— Je t'en prie.

Il posa sa carte de crédit sur la soucoupe et attendit que la serveuse revienne avec le terminal de paiement.

— Considère ça comme une rétribution pour avoir participé à mon travail d'introspection.

Il lui adressa un sourire paresseux.

— Bon, à toi maintenant. Qu'as-tu l'intention de faire au sujet de Patrick ?

— Contrairement à toi, Maddox, je sais ce que je veux. Patrick et moi, c'est de l'histoire ancienne.

Il sut qu'elle était sincère, mais se demanda si elle se rendait bien compte combien Vaughan était fou d'elle. Cet homme ne lâcherait pas facilement l'affaire.

— Et son offre de travail ?

Elle secoua la tête.

— Je ne peux plus collaborer avec lui. Je n'ai pas eu beaucoup de temps pour y réfléchir, mais je commence déjà à aimer l'idée de travailler en tant qu'indépendante.

Les yeux d'Alexi pétillèrent.

— Songe à l'article que je pourrais écrire sur la vie de Natalie. Ne t'inquiète pas, je n'en ferai rien, dit-elle en remarquant son air probablement horrifié. En l'état actuel des choses, c'est impossible, mais cette affaire m'a fait prendre conscience de la liberté dont je pourrais jouir au lieu de devoir faire plaisir à un rédacteur en chef.

— Si tu ne vois pas d'inconvénient à mourir de faim.

— Je n'ai pas de problèmes d'argent. Je vivrai tranquille un moment en tout cas.

— Tant mieux.

Il tapa son code sur la machine, remercia la serveuse

qui lui tendait son ticket, puis se leva pour tirer la table afin qu'Alexi se lève à son tour.

— Bon, allons mettre fin au calvaire de ton chat.

*

Ils effectuèrent le court trajet en voiture jusqu'à Hopgood Hall dans un silence amical. Alexi avait apprécié ce dîner intime avec Jack. Il fallait bien admettre qu'elle avait également aimé être l'objet de l'attention d'un homme qui faisait tourner la tête des femmes. Mais elle n'avait aucune intention de devenir une autre Cassie. Jack repartirait dans un ou deux jours, une fois que la disparition de Natalie serait résolue, et elle pourrait poursuivre sa vie, libre de toute distraction.

— Et voilà, dit-il, lorsqu'il arrêta sa voiture à côté de sa Mini.

Tous deux traversèrent le vestibule en direction de la cuisine de Cheryl. La pièce était déserte. Seuls, Cosmo et Toby étaient pelotonnés ensemble dans le panier du petit chien.

— Salut, Cosmo, on est de retour, lança Alexi en laissant tomber son sac sur la table.

Le chat leva la tête et cligna des yeux, avec l'air d'un parent furieux qui exige de savoir pourquoi ses enfants rentrent si tard. Ensuite, il se leva, leur tourna ostensiblement le dos et se roula à nouveau en boule, le museau dirigé vers le mur. Jack éclata de rire.

— Il fait la tête.

— Les femmes n'ont pas le monopole de la bouderie.

Les mains chargées de menus, Cheryl poussa la porte, l'air distrait.

— Oh, vous êtes rentrés. Vous avez mangé ?

— Oui, merci, répondit Jack. Nous avons avalé un morceau au pub.

— Est-ce que ça va ? demanda Alexi, inquiète. Tu as l'air un peu stressé.

Cheryl renversa la tête.

— Ce satané Marcel. Nous venons juste de faire imprimer la carte du week-end, et maintenant, il fait tout un drame à cause de la spécialité qu'il avait insisté pour inclure. Un problème avec la consistance de la sauce qui a rendu le plat entier immangeable.

Elle haussa les épaules.

— Je l'ai goûté et trouvé exquis. Franchement…

— Vous ne devriez pas céder, dit Jack en la débarrassant de sa pile de menus, avant de la poser sur la table de la cuisine. Faites-lui savoir qui commande.

— Il règne en maître absolu sur sa cuisine, et je peux vous assurer qu'aucun de nous ne l'ignore.

Alexi hocha la tête avec compassion. Elle avait entendu plus d'un éclat de voix du côté de la cuisine depuis son arrivée.

— Pourquoi les chefs jouent-ils toujours les divas ? demanda-t-elle.

— Parce que nous les laissons faire, je suppose, répondit Cheryl. Mais nous ne pouvons pas prendre le risque de contrarier Marcel. Si cet établissement n'a pas encore fermé, c'est en partie grâce à lui. Il est trop qualifié pour cet hôtel, et nous le savons tous. Je crois qu'il reste seulement parce qu'il aime les chevaux et que les types qui logent ici lui donnent quelques tuyaux. Mais à mon avis, il finira tôt ou tard par remballer ses couteaux et disparaître.

— Tant qu'il ne poignarde personne dans le dos avant de partir, dit Jack.

— Ce n'est pas drôle du tout, Jack, grogna Alexi.

— Mais probablement juste, ajouta Cheryl en se laissant tomber sur une chaise. Racontez-moi ce que vous avez découvert. Tout ce qui peut m'éviter de penser à Sa Majesté impériale.

Avant qu'Alexi puisse répondre, Drew les rejoignit dans la cuisine. Marmonnant lui-même quelques mots bien choisis au sujet de leur chef acariâtre, il alla immédiatement chercher le tire-bouchon. Assis autour de la table, Alexi et les deux hommes partagèrent une bouteille de vin.

*

— Que je comprenne bien, dit Cheryl, l'air légèrement pris de court, lorsque Jack et Alexi eurent terminé leur récit. Après avoir retrouvé les parents adoptifs de Natalie, vous leur avez rendu visite, vous avez accusé le père de viol et il a reconnu les faits. Ouf !

Elle s'éventa le visage avec la main.

— Vous n'y allez pas avec le dos de la cuillère, vous deux.

— Seaton est vraiment un sale type, répondit Alexi en fronçant le nez. Mais il est si charismatique qu'au début, j'ai eu envie de croire à son innocence.

Elle haussa les épaules.

— Cela prouve juste quelle importance nous accordons

aux apparences. Si Seaton avait été un vieux grincheux à la mauvaise haleine et aux dents jaunes, j'aurais sans doute présumé automatiquement de sa culpabilité. Pas étonnant que Natalie ait gardé son secret. Personne ne l'aurait crue, surtout à cette époque-là.

— Et vous, il ne vous a pas eu ? demanda Drew à Jack.

— Quelque chose dans sa réaction ne collait pas, même si Fay Seaton nous avait fait comprendre que Natalie était une enfant heureuse, équilibrée qui n'avait aucune raison de fuguer.

— Seaton adore la lumière des projecteurs, il est toujours prêt à se faire le porte-parole des athlètes qu'il représente et ne fuit jamais les caméras, dit Drew d'un air dégoûté. Il est réactif et sait s'y prendre avec son public.

— Exact.

— Mais peut-il vraiment avoir fait du mal à Natalie ? demanda Cheryl.

— Il a semblé sincèrement surpris lorsque nous avons suggéré qu'il s'était sans doute débarrassé d'elle pour mettre fin à son chantage, répondit Alexi. Mais, comme je le disais, il a failli m'avoir avec son grand numéro. Il avait assurément un motif pour la tuer, mais rien de tout cela ne fait avancer nos recherches. À moins que Natalie réapparaisse et décide de porter plainte, nous n'avons aucun moyen de le faire payer. Et son retour n'y changerait probablement rien, étant donné qu'elle l'a fait chanter.

— Quels sont vos projets dans ce cas ? demanda Cheryl.

— Jack a des affaires professionnelles à régler avant demain matin. Quant à moi, je compte passer en revue l'historique d'appels de Natalie, histoire de voir si je peux identifier un des numéros qu'elle appelait moins fréquemment.

— Je vais te donner un coup de main. Si ce sont des numéros locaux, je les reconnaîtrai sans doute.

— Merci.

— Dans ce cas, Mesdames, je vous laisse, dit Jack.

Il tapota le paquet de documents que Cassie lui avait remis et fit une grimace.

— J'ai des devoirs à faire et la prof va probablement m'interroger. Je te vois demain matin, Alexi.

— D'accord, bonne nuit.

— Quant à moi, il faut que je retourne au bar, dit Drew en se penchant pour embrasser sa femme sur la tête. Pas de repos pour les braves.

Des rires leur parvinrent depuis l'annexe.

— Ce sont sans doute les garçons d'écurie qui rentrent du pub, supposa Cheryl. Un jour, ils penseront peut-être à faire moins de bruit.

Alexi sortit le portrait imprimé de Natalie qu'elle gardait dans son sac et se dirigea vers la porte de derrière.

— Il faut que je demande à Tod s'il se rappelle l'avoir vue dans les écuries de Fuller et, si oui, ce qu'elle y faisait.

Cosmo se réveilla et daigna la suivre, talonné par Toby. Alexi croisa les fêtards avant qu'ils atteignent leurs logements.

— Salut, lança Tod, dont le regard s'éclaira en la voyant. Désolé. Est-ce qu'on fait trop de bruit ?

— En fait, je souhaitais m'entretenir un instant avec vous.

Il exécuta une grande révérence.

— Je suis entièrement à votre disposition.

Elle déplia la photo de Natalie en riant.

— Est-ce que vous reconnaissez cette femme ?

Il la lui prit des mains et recula sous un des lampadaires.

— Bien sûr, c'est Natalie. Elle est fleuriste dans le coin. Pourquoi cette question ?

— Est-ce qu'elle est déjà venue à vos écuries ?

— Oui, souvent même. Elle avait envie d'investir dans un de nos chevaux, Super Nova. Il a deux ans, c'est un coureur prometteur que Graham vient de commencer à entraîner.

— Souvent, vous dites ? Combien de fois est-elle venue voir le cheval ?

— Je n'en sais rien. Mais je l'ai vue traîner là-bas au moins trois fois. Peut-être plus.

— Est-ce que c'est normal ?

Il sourit.

— C'est un gros investissement qu'elle envisage. Je suppose qu'elle veut être sûre de ne pas se tromper.

— Pourquoi gros ? Beaucoup de gens investissent dans les chevaux, j'imagine ?

— Ouais, si vous saviez en combien de morceaux on peut découper un cheval ! Au sens figuré, bien sûr. Jusqu'à vingt, ce n'est pas inhabituel. Mais Natalie envisage d'en acquérir un quart, donc le boulot de Graham est de la convaincre que son cheval est vraiment prometteur. Et il l'est. Il va rapporter gros.

Tod haussa les épaules.

— D'un autre côté, elle aime peut-être simplement traîner dans les écuries et s'imprégner de l'atmosphère. C'est le cas de certaines personnes.

— Qui s'est chargé de la renseigner sur Super Nova ?

— Le patron.

— Quoi, à chaque visite ? Est-ce que c'est habituel ?

Il sourit.

— Elle est très jolie.

Alexi rit, mais lorsqu'il devint évident que Tod n'avait plus rien à lui apprendre, elle le remercia et lui souhaita bonne nuit.

— Eh.

Elle se retourna au son de sa voix.

— Pourquoi m'avez-vous posé toutes ces questions ? Vous pourriez interroger Natalie elle-même ?

— Je le ferais si je savais où elle est.

— Elle est probablement partie quelque part avec un mec. Je parie qu'elle est très sollicitée. Vous voulez que je demande au patron s'il est au courant ?

— Non, c'est bon, merci, Tod.

Alexi avait l'intention de rendre visite à Graham Fuller et de l'interroger en personne.

Elle retourna à la cuisine, versa le reste de la bouteille de vin dans son verre et raconta à Cheryl ce qu'elle venait d'apprendre.

— Je pense que Jack va devoir se rendre au bureau demain, au moins un petit moment. J'irai voir Fuller toute seule.

Cheryl sourit.

— J'espère que nous n'allons pas être définitivement privés du plaisir de la compagnie de Jack. Son charme embellit assurément cet endroit.

Alexi lui concéda ce point avec un rictus ironique. Cosmo, qui lui avait pardonné de l'avoir abandonné toute la journée, bondit gracieusement sur ses genoux. Elle caressa sa grosse tête et il réagit par un ronronnement assourdissant.

— Tu lui plais, Alexi.

— À Cosmo ? Bien sûr. Je le nourris, après tout.

Cheryl secoua la tête.

— Tu sais très bien que je parle de Jack.

— Même si c'était vrai, je ne suis pas à la recherche d'une histoire d'amour. En plus, il est déjà convoité par son associée très possessive.

— Ton Jack Maddox n'a pas l'air du genre à laisser quiconque lui dire avec qui il a le droit de sortir.

Cheryl sourit.

— En plus, Cosmo l'aime bien. Ça joue forcément en sa faveur.

— Si seulement je savais ce qui convainc ce chat qu'une personne est digne d'intérêt ou non. Son instinct est presque humain… Non, plus qu'humain quand il s'agit de juger d'un caractère. Je croyais qu'il appréciait seulement les personnes qui ne représentent pas de menace pour moi, mais il a détesté Patrick dès le départ.

— C'est ce qui s'appelle avoir du flair.

Alexi sourit.

— C'est un félin très inhabituel.

Cosmo ronronna plus fort, manifestement conscient qu'on chantait ses louanges.

— Allez, aide-moi à plancher sur cette liste de numéros de téléphone.

— Esclavagiste.

14

Alexi et Jack se levèrent tôt le lendemain matin et se croisèrent dans le salon des clients à l'étage. Prêt à partir, il avait ses clés de voiture dans une main.

— Salut. Je t'ai ratée hier soir.

— Tu étais absorbé par ta conversation téléphonique quand je suis montée. Je n'ai pas voulu te déranger. Je me suis dit que tu murmurais peut-être des mots tendres à une petite amie.

— J'aurais bien aimé. Qu'est-ce que Tod t'a appris ? Je t'ai vue discuter avec lui par la fenêtre.

Alexi lui rapporta ses propos.

— Cela semble assez plausible, mais j'ai l'intention de me rendre aux écuries de Fuller ce matin afin de voir si je peux m'entretenir avec lui.

— Sois prudente.

Alexi le regarda sans comprendre.

— Pourquoi ?

— Je ne sais pas trop.

Il se gratta le cou.

— Cet homme ne me dit rien qui vaille.

Elle l'écouta avec étonnement rapporter la conversation qu'il avait épiée dans les toilettes pour hommes.

— Ça alors, tu penses qu'il a des soucis d'argent ? C'est difficile à croire. Fuller est un entraîneur célèbre. Même moi j'ai entendu parler de lui. J'aurais cru que les propriétaires se battaient pour lui confier leurs chevaux. Pourquoi prendrait-il le risque de tout perdre ?

— Il a sans doute des habitudes coûteuses. N'oublie pas que les logements de son personnel ont brûlé dans de mystérieuses circonstances, ce qui a probablement donné lieu à une déclaration de sinistre. Et Drew dit qu'il doit sans arrêt lui réclamer des loyers impayés.

— C'est vrai, mais je ne vois pas comment il pourrait être mêlé à la disparition de Natalie. Si elle songeait à investir dans ce cheval, il avait intérêt à ce qu'elle reste en vie. En tout cas, nous n'avons découvert aucun lien entre eux.

— Fais simplement preuve de prudence, c'est tout ce que je dis.

— Bien sûr. Ensuite, je passerai au cottage de Natalie pour essayer de découvrir sa cachette.

— N'arrache pas tout le plancher, conseilla-t-il d'un air amusé. Oh, en fait, il est inutile d'aller voir Fuller pour le moment. Il doit être aux pistes de galop en train de regarder ses chevaux s'entraîner au lever du jour.

Il consulta sa montre.

— Donne-lui encore deux ou trois heures.

— J'étais au courant.

Le sourire de Jack s'élargit.

— Bien entendu.

En réalité, Alexi ne connaissait absolument rien au monde des courses et, de toute évidence, cela sautait aux yeux.

— Tu pars à Newbury ? demanda-t-elle.

— Oui, j'ai rendez-vous avec un client, mais je devrais avoir réglé cette affaire dans la matinée. Ensuite, il faudra que je travaille un peu au bureau, mais je serai de retour en fin de journée. Si tu découvres quoi que ce soit d'important ou si tu as besoin d'aide d'ici là, contacte-moi sur mon portable.

— Je peux me débrouiller sans toi.

— Je disais ça comme ça. Nous ne savons pas à qui nous avons affaire, alors enquête avec précaution et ne fais confiance à personne.

— Tu as des nouvelles du type à qui tu as demandé de se renseigner sur les deux autres hommes que Natalie a rencontrés ?

— Oui. Tous deux ont paru surpris et sincèrement inquiets de sa disparition. Chacun a confirmé qu'il était sorti avec elle une seule fois et communiquait avec elle par e-mail. Ils ont reconnu avoir pensé qu'elle était trop belle pour eux et n'ont pas été étonnés qu'elle ne souhaite pas les revoir. Bref, Larry est quasiment sûr qu'ils ne cachent rien, ce qui me paraît suffisant.

— D'accord, inscrivons-les en bas de la liste des suspects.

— Nous n'en avons pas vraiment, à part Seaton.

— Combien d'autres nous en faut-il ? Il avait un mobile, les moyens et plus d'une occasion. Est-ce que ce ne sont pas les critères sur lesquels se fondent les flics ?

— Il est difficile de les appliquer quand il n'y a pas de crime.

Alexi croisa les bras, sur la défensive.

— Nous devrions garder le nom de Walker à l'esprit, dit-elle. Je ne crois pas qu'il ait quelque chose à voir avec sa disparition, mais elle est tout de même sortie trois fois avec lui, et d'après ce que nous savons, elle n'a laissé personne d'autre l'approcher de si près. Il avait l'intention de passer à la vitesse supérieure en l'invitant chez lui. Peut-être qu'elle a refusé.

Elle haussa les épaules.

— Les gens tuent pour moins que ça.

— C'est un peu tiré par les cheveux. Mais je suis d'accord, nous ne devrions pas l'exclure.

— Très bien, nous avons donc une liste de deux suspects. Ça me donne l'impression que nous avons accompli quelque chose. Bon, et son avocat ? Et son psy ? Est-ce que tu comptes essayer de prendre rendez-vous avec eux ?

— Je leur téléphonerai quand je serai au bureau, mais à moins qu'ils soient prêts à nous révéler des informations importantes, ce dont je doute, il ne me paraît pas utile de retourner à Londres.

— Oh, ça dépend. Je peux me montrer assez persuasive si je suis suffisamment motivée.

Cosmo arriva tranquillement vers eux et s'enroula autour des jambes de Jack en ronronnant.

— Emmène donc ton matou aujourd'hui, dit-il avant de se baisser pour le gratter derrière les oreilles. Je serai rassuré.

— D'accord, mais seulement parce que je ne pourrai pas supporter une nouvelle crise si je le laisse ici.

Les coins de la bouche de Jack se soulevèrent.

— Très bien. Bon, je file. Fais attention à toi.

Il attrapa son iPad et son portable, puis agita la main au-dessus de l'épaule en descendant l'escalier quatre à quatre. Alexi secoua la tête et regarda sa silhouette disparaître. Il était incorrigible. Lorsqu'elle l'avait vu arriver dans sa chemise à manches longues qui pendait sur son jean, ses cheveux encore humides après sa douche lui tombant sur les yeux, elle s'était dit qu'il était impossible de contredire Cheryl. Mais elle se serait tranché la langue plutôt que de le reconnaître.

— Alors, Cosmo, prêt pour une nouvelle journée d'enquête laborieuse ?

Elle caressa son dos soyeux.

— Je suis déterminée à prouver à ce Dick Tracy de Newbury qu'il n'est pas le seul capable d'obtenir des résultats. Natalie a soigneusement caché ses documents personnels quelque part. Mais je suis une femme, alors je devrais réussir à penser comme elle et à les dénicher.

*

Alexi ne savait pas très bien à quoi s'attendre en prenant le risque de rendre visite à Fuller. Elle arriva beaucoup plus tôt que l'avait suggéré Jack. Lorsqu'elle était journaliste, elle craignait toujours d'être devancée quand elle était sur la piste d'un scoop, alors attendre ne faisait pas partie de son vocabulaire dans de telles circonstances. Elle fit un tour dans les écuries impeccables de l'entraîneur avec un mélange de surprise et d'intérêt. Tout y était très propre, soigneusement à sa place. Pas même un brin de foin ne salissait la cour pavée. Plusieurs rangées de box s'alignaient autour. Certains étaient occupés par des chevaux aux longues pattes qui mangeaient du foin dans des filets. Quelques-uns lui jetèrent des coups d'œil lorsqu'elle passa, levant une tête élégante aux yeux intelligents largement écartés, posée sur un long cou arqué.

Alexi avait laissé Cosmo dans la voiture en pensant qu'il y aurait probablement des chiens dans les parages. Mieux valait éviter qu'il les provoque. Si les chiens de Fuller perdaient un combat contre son chat ou s'il traumatisait un de ses chevaux, l'homme risquait de ne pas se montrer très coopératif. Elle émit un petit rire en s'imaginant menacer Fuller de lâcher son chat dans la cour s'il se montrait trop réticent.

Elle se demanda ce que Cosmo penserait de ces nobles créatures. Pour sa part, elle commençait à comprendre pourquoi l'équitation était connue comme le sport des rois. Rien qu'en se trouvant dans cet environnement, elle sentait son âme imprégnée d'histoire et de tradition. Elle se laissa apaiser par l'odeur chaude des chevaux et un parfum de mélasse, le son de leur mastication satisfaite et la tranquillité des lieux.

— Je sens poindre une idée d'article, murmura-t-elle. Comment se fait-il que des créatures aussi fortes et nobles se laissent dominer par des hommes considérablement plus faibles ?

Elle repensa à *La Ferme des animaux* et admit qu'Orwell avait probablement mis le doigt sur quelque chose.

— Puis-je vous aider ?

Elle se retourna au son de la voix. Celle-ci appartenait à une jeune fille qui ne paraissait pas âgée de plus de vingt ans. Elle portait des bottes boueuses, un jodhpur et un gilet matelassé sur un polo. Ses longs cheveux étaient attachés, comme il se doit, en queue-de-cheval. Alexi se demanda si elle faisait partie des résidents de l'annexe. Elle avait une carrure très fine. Peut-être une apprentie jockey ? En tout cas, les écuyères concouraient aux côtés de leurs homologues masculins de nos jours, non ? C'était un des rares sports censés mettre hommes et femmes sur un pied d'égalité.

— Je cherche Graham Fuller.

— Est-ce que vous avez rendez-vous ?

— Est-ce nécessaire ? Je n'en ai que pour une minute.

— Habituellement, il ne reçoit personne sans rendez-vous. Puis-je l'informer de la raison de votre visite ?

— Super Nova.

— Oh, êtes-vous une future propriétaire ?

— Quelque chose comme ça.

La jeune fille parut se détendre tandis qu'elle menait Alexi à un box. La robe baie de son occupant était belle, mais l'œil inexercé d'Alexi aurait été incapable de le différencier de tous les autres chevaux qu'elle avait vus, la plupart étant également marron. Celui-ci était incontestablement beau. Il leva les yeux et hennit lorsqu'il vit les deux femmes le regarder par-dessus sa demi-porte. La jeune fille sortit quelque chose de sa poche et le lui tendit sur sa paume. Il le renifla, puis le croqua.

— Qu'est-ce que c'était ?

La jeune fille regarda Alexi d'un air soupçonneux.

— Un bonbon à la menthe. Les chevaux en raffolent. J'aurais cru que vous le saviez si vous songez à devenir propriétaire.

— J'ai beaucoup à apprendre.

— Apparemment. Attendez une minute. Je vais voir si le patron est dans les parages. Mes collègues sont rentrés des pistes de galop il y a un moment, ils prennent le petit déjeuner. J'en ai pour un instant.

Super Nova découvrit qu'Alexi n'avait aucune réserve de bonbons à la menthe, se désintéressa d'elle et retourna à son foin. Elle eut l'impression d'attendre une éternité. Elle était sur le point d'abandonner lorsqu'un homme mince et musclé traversa la cour vers elle à grandes enjambées, deux épagneuls sur ses talons. C'était bien celui qu'elle avait aperçu au bar l'autre soir, seulement elle lui avait à peine jeté un coup d'œil.

Probablement dans la fin de la soixantaine, il avait le visage tanné et un sourire qui n'atteignait pas ses yeux. Il avait sans doute été bel homme, mais le temps et les ravages de la vie en plein air avaient laissé leurs traces. Lorsqu'il fut plus près, elle remarqua un réseau de fins vaisseaux capillaires sur son visage et son nez. *Un buveur*, pensa-t-elle. Des mèches grises dépassaient de sa casquette qui semblait vissée sur sa tête. Avec dégoût, elle remarqua sur ses bords des traces de graisse qui semblaient collés à son crâne.

— Graham Fuller, dit-il sans préambule. On m'a dit que vous étiez intéressée par Super Nova.

— Alexi Ellis.

Elle serra la main qu'il lui tendait en s'attendant à ce qu'il reconnaisse son nom. Lorsqu'il devint évident qu'il ne lui était pas familier, elle se sentit soulagée. S'il détenait des informations utiles, il aurait pu avoir peur de les révéler à une journaliste par crainte des conséquences sur sa réputation.

— Merci de me recevoir sans rendez-vous.

— Pas de problème. Que souhaitez-vous savoir sur Super Nova ?

Le petit déjeuner était manifestement terminé, car la cour se remplissait peu à peu de petits groupes qui bavardaient et riaient. Lorsqu'ils remarquèrent Fuller, ils se dispersèrent à la vitesse de l'éclair. Alexi trouva intéressant que tous ses employés semblent avoir peur de lui.

Elle regarda les garçons d'écurie vaquer à leurs occupations. Certains brossaient vigoureusement des chevaux dont la robe brillait déjà assez pour qu'on se voie dedans. Elle nota qu'un garçon muni d'un morceau de plastique traçait habilement des losanges sur la croupe de celui dont il s'occupait. Quelques chevaux couverts de plaids et portant des protections sur les jambes montaient à bord d'un camion. L'un d'eux refusa de grimper la rampe, et il fallut que deux garçons passent une corde autour de son arrière-train pour le convaincre d'avancer. Un meeting hippique avait-il lieu aujourd'hui ? Alexi ne savait même pas si Fuller entraînait ses chevaux à la course d'obstacles ou de plat. Autant regarder les choses en face : elle faisait à peine la différence entre les deux. Enfin, de toute évidence, il s'agissait de sauter des obstacles ou de courir comme un dératé.

— Y a-t-il un endroit où nous pourrions discuter ? demanda-t-elle.

— Vous ne voulez pas jeter un coup d'œil au cheval ?

Le peu de chaleur qu'exprimait le sourire de Fuller disparut.

— Je suis un homme occupé.

— Bon, très bien, je vais aller droit au but. Que pouvez-vous me dire sur Natalie Parker ?

Elle le regarda attentivement et crut voir son expression changer momentanément lorsqu'elle prononça ce nom. Fuller redevint impassible avant qu'elle puisse en être sûre, ne lui laissant pas le temps de décider s'il manifestait de la culpabilité, de la peur, ou avait juste reconnu ce nom.

— Elle envisage d'acquérir la dernière part de Super Nova. Je suppose que vous êtes amies, c'est pourquoi vous êtes ici.

Lorsqu'il s'approcha, Alexi sentit son haleine alcoolisée. Il n'était que 10 heures du matin. Elle se doutait que, dans sa profession, on se levait à une heure impossible. Par conséquent, le rythme biologique de ces gens était probablement différent de celui du reste du monde, mais tout de même…

— Ce que je ne comprends pas, c'est ce qui vous amène. Oh, et au cas où vous vous interrogeriez au sujet du cheval, je n'ai pas eu de nouvelles de Natalie depuis un moment, alors j'ignore ce qu'elle a décidé.

— Elle a disparu. J'essaie de découvrir ce qui lui est arrivé, et votre nom apparaît très souvent dans son historique d'appels.

— Vous ne vous intéressez donc pas à Super Nova ?

Merci de vous inquiéter pour Natalie !

— Je n'ai pas prétendu vouloir investir dans ce cheval. C'est votre employée qui l'a supposé. En tout cas, je pensais que vous auriez envie de m'aider à retrouver Natalie, compte tenu de votre investissement apparent dans… eh bien, son investissement potentiel.

C'était vrai. Fuller semblait terriblement pressé de vendre la part restante, ce qui confirmait l'impression de Jack selon laquelle il était à court d'argent. Enfin, il pouvait y avoir une explication parfaitement simple. Peut-être que le propriétaire principal était un ami, ou qu'il n'avait plus les moyens de payer l'entraînement chez Fuller, à moins qu'un nouvel investisseur le soulage d'une partie des frais. D'après ce qu'elle savait, les copropriétaires payaient chacun leur part du coût de l'entraînement. Si Super Nova avait le potentiel sous-entendu par Tod, Fuller n'avait sûrement aucune envie de le voir partir.

Peut-être était-il lui-même propriétaire du cheval plutôt que son simple entraîneur. Si c'était le cas et qu'il avait besoin d'autres investisseurs, il avait forcément plus de difficultés financières que ses installations de premier ordre le laissaient paraître. Les apparences, Alexi le savait parfaitement, sont parfois trompeuses. Les entraîneurs avaient-ils le droit d'être propriétaires ? Ce qu'elle savait des règles du hippisme était terriblement limité. Habituellement beaucoup plus sérieuse dans ses recherches, elle en voulut à Jack de l'avoir distraite. Malgré tout, son flair de journaliste lui faisait rarement défaut lorsque quelque chose clochait, et en ce moment, il lui chatouillait le nez comme si elle était victime d'une soudaine allergie.

Elle ne savait presque rien sur les groupements hippiques. C'était le cas de la plupart des sujets sur lesquels elle avait travaillé dans le passé et cela ne l'avait pas empêchée de s'en mêler. La seule différence cette fois, c'était qu'elle n'avait pas assimilé les informations de base avant de se lancer. Les règles n'étaient plus du tout les mêmes lorsqu'on enquêtait en direct sur le terrain.

— Les groupements hippiques ne sont-ils pas gérés par une sorte d'agence ?

Elle se rappelait vaguement avoir lu un article sur le sujet dans le *Telegraph* quelque temps plus tôt.

— D'habitude, oui, mais le propriétaire de Super Nova préfère éviter qu'une foule de gens cherchent à obtenir une part du gâteau.

— Qui est-il ?

Fuller haussa les épaules, évasif.

— Je ne vois pas le rapport avec le reste.

— Je n'aurai pas de mal à trouver son nom.

— Dans ce cas, c'est ce que je vous suggère de faire.

Il regarda au loin d'un air furieux, mais continua à caresser l'encolure brillante de Super Nova.

— Écoutez, les groupements peuvent fonctionner, mais c'est tout aussi souvent le contraire. Les gens n'arrivent pas à se mettre d'accord. Ils ne connaissent rien à l'entraînement, mais dès que leur cheval gagne quelques courses, le succès leur monte à la tête et ils se prennent tout à coup pour des experts, ils se croient autorisés à se mêler de tout. Si on veut rester propriétaire majoritaire d'un cheval, mais sans avoir à supporter les critiques d'une foule de prétendus experts, autant chercher un investisseur privé. Quelqu'un qui a de l'argent à dépenser, qui aime ce sport, mais qui se contente de regarder.

Quelqu'un comme Natalie qui ne voulait surtout pas s'associer à un groupe d'inconnus susceptibles de lui poser des questions sur son passé.

— Je vois, répondit pensivement Alexi. Combien ça coûte d'entraîner un cheval convenable ?

— Après le prix d'achat initial ?

Elle hocha la tête.

— Eh bien, un cheval aussi bon que Super Nova peut coûter jusqu'à cent mille livres. Ensuite, les frais d'entraînement peuvent atteindre facilement les trente mille par an, sans compter les droits d'entrée, les honoraires du vétérinaire, l'assurance…

— Ça alors, dit-elle faiblement. Il faut vraiment en vouloir, hein ?

Sa réaction le fit enfin sourire.

— En effet.

— Et si le cheval se casse une jambe ?

Il resta silencieux, l'air plongé dans ses pensées. Elle finit par se demander s'il l'avait entendue. Elle aurait payé cher pour savoir ce qui se passait dans son esprit.

— Je suis désolé, dit-il au bout d'un long silence qui commençait à devenir embarrassant. Je suis inquiet pour Natalie, bien sûr. Ça explique certainement pourquoi elle ne m'a pas rappelé malgré mes tentatives de la joindre. Si vous voulez la vérité, son comportement m'a agacé. Elle s'était presque engagée à investir, puis s'est mise à m'ignorer. Elle aurait pu me le dire si elle avait changé d'avis, ça ne l'aurait pas tuée.

Un choix de mot fâcheux.

— Quand l'avez-vous vue pour la dernière fois ?

— Je ne sais pas trop.

Il marqua une pause le temps de réfléchir, mais Alexi eut le sentiment qu'il n'en avait pas vraiment besoin.

— Il y a deux ou trois semaines, je dirais. Elle aimait beaucoup Super Nova et m'a assuré qu'elle me recontacterait quelques jours plus tard, une fois qu'elle aurait rassemblé les fonds. J'attends toujours de ses nouvelles.

— Est-ce qu'elle est déjà venue ici accompagnée ?

— Pas dans mes souvenirs.

— Combien de fois est-elle passée ?

Il haussa les épaules.

— Quelques-unes.

— A-t-elle toujours eu affaire à vous ?

— Non, je crois que je ne l'ai vue que la dernière fois, ou peut-être une autre aussi.

Ce qui ne collait pas avec ce que Tod lui avait raconté. Il avait sous-entendu que tous deux semblaient toujours avoir beaucoup de choses à se dire. Un nom venait de s'ajouter à la liste des suspects. La raison pour laquelle Fuller aurait voulu assassiner une investisseuse était peu claire, il allait falloir faire des recherches. Peut-être l'avait-elle informé au dernier moment qu'elle avait changé d'avis, en fin de compte. Mais Alexi n'imaginait pas Fuller avoir des envies de meurtre pour si peu.

— Très bien, monsieur Fuller.

Elle lui tendit la main.

— Merci de m'avoir accordé cet entretien. Si vous pensez à quoi que ce soit qui puisse m'être utile, je vous propose de m'appeler.

Elle lui remit une carte sur laquelle son nom et son numéro de portable étaient imprimés. Il n'y avait aucune indication de sa profession. Il la rangea dans sa poche sans la regarder.

— Quand vous aurez retrouvé Natalie, demandez-lui de me recontacter au sujet de Super Nova, d'accord ?

— Je n'y manquerai pas. Vous lui avez sans doute laissé des messages.

— Plusieurs, mais elle ne répond pas.

— Où les avez-vous laissés ?

— Pardon ?

— Sur son portable ou sur le répondeur de son téléphone fixe ?

— Oh, les deux.

À moins qu'elle ait effacé le message sur son répondeur avant de disparaître, c'était le premier mensonge évident de Fuller, pensa-t-elle. Restait à savoir si c'était le seul, bien sûr, mais les légers doutes d'Alexi à son sujet venaient de se renforcer. Les personnes interrogées qui avaient quelque chose à cacher embellissaient souvent la vérité dans l'espoir de paraître serviables. C'étaient les détails qui les trahissaient, et Fuller venait justement de se prendre les pieds dans le tapis.

— D'accord, merci.

— Euh, vous êtes sûre que Super Nova ne vous intéresse vraiment pas ? Il va marquer les esprits dans le monde hippique, vous pouvez me croire.

Dans ce cas, pourquoi avez-vous autant de mal à trouver des partenaires financiers ?

— Désolée, répondit-elle en secouant la tête. C'est au-dessus de mes moyens.

Il resta à côté de la porte de Super Nova tandis qu'elle s'éloignait et continua à caresser distraitement son encolure. Tod la salua depuis l'autre côté de la cour. Elle lui répondit avant de grimper dans sa voiture et de s'éloigner.

— Eh bien, Cosmo, c'était intéressant. J'ai relevé deux choses. D'abord, il n'a pas demandé une seule fois à quel titre j'enquêtais, ni quel était mon lien avec Natalie. Bizarre, tu ne trouves pas ? Ensuite, il a utilisé l'expression : « Si vous voulez la vérité. » Et que savons-nous des gens qui s'expriment de cette façon ? Exact, bébé : il y a fort à parier qu'ils mentent comme des arracheurs de dents. Et il ne m'a pas demandé si la police était sur l'affaire, ni posé aucune des questions qui tracasseraient un ami inquiet, voire toute personne courtoise. Cependant, ce n'est pas un homme courtois. Et il est beaucoup trop imbu de lui-même. Mais quand même…

*

Alexi parlait encore toute seule lorsqu'elle s'arrêta le long du cottage de Natalie. Elle coupa le moteur, puis chercha la clé dans son sac.

— Bon, Cosmo, dit-elle en détachant sa laisse avant de se pencher pour ouvrir la portière côté passager. Toi et moi, nous ne partirons pas d'ici tant que nous n'aurons pas trouvé la cachette de Natalie. Ce cottage n'est pas immense. Ça ne peut pas être bien sorcier.

Le chat bondit du siège en feulant et en grognant comme la panthère pour qui il se prenait parfois. Alexi se tendit. Il ne réagissait de cette façon que lorsqu'il sentait la présence d'une personne qu'il détestait particulièrement. Elle se demanda quoi faire. Rester dans la voiture et appeler à l'aide ? Ou bien aller voir ? Qui pourrait-elle appeler et que lui dire ? *Mon chat pense qu'une certaine personne n'a rien à faire ici ?*

Il n'en fallut pas plus pour qu'elle se décide. Elle n'avait aucune envie de passer pour une folle, mais avant tout, la passivité lui convenait mal. De plus, Cosmo n'avait attaqué personne depuis plusieurs jours – depuis ce petit jeu auquel il avait joué avec le facteur à Battersea –, il était probablement en état de manque. Elle attrapa une clé à molette dans la boîte à gants au cas où son chat aurait besoin d'aide. Puis elle fourra son portable dans la poche avant de son jean et trouva au fond de son sac une petite bombe de laque qu'elle glissa dans son autre poche. Il était illégal de transporter une bombe de spray au poivre en Angleterre, mais aucune loi n'interdisait aux femmes de se prémunir contre une chevelure en pétard.

Elle poussa son sac sous le siège, descendit de voiture, verrouilla les portières et rangea la clé dans sa poche. Ensuite, elle se dirigea vers l'avant du cottage où Cosmo faisait un véritable raffut.

Appuyé contre le capot rutilant d'une Mercedes classe C, Gerry Seaton lançait des regards méfiants au chat qui tentait de lui mordre les chevilles entre deux feulements, semblable à un serpent sous stéroïdes.

*

Jack retrouva son client dans le hall d'un hôtel de Newbury et lui transmit les bonnes nouvelles. Son enquête avait mis au jour le nom de l'employé qui se servait des numéros de carte bancaire de leur clientèle. Cela arrivait plus fréquemment qu'on le pensait, mais personne ne s'en tirait bien longtemps sans être démasqué. Jack ne vit pas l'intérêt de faire remarquer à son client qu'il aurait facilement pu découvrir l'identité de cet employé sans l'aide coûteuse de l'agence d'investigation Fenton-Maddox. Il fallait bien manger.

Il retourna au bureau en fin de matinée, content que Cassie soit sortie enquêter sur sa propre affaire. Alexi avait mis le doigt sur ce qu'il aurait dû comprendre de lui-même depuis longtemps. En laissant Cassie se rapprocher de lui à l'époque de son divorce, puis en s'associant avec elle, il lui avait donné l'impression qu'il attendait plus de leur relation. Il se frappa le front avec la paume. *Quel idiot !* Si elle rentrait avant qu'il soit obligé de repartir à Lambourn, il aborderait le sujet et mettrait les choses au clair. Il est parfois nécessaire de se montrer cruel par gentillesse. Dans le pire des cas, si la situation devenait intenable, il romprait leur partenariat et recommencerait à zéro – une fois de plus –, mais seul.

Il remplit la paperasse concernant l'affaire qu'il venait de boucler et envoya la facture au client par e-mail. Il vérifia l'avancée de quelques demandes de renseignements, passa les appels nécessaires et mit ses notes à jour. Ensuite, il contacta le psychiatre de Natalie. Celui-ci était avec un patient, mais il le rappela une demi-heure plus tard.

— Je ne peux évidemment rien vous révéler des séances avec ma patiente, monsieur Maddox, mais je partage votre inquiétude au sujet de sa disparition. Cela ne lui ressemble pas, à mon avis.

— A-t-elle mentionné une personne dont elle était particulièrement proche ? Quelqu'un qui aurait pu avoir des ennuis et qu'elle serait aussitôt partie voir ?

C'était sans espoir, Jack le savait. Natalie n'aurait pas laissé sa voiture. À moins que quelqu'un soit passé la prendre, bien entendu.

— Même si c'était le cas… Je suis désolé, mais…

— Je ne vous demande aucun nom, Docteur. C'était une question générale.

Les tergiversations du psy ne firent que confirmer ce que Jack pensait de sa profession. Il raccrocha, pas plus avancé. Les choses se passèrent très différemment avec le cabinet de l'avocat. On lui passa l'homme qui gérait les affaires de Natalie sur-le-champ. Apparemment, Athena de Mayfair Escorts était si inquiète qu'elle l'avait averti de son appel. Comme son établissement lui fournissait beaucoup de travail, il était logique qu'il se montre aussi serviable que possible.

— Toujours pas de nouvelles de Natalie ? demanda l'homme.

— Malheureusement, non. Auriez-vous par hasard quelque chose d'utile à m'apprendre ?

Dangereusement penché en arrière dans son fauteuil pivotant, les pieds posés sur son bureau, Jack songea qu'il était à nouveau dans une impasse. Il fut brusquement tiré de sa léthargie par la réponse affirmative de l'avocat.

— J'y ai réfléchi après avoir reçu l'appel d'Athena. En fait, je peux vous révéler un élément qui n'est pas protégé par la confidentialité.

Jack se redressa aussitôt et ses pieds atterrirent sur le sol avec un bruit sourd.

— Je vous écoute ?

— C'est arrivé quelques mois avant que Natalie démissionne de l'agence. J'ai reçu l'appel d'un autre avocat me demandant si je la représentais. Il connaissait sa date de naissance, son numéro de Sécurité sociale, et quelques détails officiels supplémentaires qui ont confirmé que nous parlions de la même personne.

Jack sentit son pouls s'accélérer, comme chaque fois qu'il avait un coup de chance dans une affaire.

— Il est apparu que cet avocat s'occupait de la succession d'une femme qui venait de mourir. Elle avait laissé un héritage à Natalie, une information qu'il voulait que je lui transmette.

— Pouvez-vous me dire de quoi il s'agissait ?

— Malheureusement, non.

Le pouls de Jack ralentit. Encore une impasse.

— Car je l'ignore. C'était un épais paquet de documents. Natalie a ouvert l'enveloppe dans mon bureau. Elle y a seulement jeté un coup d'œil, mais elle est devenue très agitée et, comme je le disais, elle a cessé de travailler peu après à l'agence.

— Connaissez-vous le nom de la personne que l'autre avocat représentait ?

— Oh, oui.

L'homme marqua une pause.

— La défunte s'appelait Laura Brooks. C'était la mère biologique de Natalie.

15

— Madame Ellis, dit Seaton avec un bref sourire aux dents blanches régulières. Qu'est-ce que vous faites ici ?

Cette fois, Alexi ne fut pas subjuguée par son charisme. Elle s'arrêta face à lui, la clé à molette cachée dans la manche de son pull.

Cosmo fit le gros dos et son feulement devint plus bruyant, à mi-chemin entre le grognement et le miaulement furieux. Alexi ne l'avait jamais vu réagir avec une telle agressivité, mais après tout, elle ne s'était encore jamais retrouvée dans une situation aussi risquée. Derrière ce charme de façade, le caractère de Seaton avait incontestablement un côté sombre.

— Je croyais que vous n'étiez jamais venu à Lambourn et que vous ignoriez où habitait Natalie ? se renseigna-t-elle.

— Pouvons-nous discuter à l'intérieur ? Puisque vous êtes là, je suppose que vous avez les clés. J'ai l'esprit confus à cause de tout ce raffut.

Il agita la tête en direction de Cosmo qui grogna un peu plus fort avec obligeance.

Alexi secoua la tête.

— Je ne pense pas.

— Je ne représente aucun danger pour quiconque. En plus, vous avez un chat de garde plutôt féroce.

— Quel dommage qu'il n'ait pas été là pour Natalie quand vous l'avez tuée.

Il poussa un long soupir.

— Puisque je vous dis que je n'ai pas tué ma fille.

— Vous m'avez également assuré ne pas savoir où elle habitait.

Alexi n'avait plus peur, mais elle était furieuse que Seaton soit venu. Il voulait sans doute récupérer ce que Natalie avait écrit sur lui. Il fallait reconnaître que c'était audacieux de le faire en plein jour. Audacieux ou désespéré ? Elle ferait mieux d'appeler la police sur-le-champ. Cependant, elle n'avait jamais été douée pour choisir le plan d'action le plus raisonnable. De plus, Seaton avait raison : la présence d'un félin furieux à ses côtés allait s'avérer utile pour le convaincre de s'expliquer. Cela dit, elle ignorait totalement comment ordonner à Cosmo d'attaquer, ou même s'il lui obéirait. Mais Seaton ne le savait pas.

— Eh, Cosmo, dit-elle en claquant des doigts.

Le chat émit un dernier feulement d'avertissement puis, à son grand étonnement, il battit en retraite. Il marcha jusqu'à Alexi, puis s'enroula autour de ses jambes en ronronnant et frotta sa tête contre ses mollets.

Seaton fit un signe de tête vers lui.

— Un félin très inhabituel.

La température était fraîche aujourd'hui, et pourtant, elle remarqua de la sueur sur son front. *C'est bien, mon chat*, pensa-t-elle, avant de noter dans un coin de sa tête qu'il faudrait le récompenser avec une ration supplémentaire de thon plus tard.

— Où est votre associé ?

— En chemin.

Elle n'aurait su dire s'il la croyait. Il faudrait qu'elle appelle Jack tout de suite. Il n'était qu'à une vingtaine de kilomètres et ne se préoccupait jamais vraiment des radars. S'il sentait que c'était urgent, il la rejoindrait probablement en dix minutes maximum. Néanmoins, si elle le contactait, Seaton saurait qu'il n'était pas réellement en chemin. Et Cosmo ne le prendrait probablement pas au dépourvu une deuxième fois. En plus, s'il avait une arme – un couteau, ou même un pistolet –, elle était certaine qu'il n'hésiterait pas à s'en servir pour se protéger de son chat.

— Pouvons-nous discuter à l'intérieur ? demanda-t-il.

Alexi croisa les bras et serra la clé à molette dans une main.

— Comment avez-vous su où habitait Natalie ?

— La dernière fois que je l'ai vue pour lui remettre de l'argent, c'était dans un pub de Clapham. Sans doute un terrain familier pour elle, puisque l'agence pour laquelle elle travaillait était située là-bas. Bref, je suis parti le premier, puis j'ai fait demi-tour, je l'ai suivie jusqu'à sa voiture et j'ai noté le numéro de sa plaque.

Quelle imprudence de la part de Natalie. À sa place, Alexi aurait fait en sorte de se garer loin de leur lieu de rendez-vous. Elle avait sans doute cru faire ce qu'elle voulait de Seaton, convaincue que son pouvoir sur lui l'effrayait trop pour qu'il riposte.

— Et vous avez demandé à un ami, probablement un policier de votre club de golf huppé, de trouver son adresse ?

— Je voulais juste mettre un terme à tout ça, et me faire si possible pardonner d'une façon ou d'une autre. Lui faire comprendre que j'avais honte et que j'étais sincèrement désolé.

Il marqua une pause.

— Je voulais l'informer qu'elle est la seule bénéficiaire de notre testament et que rien ne ferait plus plaisir à ma femme que de la revoir, si nous trouvions simplement le moyen de laisser le passé derrière nous.

Il baissa la tête et donna un coup de pied dans le gravier.

— Je sais ce que vous pensez de moi, et je ne m'attends pas à ce que vous me croyiez, mais c'est vrai.

Le chouchou des médias jouant un petit numéro convaincant ? Un violeur brutal essayant de couvrir ses traces ? Ou bien un acte de contrition sincère ? Probablement un mélange des trois, décida-t-elle.

— Vous pensiez vraiment que Natalie rentrerait à la maison sans expliquer à votre femme pourquoi elle s'était enfuie ?

Alexi écarquilla les yeux en se demandant si cet homme était naïf ou trop habitué à obtenir ce qu'il voulait pour avoir du recul.

— D'après vous, comment Fay se serait-elle sentie en apprenant comment Natalie avait gagné sa vie ?

— Peut-être qu'elle aurait évité de le lui raconter. Et tous les autres trucs aussi. Elle aurait pu inventer une raison au sujet de sa fugue pour le bien de Fay. Après tout, c'était moi qu'elle voulait punir, et on peut dire qu'elle a sacrément atteint son but.

Alexi n'aurait pas cru que ce sale égocentrique pouvait encore l'étonner, mais il venait d'y parvenir. Elle leva les yeux au ciel. Toutes ces fadaises sur les sentiments de sa femme, et Alexi avait bien failli mordre à l'hameçon.

— Qu'est-ce que vous faites ici ? Vous revenez voir la scène du crime ?

— Je voulais découvrir l'endroit où elle habite, et s'il y a une trace d'elle quelque part.

Alexi roula des yeux.

— Mais bien sûr.

Il jeta un coup d'œil au charmant jardin.

— Elle n'a jamais perdu son amour des fleurs. Elle tenait cette passion de Fay.

Alexi ne réagit pas. Pensait-il vraiment que cette vague nostalgie et son sourire triste la convaincraient ? Et pourtant, une partie d'elle avait encore envie de croire qu'il regrettait ce qu'il avait fait, les dégâts qu'il avait infligés à deux vies : celles de Natalie et de sa femme. Mince, il était doué ! Elle se répéta qu'il lui disait seulement ce qu'il voulait, et que ce n'était certainement pas la vérité. Elle ne l'aimait pas et ne lui faisait pas confiance, mais s'ils s'étaient rencontrés dans des circonstances différentes, elle aurait probablement été charmée.

— Je suppose que vous espériez pénétrer dans son cottage et trouver tous les éléments compromettants qu'elle possède sur vous, dit-elle finalement.

— En plein jour ?

Son ton raisonnable ne le fit paraître que plus dangereux. Elle se sentit vulnérable et exposée, mais eut assez de jugeote pour ne pas le montrer. Pas une seule voiture n'était passée devant le cottage depuis le début de leur conversation. Et personne à pied ou à cheval. Natalie avait un peu trop bien choisi son refuge.

— À moins que vous ayez quoi que ce soit d'utile à m'apprendre sur ce qui est arrivé à Natalie, je pense que vous feriez mieux de partir. Mon associé et moi avons déjà informé la police qu'elle vous faisait chanter. Les flics ignorent que vous achetiez son silence, mais je pense qu'ils s'intéresseront activement à sa disparition si jamais ils l'apprennent.

C'était une fausse menace, et il le savait aussi bien qu'elle.

— Pour qui risque-t-elle de passer, d'après vous ? demanda-t-il.

— Je dirais plutôt : que penseront vos amis du club de golf ? Je doute que vos contacts dans la police vous soutiennent si la rumeur se met à courir que votre nom est lié à ce type de scandale. Sur le plan criminel, le meurtre et le viol surpassent le chantage.

— Si vous découvrez ce qui est arrivé à Natalie, veuillez m'en informer, dit-il en ouvrant la portière de sa voiture. Et si je peux vous aider d'une façon ou d'une autre… Enfin, je suppose que vous ne voulez pas de mon aide.

Il lui adressa un de ses sourires charmeurs et se glissa derrière le volant.

— J'espère que vous aurez bientôt une bonne nouvelle à m'annoncer.

— N'y comptez pas trop, marmonna Alexis, tandis qu'il remontait la ruelle en marche arrière.

Peu importait la sincérité de ses remords. Cela ne changeait rien au fait que Natalie devait avoir en sa possession une preuve qui le compromettrait si elle venait à être dévoilée. Alexi regarda sa voiture disparaître au coin de la ruelle. Elle ne cessa de retenir son souffle que lorsqu'elle eut disparu et décroisa ses bras tremblants.

— Tout va bien, chaton, dit-elle en se penchant pour caresser la tête de Cosmo. Allez. Nous n'avons pas peur de cette grosse brute, pas vrai ? Hors de question qu'il nous fasse perdre notre sang-froid. Allons commencer nos recherches.

Elle retourna à sa voiture pour récupérer son sac. Elle s'approcha ensuite de la porte d'entrée du cottage et tenta de déverrouiller les étranges serrures, gênée par ses tremblements. Elle laissa tomber les clés en jurant, mais réussit finalement à ouvrir la porte. Elle se dirigea tout droit vers la cuisine, remplit un verre d'eau au robinet et le vida en deux gorgées. Peu à peu, les battements de son cœur ralentirent, et elle parvint à réfléchir à sa confrontation avec Seaton sans trembler.

— Les tyrans détestent être défiés, dit-elle au chat qui longeait tranquillement les plans de travail.

Comme le cottage sentait le renfermé, elle ouvrit la porte de derrière pour aérer.

— Bon, Cosmo, appela-t-elle en contemplant la cuisine impeccable. Où penses-tu qu'elle a caché ses papiers ? Dans la maison ou bien dans son atelier derrière ?

Il frotta sa tête contre sa paume.

— Hmm, c'est aussi mon avis. Elle recevait des clients dans son atelier, mais ici, c'était son espace privé, alors nous devrions nous concentrer sur le cottage.

Elle enfonça la clé à molette dans la poche arrière de son jean, avant de faire chauffer la bouilloire et de se préparer une tasse de café soluble. Elle avait besoin d'une dose de caféine. Elle trouva une boîte de sardines dans le placard.

Songeant que Cosmo avait besoin de recharger ses batteries après sa matinée chargée, elle tira sur le couvercle et vida le contenu dans un bol qu'elle plaça sur le sol. Il se dirigea vers la nourriture, la renifla prudemment, puis s'installa pour consommer son en-cas.

Tandis qu'il vidait le bol puis entreprenait de se nettoyer soigneusement le museau, Alexi fouilla chaque recoin de la cuisine. Elle se dit que si Natalie cachait beaucoup de papiers, ils ne pouvaient pas être coincés dans… eh bien, dans un pot de confiture. Si, au contraire, tout avait été enregistré sur une clé USB, celle-ci pouvait être dissimulée à peu près n'importe où, et elle risquait bien ne jamais la trouver.

*

Une demi-heure plus tard, elle s'arrêta, les mains sur les hanches, convaincue que la cuisine ne cachait rien de plus douteux que quelques boîtes de conserve périmées. Elle passa au salon qui fut bien plus long à fouiller, pour la raison principale que les murs étaient couverts d'étagères de livres. Elle les sortit tour à tour et les feuilleta pour voir si quelque chose avait été glissé entre leurs pages. Elle tâta également les murs derrière les rayonnages à la recherche d'une niche cachée, ce qui lui donna l'impression de jouer dans un vieux film d'espionnage.

Rien.

Le sol et les murs étaient fermes, et rien n'était dissimulé sous les coussins des sièges, ni collé sous le buffet. Elle vérifia même l'intérieur de la cheminée, remua un vieux nid d'oiseau en cherchant avec un bâton et reçut des particules de suie en pleine figure.

Elle trouva le chemin des toilettes, où elle se lava le visage et les mains.

— C'est décourageant, dit-elle à Cosmo. J'aurais peut-être dû accepter que Cheryl m'accompagne pour m'aider. En plus, j'aurais bien besoin de compagnie. Sans vouloir te vexer, chaton, nos conversations sont parfois un peu à sens unique.

Les yeux noisette de Cosmo clignèrent deux fois. Il partit devant en direction de l'escalier, sachant, sans qu'elle ait besoin de le lui dire, que la prochaine étape était la chambre de Natalie. C'était à présent le milieu de l'après-midi et l'estomac d'Alexi gargouillait, lui rappelant qu'elle avait oublié d'apporter quelque chose à manger pour le déjeuner.

— Sauter un repas ne me tuera pas, marmonna-t-elle sur le seuil de la pièce.

Elle regarda autour d'elle en se demandant par où commencer.

Ce travail d'enquête n'était pas aussi facile ni glamour qu'on le faisait croire à la télé. Elle se houspilla et s'obligea à continuer en se rappelant qu'en l'état actuel des choses, personne ne prendrait la disparition de Natalie au sérieux, d'autant qu'on connaissait maintenant son ancien métier. Sans compter le fait qu'elle avait fait chanter des gens. Alexi était la seule à pouvoir trouver la preuve irréfutable qu'il lui était arrivé quelque chose de grave.

Elle avait réussi à garder un certain détachement en fouillant les autres pièces, mais alors qu'elle examinait ses effets personnels, elle eut l'impression de violer sa vie privée. Son chat n'eut pas autant de scrupules. Il se dirigea vers le dressing où il bondit sur l'étagère couverte de pulls et se pelotonna sur l'un d'eux.

— Cosmo ! Tu vas mettre des poils partout. Allez, viens, j'ai besoin de ton aide. Tu sais bien que c'est là que nous avons trouvé les relevés bancaires de Natalie. Tu as très bonne mémoire, certes, mais…

Elle plaqua une main sur sa bouche.

— Oh ! Cosmo, tu es un génie !

Elle saisit sa tête entre ses mains et couvrit son museau de baisers.

— Je me demandais pourquoi nous les avions découverts à un endroit aussi étrange. Elle s'apprêtait à les classer, n'est-ce pas ? Mais elle ne l'a pas fait parce que… parce que le téléphone a sonné, ou un coup de sonnette l'a dérangée… Elle les a posés, ils ont fini par glisser sous ses pulls, et elle les a oubliés. Ce qui veut dire que nous sommes tout près, chaton. Descends maintenant, j'ai besoin de vérifier.

Il la jaugea d'un regard, puis bondit de la haute étagère et quitta la pièce. Elle s'empressa de retirer tous les pulls. C'est alors qu'elle remarqua que l'étagère n'était pas aussi profonde que celles du dessus. D'ailleurs, celles du dessous non plus. L'euphorie s'empara d'elle. Elle était incontestablement sur une piste. Cette cachette était ingénieuse. Alexi n'était pas certaine que la police l'aurait trouvée, même en effectuant une fouille systématique des lieux. Elle tapota le mur du fond et un son creux confirma ses soupçons. Cependant, elle ne voyait aucun moyen évident de retirer le panneau et d'atteindre ce qui se trouvait derrière.

— Pas question d'abandonner maintenant, dit-elle en cherchant à tâtons l'ouverture cachée.

Elle retira la clé à molette de sa poche, réfléchit une minute, puis la posa.

— Ne sois pas stupide, marmonna-t-elle. Il va falloir trouver un moyen un peu plus subtil.

Elle redescendit à la cuisine et fouilla dans un tiroir, à la recherche de quelque chose de plat qu'elle pourrait glisser entre le panneau et le mur, afin de s'en servir comme d'un levier. Natalie avait manifestement une façon astucieuse de détacher le panneau, mais Alexi était trop impatiente pour essayer de la trouver. Elle dénicha finalement un petit tournevis plat qui ferait correctement le travail en provoquant des dégâts minimes.

Elle monta l'escalier quatre à quatre, retourna au dressing, glissa prudemment la tête du tournevis dans le léger espace entre le panneau et le mur et appuya dessus. Le panneau se détacha avec un craquement bruyant et tomba. Le cœur battant, elle glissa la main dans la niche profonde qui s'ouvrit devant elle et en sortit une chemise à soufflet pleine à craquer de documents.

— Oui !

Elle serra le poing de satisfaction, puis posa le dossier sur le sol et réintroduisit la main dans la niche. Il y avait d'autres dossiers qui paraissaient contenir des documents officiels. S'y trouvait également un sac lourd qu'elle eut du mal à sortir. Lorsqu'il fut dehors, elle le posa sur le sol et tira sur la fermeture. Des liasses de billets de banque se déversèrent sur le sol : des coupures usées de vingt et de cinquante livres.

Elle plaqua une main sur sa bouche.

— C'est pas vrai ! Mais qui est-ce qu'elle faisait chanter ?

Quelle que soit cette personne, Natalie n'avait manifestement déposé qu'une fraction des sommes extorquées à la banque. Alexi était maintenant plus curieuse que jamais de découvrir le fin mot de l'histoire. Un coup d'œil aux documents bancaires de Natalie la convainquit que la réponse ne se trouvait pas là, mais plutôt dans la chemise à soufflet.

Elle emporta le dossier jusqu'au lit, laissant le reste sur place. Il était soigneusement organisé, comme la vie tout entière de Natalie semblait l'être. Alexi vida une section à la fois et répartit méthodiquement le contenu sur le lit. Ensuite, elle parcourut les documents en s'efforçant d'être méticuleuse. Comme il n'y avait plus d'espace sur le matelas, elle s'assit en tailleur sur la moquette et commença à les lire. Elle fut tentée d'appeler Jack pour lui annoncer sa découverte, mais ne sachant pas encore très bien de quoi il s'agissait, elle se retint de peur qu'il pense qu'elle avait besoin de lui.

La partie la plus ancienne du dossier contenait des journaux intimes, dans lesquels elle reconnut l'écriture tout en rondeur d'une adolescente. Ce véritable butin fournirait certainement des indices sur ce que Natalie savait sur son père adoptif. Il lui faudrait une éternité pour tous les parcourir. Cependant, Alexi voulait avoir un aperçu du contenu des autres documents cachés avant de commencer sa lecture.

Elle poussa un petit cri en tombant sur la lettre d'un avocat qui informait Natalie du legs laissé par sa mère biologique, une femme nommée Laura Brooks.

— Elle vous a donc retrouvée, murmura Alexi. Je n'en reviens pas !

Le contenu de la lettre apportait des clarifications terrifiantes. Toutes les pièces du puzzle s'imbriquaient. Alexi était maintenant certaine de ce qui était arrivé à Natalie.

Et pourquoi.

*

Jack jeta un coup d'œil à sa montre, vit qu'il était plus de 15 heures et eut envie de prendre des nouvelles d'Alexi. À ce moment-là, il entendit la porte du rez-de-chaussée s'ouvrir, ce qui signifiait que Cassie était de retour. Il reposa son portable. Cet appel pouvait attendre. Si Alexi avait fait une découverte importante, elle l'aurait contacté.

Ou pas ?

Il n'aimait toujours pas les journalistes, ni ne leur faisait confiance d'une manière générale, mais toute règle a ses exceptions.

— Salut, Cass, dit-il lorsque son associée entra. Comment ça va ?

— Je suis sur une nouvelle affaire.

Elle laissa tomber son sac sur son bureau et le fixa d'un regard songeur.

— Tu veux m'en parler ?

— C'est plus mon domaine que le tien.

— D'accord. Je viens de faire du café.

— Merci.

Elle se rendit dans l'alcôve qui faisait office de cuisine et s'en servit une tasse.

— Et cette histoire de cartes de crédit ?

— Bouclée. J'ai même envoyé la facture au client.

— Je suis impressionnée.

— Parce que j'ai résolu l'affaire ?

— Non, idiot. Parce que tu as expédié la facture.

Elle posa une fesse sur le bord de son bureau et se tourna vers lui en sirotant son café. La tension sous-jacente était impossible à ignorer.

— Je suis surprise de te voir ici.

— C'est mon bureau.

— Je sais bien, mais je commençais à me demander si tu l'avais oublié.

— Ma sœur a besoin de mon aide.

Lorsqu'elle lui envoya un regard cynique, il faillit perdre son calme.

— Tu penses que j'aurais dû la laisser en plan ?

Elle posa le poing sur sa hanche.

— Tu parles bien de ta sœur ? demanda-t-elle.

— Arrête, Cass. J'ai toujours fait mon travail ici. Ce que je fais de mon temps ne regarde que moi.

— Ce qui me dérange, ce n'est pas ce que tu fais, mais avec qui.

— Écoute, il n'y a jamais rien eu entre nous.

— Ça aurait fini par arriver.

Après la hargne, Cassie tomba dans le pathos.

— Nous formons une super équipe. Je comprends ce qui te fait vibrer, et je t'ai prêté mon épaule quand tu en avais besoin.

— Bon sang, Cass, ne fais pas ça !

Il se passa une main dans les cheveux.

— Si je t'ai envoyé les mauvais signes, j'en suis désolé. Je ne cherche pas de relation sérieuse. Pas maintenant, peut-être plus jamais. En plus, tu peux trouver bien mieux que moi.

Elle leva les mains en l'air.

— Oh, je t'en prie ! « Ce n'est pas toi, le problème, c'est moi. » Tu n'as vraiment rien trouvé d'autre ?

— Je ne sais pas quoi…

— C'est cette journaliste.

— Elle a un nom.

Cassie le jaugea, les yeux plissés.

— En effet. Et il est synonyme de problèmes.

Jack tenta de garder son calme de toutes ses forces.

— On travaille bien ensemble, mais ma vie privée ne regarde que moi. Si tu ne peux pas l'accepter, eh bien…

— C'est bon, j'ai saisi. Je ne suis pas en train de mendier, ni de te demander quelque chose que tu n'es pas prêt à donner. C'est juste que je déteste te voir te ridiculiser, mais je suppose que c'est à toi de décider.

— Exact.

Il lui adressa un sourire crispé.

— Est-ce qu'on peut continuer à travailler ensemble ?

Elle le lui rendit, mais il vit que cela lui demanda beaucoup d'efforts.

— Bien sûr. J'ai compris le message.

La tension embrumait encore l'atmosphère, mais au moins Jack avait clarifié sa position. Il mourait d'envie de retourner à Lambourn afin de vérifier ce que trafiquait Alexi, mais il pensa que ce serait une mauvaise idée de partir aussi rapidement après cet échange franc. Il resterait encore une heure, surferait sur Internet et verrait ce qu'il pouvait découvrir sur la mère de Natalie, Laura Brooks. Cassie se plongea dans son travail et on n'entendit plus que ses doigts pianoter sur son clavier. Jusqu'à ce que Jack découvre quelque chose qui le fit bondir de son fauteuil.

— Oh, mon Dieu !

Il saisit son portable et chercha le numéro d'Alexi.

— Qu'est-ce qui se passe ? demanda Cassie en levant les yeux.

— Je sais ce qui est arrivé à Natalie, et Alexi court droit à la catastrophe.

*

— Il faut que je prévienne Jack, murmura Alexi en haletant.

Immobilisée par une force plus puissante que le besoin de communiquer avec lui, elle ne tendit pas la main vers son portable. Son attention resta concentrée sur la lettre accablante de la mère de Natalie qui expliquait sinistrement tout ce que celle-ci avait fait depuis qu'elle l'avait lue. Ce simple document avait tragiquement changé le cours de la vie de l'enfant de Laura, comme cette dernière n'avait pas pu l'anticiper, ni le souhaiter. Sans le vouloir, Laura avait offert un exutoire à toute la colère et la rancœur contenues de Natalie, ce qui avait eu des conséquences catastrophiques.

Alexi relut plus lentement la lettre, laissant le temps à son esprit confus d'assimiler ce qu'elle impliquait. Elle voulait être sûre d'avoir tout compris la première fois, car un puissant besoin de savoir lui avait fait lire le paragraphe suivant avant d'avoir convenablement digéré le contenu du précédent. Arrivée à la fin de ce poignant message d'outre-tombe, elle posa la lettre sur ses genoux, des larmes lui piquant les yeux. Le froid glacial qui lui figeait le sang lui donna un aperçu de l'effroi qu'avait dû ressentir Natalie en découvrant la dure réalité d'un passé qu'elle était censée ignorer jusqu'à la fin de sa vie.

Sa façon patiente et méticuleuse de planifier sa vengeance était parfaitement compréhensible. Maintenant qu'elle connaissait son secret, Alexi se sentait elle-même exposée et vulnérable. Elle était entourée des documents et de l'argent de Natalie, un assassin était toujours en liberté, et elle se trouvait absolument seule.

Son instinct de survie se réveilla. Elle allait passer un rapide coup de fil à Jack, lui raconter ce qu'elle avait découvert, puis charger tous ces documents dans sa voiture et retourner en vitesse à Hopgood Hall. L'union faisait la force. Elle expliquerait tout à Jack et, ensemble, ils décideraient quoi faire. Leur action suivante était facile à prévoir, cela dit. Natalie était morte. Tout espoir du contraire s'était envolé à l'instant où Alexi avait commencé à lire la lettre. Une lettre qui donnerait à la police plus d'une raison de lancer une enquête pour meurtre, même sans cadavre, et d'arrêter l'assassin présumé.

Elle sortit son portable de sa poche et faillit bondir lorsqu'il se mit à sonner dans sa main. Voyant le nom de Jack apparaître, elle eut envie de rire de soulagement. Si ce n'était pas de la télépathie !

Mais avant qu'elle puisse décrocher, une main lui arracha son smartphone des doigts et le lança à travers la pièce. Elle leva les yeux, le cœur battant, et rencontra le regard froid d'un tueur.

Elle hurla, mais il n'y avait personne pour l'entendre.

16

— Une journaliste ? grogna Graham Fuller. J'aurais dû faire le lien.

Il la dominait de sa taille, ses traits déformés composant un masque de rancœur impénétrable. Sa colère irradiait, rivalisant avec l'odeur alcoolisée de son haleine. Alexi lui lança un regard de défi, mais se retint de faire un commentaire.

La voix mécontente de Fuller emplit le silence.

— Il me semblait bien que je vous connaissais. Mais toutes ces questions sur Natalie m'ont distrait, exactement comme vous le vouliez.

— Mais ensuite, vous vous êtes souvenu. J'ignorais totalement que j'avais un lectorat aussi divers.

Alexi se félicita de garder un ton aussi calme.

— J'ai vu Tod vous saluer. Quand il m'a dit qui vous étiez, j'ai compris que vous feriez le travail pour moi. Les gens comme vous sont incapables de ne pas se mêler des affaires des autres.

Le regard de Fuller balaya brièvement le désordre autour d'elle. Avant qu'elle puisse profiter de sa distraction momentanée, il fixa sur elle un regard glacial et ses lèvres s'étirèrent en un sourire grimaçant.

— N'y pensez même pas, dit-il doucement.

Mais sa voix était infiniment plus menaçante que s'il s'était énervé.

— Qu'est-ce que vous faites ici ? demanda-t-elle.

— D'après vous ?

Alexi ne vit pas trop l'intérêt de tourner autour du pot.

— Vous voulez les documents personnels de votre fille.

— Cette sale fouineuse n'était pas ma fille.

— En réalité, si.

— Je savais que vous viendriez ici fourrer votre nez partout quand vous êtes partie. C'est ce que vous faites le mieux. Je pense que ceci prouve que j'avais raison.

Il désigna les trouvailles d'Alexi d'un large geste.

— Je me demandais où étaient ces trucs, mais comme elle a refusé de me le dire et que je n'ai rien trouvé, j'ai pensé qu'elle avait peut-être tout inventé.

Alexi fixa son regard sur ses yeux morts. Cet homme avait sans nul doute tué sa propre fille. Elle n'avait pas connu Natalie personnellement, mais avait vécu sa vie par procuration ces derniers jours. Aussi cette perte la toucha-t-elle en plein cœur.

Manque de chance, son portable s'était mis à sonner au moment exact où Fuller montait l'escalier. Lorsqu'elle avait découvert l'horrible vérité, la mélodie de la sonnerie et le martèlement de son cœur avaient masqué le bruit de ses pas. Il l'avait prise de court, et Alexi était parfaitement consciente qu'il ne pouvait pas se permettre de lui laisser la vie sauve.

Il avait dû entrer par la porte de derrière. Comme elle avait été bête de ne pas s'enfermer à double tour ! Cela n'aurait pas empêché Fuller d'entrer bien longtemps, mais l'effraction l'aurait au moins alertée.

— Natalie était vraiment votre fille.

Elle ravala sa peur et le regarda dans les yeux.

— Votre père avait ordonné à la future mère d'avorter, il lui avait même donné de l'argent pour la procédure. Il vous a ordonné de la quitter, ce que vous avez fait. En fin de compte, tout ce qui comptait pour vous, c'était d'impressionner cet homme afin que vous puissiez hériter de son empire. S'il vous est arrivé de penser à Laura un seul instant après votre idylle, vous avez simplement supposé qu'elle avait obéi aux ordres, comme l'a toujours fait chaque membre de votre famille dysfonctionnelle. Mais elle n'en faisait pas partie et n'a pas pu se résoudre à se débarrasser de son bébé. Alors elle a mis l'enfant au monde et l'a abandonnée pour qu'elle soit adoptée.

— De toute évidence, dit-il, l'air désintéressé.

Son regard était fixé sur les liasses de billets répandues sur la moquette.

— Content de voir qu'elle n'a pas pu dépenser mon argent.

— Espèce de salaud !

Alexi sut que c'était une erreur de laisser son émotion se manifester, mais elle ne put s'en empêcher.

— Vous avez mis enceinte une adolescente de quinze ans qui était absolument prête à tout pour vous plaire parce qu'elle adorait les chevaux et était une écuyère prometteuse. Elle espérait même accéder au concours complet. Vous étiez le fils d'un entraîneur influent et vous avez promis à Laura de l'aider à lancer sa carrière. Elle était flattée, mais trop jeune pour comprendre que tout ce que vous vouliez en réalité, c'était coucher avec elle…

Alexi était trop émue pour continuer. Comme l'histoire se répétait ! La mère de Natalie avait dû se sentir effrayée et perdue. Elle avait eu plus que jamais besoin de lui pendant cette période difficile. Laura n'avait que quinze ans lorsqu'il l'avait mise enceinte, tandis que Natalie n'en avait que quatorze quand son père adoptif l'avait violée. Pas étonnant qu'elle ait réagi impulsivement le jour où elle avait découvert la vérité. Elle n'avait toujours pas digéré ce que Seaton lui avait fait, et voilà qu'elle apprenait la tragique histoire de sa mère biologique. Cela aurait suffi pour faire basculer n'importe qui.

C'était sans doute la raison pour laquelle elle avait abandonné le métier d'escort, emménagé dans ce cottage et mis méthodiquement son plan en œuvre. D'abord Seaton, puis son père.

— C'est vous le propriétaire de Super Nova.

Fuller hocha simplement la tête.

— Vous avez saisi l'occasion de posséder un très bon cheval, mais au même moment, votre fille vous faisait chanter, si bien que vous avez eu besoin d'un associé pour vous soulager en partie financièrement. Natalie s'en est servie de prétexte pour venir sans arrêt aux écuries, et vous trouviez insupportable de n'avoir aucun contrôle sur elle. Elle voulait vous prouver son emprise sur vous, vous enfoncer et vous regarder vous tortiller. Vous avez dû détester ça.

— C'était une sale garce rancunière.

Sa lèvre supérieure se retroussa et sa bouche esquissa un sourire dédaigneux.

— Elle n'avait pas idée des risques qu'elle prenait.

Alexi haussa un sourcil.

— Prenait ? Où est-elle maintenant ?

— Quelque part où vous ne la trouverez jamais.

— Je vous ai bien retrouvé, et j'ai fini par tout comprendre. Il m'a fallu quarante-huit heures.

— Félicitations.

— C'est sans doute pour cette raison qu'elle a annoncé vouloir investir dans un cheval de course sur Facebook. Une déclaration publique qui faisait allusion à son but secret : ruiner son misérable père.

Un grognement railleur monta du fond de la gorge de Fuller.

— Ne vous en faites pas pour elle, dit-il. Elle n'a plus besoin d'aide. C'est pour votre peau que vous devriez avoir peur. J'en ai plus qu'assez des fouineuses.

Un frisson parcourut l'échine d'Alexi. Elle avait compté sur Cosmo pour le distraire, mais il était invisible, et elle n'avait rien pour se défendre contre Fuller. Il était peut-être plus âgé qu'elle, mais il était aussi plus grand et considérablement plus fort, et l'alcool ne semblait pas avoir émoussé ses facultés. Elle n'arriverait pas à se lever avant qu'il la neutralise. Elle avait toujours la mini-bombe de laque dans sa poche, mais ne parviendrait sans doute pas à la sortir, car il ne la quittait pas des yeux. Elle avait laissé la clé à molette sur une étagère dans le dressing. Elle la voyait : si proche et en même temps si loin. C'était son seul espoir. Il fallait qu'elle l'attrape.

D'une manière ou d'une autre.

— Vous ne pouviez pas la laisser en vie, dit-elle pour gagner du temps. Avoir un enfant illégitime n'était pas un drame, même dans les années 1970, mais Laura était mineure. Si cela était venu à être prouvé, non seulement votre précieuse réputation risquait de voler en éclats, mais vous pouviez aussi finir derrière les barreaux.

Elle lui adressa un sourire narquois.

— Il fallait donc que vous la fassiez taire pour de bon.

— À quoi vous jouez ? demanda-t-il avec un ricanement. À me faire parler jusqu'à l'arrivée des renforts ? Cette vieille ruse ? Laissez tomber !

À vrai dire, oui. Alexi avait espéré que, n'ayant pas eu de réponse à son appel, Jack la rejoindrait en un clin d'œil. Ou bien que Cosmo abandonnerait sa chasse aux rongeurs dans le jardin de Natalie et prendrait conscience qu'elle avait besoin de son aide.

— Vous avez une femme et une famille, non ? Des enfants adultes. Et n'ai-je pas entendu dire que vous l'aviez épousée pour son argent ?

Elle laissa échapper un rire forcé.

— Je parie que votre femme n'a pas compris dans quel guêpier elle se fourrait.

— La ferme !

Elle le regarda dans les yeux, refusant de se laisser intimider.

— Il n'y a que la vérité qui blesse. Elle ignore probablement aussi que vous divulguez des informations confidentielles à des dénicheurs de talents.

Il la foudroya du regard, bouche bée.

— Comment…

— Vous devriez choisir vos lieux de rendez-vous plus prudemment.

— Et vous devriez avoir peur pour vous.

Il se ressaisit rapidement et prit le contrôle de la situation.

— Rassemblez tous ces papiers et rangez-les dans le sac avec l'argent. Vite.

Elle se mit lentement en mouvement sans manquer une occasion de lui lancer des regards noirs. En réalité, c'était le moment qu'elle attendait. Il lui semblait qu'il n'avait pas encore vu la clé à molette. Son attention était focalisée sur l'argent. Avec un peu de chance, son avidité provoquerait sa chute.

— Vous ne vous en tirerez pas comme ça. Tuer Natalie était une chose. Elle avait un passé compliqué, et elle ne manque à personne.

Alexi se rapprocha plus que nécessaire du dressing en ramassant les liasses de billets.

— Moi, en revanche, j'ai toute une salle de rédaction qui attend de mes nouvelles, sans parler de mes amis ici. Et un rédacteur en chef qui sait déjà que je vous soupçonne.

— Vous venez juste d'inventer ces trucs. Si vous l'aviez su avant, vous m'auriez dénoncé à la police.

— Les journalistes protègent leurs sujets plus soigneusement que vous veillez sur vos chevaux choyés. Une fois qu'on aura signalé ma disparition, cet endroit grouillera de policiers.

— Qui a parlé de vous tuer ? Si je peux détruire ce que Natalie a écrit sur moi, personne ne croira à votre histoire insensée, ni ne s'en préoccupera. Je n'aurai plus qu'à attaquer votre journal en échange d'une grosse fortune s'il publie une seule accusation sans preuves.

Alexi n'y croyait pas. Elle savait très bien qu'il ne pouvait pas prendre le risque de lui laisser la vie sauve. Dès qu'elle serait libre, elle se procurerait la copie de l'acte de naissance de Natalie et irait raconter ce qu'elle savait aux autorités. S'il avait eu vent de sa réputation en tant que journaliste, il devait savoir que, dès qu'elle s'intéressait à un sujet épineux, elle ne le lâchait plus. Elle inclina la tête sur le côté et son cœur se remplit d'espoir. Elle venait d'entendre du bruit. On aurait dit un bélier heurtant une solide porte en bois.

À l'aide, Cosmo !

Mais ce n'était sans doute que le vent, car le silence se fit à nouveau et l'espoir d'Alexi s'envola. Fuller avait manifestement entendu, lui aussi. Il la quitta un instant des yeux et fit un pas vers la porte ouverte afin de regarder dans le couloir. Alexi n'eut aucune hésitation. Elle bondit sur ses pieds, s'élança vers la clé à molette et la leva au-dessus de sa tête, prête à le frapper de toutes ses forces.

Il dut sentir sa présence, car il se retourna à la vitesse de l'éclair et lui envoya un violent coup dans l'estomac. Elle souffla comme un ballon crevé en saisissant son ventre d'une main et tomba à genoux, mais elle eut assez de présence d'esprit pour ne pas lâcher l'outil.

— Donnez-moi ça.

Il tendit la main avec un sourire, visiblement amusé, et elle n'eut d'autre option que de lui obéir. Elle le lui remit à contrecœur, et il le jeta sur le lit.

— Je n'ai pas de problème particulier avec vous et je ne veux pas vous faire souffrir inutilement.

Son expression se durcit.

— Mais je n'hésiterai pas si vous retentez quelque chose de ce genre.

— Vous vous attendez à ce que j'obéisse et que je vous laisse me tuer comme ça ? Le monde a changé depuis l'époque où vous avez mis une adolescente de quinze ans enceinte avant de la quitter sans remords.

Elle le défia du regard.

— De nos jours, les femmes se défendent quand elles sont acculées.

— Nous l'avions fait à deux, ce bébé.

— Oh, arrêtez ! Vous aviez dix-huit ans, Laura était une gamine impressionnée.

Elle lui lança un regard dégoûté.

— Par simple curiosité, combien Natalie vous a-t-elle pris ?

Au début, elle crut qu'il n'allait pas lui répondre. Cela reviendrait à admettre qu'une femme avait eu raison de lui, et ce type était un véritable misogyne.

— Cent mille. Elle avait découvert que c'était le prix que j'avais payé pour Super Nova. Elle affirmait qu'une enfant avait autant de valeur qu'un cheval.

Il fit une grimace.

— Elle avait tort. Ce cheval me garantissait un retour sur investissement, lui.

Elle lui adressa un regard noir.

— Vous êtes méprisable.

— Et vous essayez encore de me distraire.

Il esquissa un sourire en coin.

— Mettez ces trucs dans le sac. Allez !

Alexi était toujours pliée en deux, les bras autour du ventre. Elle n'avait pas eu besoin de feindre l'étourdissement. Ce type avait une sacrée force. Mais elle ne pouvait pas céder à la douleur. Elle était seule et devait vaincre l'homme qui se tenait entre la porte et elle sans attendre une minute de plus. Il commençait à perdre patience.

Il avait probablement l'intention de la tuer sur place et d'abandonner son corps ailleurs. C'était assurément son instinct de survie qui dictait ses actes, et elle représentait un dommage collatéral.

Elle s'élança vers le lit, attrapa la clé à molette et se précipita vers lui avec la détermination d'une femme en danger de mort. Lorsqu'il rit, elle sentit son souffle fétide sur son visage, et il lui envoya un violent crochet du droit. Son poing entra en contact avec sa tempe. Le monde se mit à tourner. Alexi vit trente-six chandelles, mais elle refusa de lâcher la clé. Elle la souleva sans savoir avec quelle force elle parviendrait à le frapper.

— Sacré bout de femme, dites donc !

Il éclata de rire et tendit la main vers la clé à molette. Visiblement, il s'amusait beaucoup. Cette situation était une aubaine pour une brute comme Fuller. Mais ce n'était pas grave. Pour une fois, il faisait précisément ce qu'elle voulait. Alexi remercia intérieurement Patrick d'avoir insisté pour qu'elle prenne des cours d'autodéfense, décrivit un demi-cercle, la jambe tendue, et son pied entra violemment en contact avec le côté du visage de Fuller.

— Mais qu'est-ce…

Hébété, il secoua la tête, pris de court. Mais la satisfaction d'Alexi fut de courte durée, car la vitesse de sa riposte la surprit. Il lui envoya un coup brutal de sa botte pointue derrière le genou. Elle poussa un cri et tomba sur le sol. Il se baissa vers elle et sembla oublier de lui prendre la clé à molette. Le cœur d'Alexi se serra. Elle ne l'avait même pas ralenti.

Il l'attrapa par un poignet et le leva au-dessus de sa tête. Couvrant à moitié son corps avec le sien, il s'assura que son entrejambe restait à distance du genou intact et des pieds d'Alexi. Tenir l'outil ou bien le lâcher et tenter de lui planter un doigt dans l'œil ?

Avant qu'il puisse attraper son autre main, elle tourna son corps sur le côté et mordit de toutes ses forces dans la partie charnue du bras qui clouait son poignet au sol. Il poussa un hurlement et la gifla si fort que la tête d'Alexi bascula en arrière et heurta douloureusement le cadre du lit en fer. Elle sentit sa force s'épuiser tandis qu'il plaquait son corps sur le sien, lui vidant les poumons. Elle avait du mal à respirer. C'était fini. Elle l'avait rendu si furieux qu'il allait vraiment la tuer.

Fuller posa les mains autour de son cou et serra lentement. Elle commença à voir des étoiles et son envie de se battre l'abandonna. Il semblait plus facile de fermer les yeux, de céder à l'inévitable et d'attendre la fin.

— Voilà, chérie, dit-il d'une voix chantante. Tu as enfin compris. En réalité, les femmes ne sont pas différentes des chevaux. Elles ont simplement besoin d'une poigne ferme pour leur rappeler qui est le patron.

La pression sur son cou augmentait peu à peu. Très progressivement, comme s'il voulait faire durer le plaisir. Des images de Natalie emplirent son esprit, l'encourageant à lutter, à ne jamais abandonner. Elle vit également le visage de Fay Seaton. Cette femme ne connaîtrait jamais la paix si elle n'apprenait pas la vérité sur les épreuves vécues par Natalie.

De nouveaux coups au rez-de-chaussée la stimulèrent. Elle était maintenant certaine qu'il s'agissait de Cosmo. Il s'était retrouvé coincé dehors, mais ne l'avait pas abandonnée, alors elle ne devait pas baisser les bras. Avec le peu de force qui lui restait, elle leva sa main libre. Fuller la remarqua, mais il avait manifestement oublié qu'elle tenait la clé, et il se contenta de rire. Son air suffisant la rendit folle de rage. Elle frappa le côté de son crâne, surprise par l'ardeur qui lui restait. Et encore plus surprise par le craquement d'un os.

Il poussa un cri mêlé d'étonnement et de douleur, mais la pression autour du cou d'Alexi ne se relâcha pas.

*

Sur la route de Lambourn, Jack écrasa la pédale d'accélérateur. Son instinct lui disait qu'Alexi avait des problèmes. Il s'était renseigné auprès de Cheryl qui lui avait confirmé qu'elle n'était pas rentrée à Hopgood Hall.

Il arrêta sa voiture dans un crissement de pneus devant le cottage de Natalie. La voiture d'Alexi était garée au même endroit que d'habitude. Tout paraissait tranquille. Peut-être qu'il avait surréagi.

L'inquiétude s'empara à nouveau de lui lorsqu'il appuya sur la sonnette et que personne ne répondit. Alexi n'était peut-être pas à l'intérieur. Ou bien quelque chose l'empêchait de venir ouvrir ? Elle pouvait se trouver dans l'atelier. Il fit le tour du cottage et son inquiétude grandit lorsqu'il aperçut Cosmo qui se jetait contre la porte de la cuisine. Quand il vit Jack, il laissa échapper un miaulement terrifiant.

Dès qu'il lui eut ouvert la porte, le chat se précipita à l'intérieur et grimpa l'escalier en quelques bonds. Jack le suivit sans attendre et fit irruption dans la chambre de Natalie, où ses pires peurs se confirmèrent. Fuller était couché sur Alexi, les mains autour de sa gorge. Elle était immobile. Du sang coulait d'une entaille sur le côté de la tête de Fuller et il avait le regard fou. Cosmo se jeta sur son dos et, les pattes tendues vers son visage, lui griffa les yeux en laissant échapper les miaulements les plus effrayants.

Les mains de Fuller avaient lâché le cou d'Alexi, mais elle ne bougeait toujours pas. L'homme se leva et tituba autour de la pièce. Du sang coulait des griffures sur son visage. Il y avait des documents partout, ainsi que des tas de liasses de billets, et Fuller les éparpillait en marchant à l'aveuglette. Jack mit fin au problème en lui envoyant son poing en plein visage, ce qui l'assomma pour de bon. Certain qu'il n'irait nulle part pour le moment, Jack s'accroupit à côté d'Alexi et chercha son pouls, terrifié à l'idée de ne pas le trouver. Cosmo était assis de l'autre côté de son corps et émettait des sons pitoyables, presque humains, tout en lui caressant le visage avec la patte.

— Alexi, dit doucement Jack.

Il lui toucha le front dans l'espoir qu'elle ouvre les yeux. Il essaya de sortir son portable de sa poche et d'appeler les secours d'une main en continuant à tenir la sienne de l'autre. Il voyait déjà des ecchymoses foncées se former autour de son cou. Elle en avait une autre sur la joue, ainsi qu'une coupure à la tempe. Mais au moins elle respirait, même si son souffle était superficiel et irrégulier. Il parvint à joindre les secours et les supplia de se dépêcher.

— Fuller.

*

Jack faillit bondir de peur. Il l'avait quittée des yeux au moment exact où elle avait ouvert les siens. Jamais il n'avait été aussi heureux d'entendre le son d'une voix, bien qu'elle soit sourde et rauque.

Elle le regarda en clignant des paupières.

— Ce salaud a voulu me tuer. Mais ça va. Vous l'avez vaincu avant, Cosmo et toi.

En entendant son nom et la voix d'Alexi, le chat ronronna bruyamment et frotta sa tête contre la joue intacte de sa maîtresse.

— Il s'excuse de ne pas être arrivé plus tôt. Moi aussi.

Jack passa sa main libre dans ses cheveux.

— Bon sang, Alexi, je n'aurais jamais dû te laisser seule.

— Je peux… Je…

Elle éclata en sanglots.

— Chut. Une ambulance est en chemin. La police aussi.

— Avant qu'elle… Il y a ici quelques documents que nous devons garder.

Les efforts qu'elle fournissait pour parler la vidaient manifestement de ses forces.

— Ne t'en fais pas pour ça.

— Tu ne comprends pas…

Les paroles rassurantes de Jack semblaient augmenter son agitation.

— Qu'est-ce qu'il y a ?

— Ce sont les journaux intimes de Natalie de l'époque où Seaton l'a violée… Et, Jack, elle rédigeait un manuscrit. Nous devons les garder.

— D'accord, je vais les chercher.

— Copie tous les documents de sa mère.

Il ignorait ce qu'elle avait trouvé, mais ne tarda pas à comprendre. Il devait se dépêcher, faire disparaître toutes les choses que la police n'avait pas besoin de connaître et faire des copies de celles qui permettraient d'arrêter Fuller.

— Je m'en charge.

Il ne voulait pas s'éloigner d'Alexi, mais les documents comptaient clairement pour elle. Il fut distrait par Fuller qui reprenait connaissance. Cosmo alla s'asseoir sur lui et lui adressa un grognement d'avertissement.

— N'y pensez même pas, le menaça Jack tandis qu'il rassemblait les papiers.

Il tria rapidement ceux qu'il semblait nécessaire de copier.

— Arrache-lui les yeux s'il bouge un seul muscle, Cosmo.

Une demi-heure plus tard, la photocopieuse de Natalie avait fait son travail, les documents que voulait Alexi étaient soigneusement rangés dans la voiture de Jack, et le cottage fourmillait de policiers et d'urgentistes. L'un d'eux s'occupait de la tête blessée d'Alexi.

— Sans doute pas besoin de points, lui dit-il. Les blessures crâniennes saignent beaucoup, mais la coupure est superficielle. Cependant, ce coup à la tête a bien failli provoquer une commotion cérébrale, et votre larynx a peut-être des lésions. Nous ferions mieux de vous emmener à l'hôpital. Vous serez examinée aux urgences. Vous allez avoir besoin d'une radio.

Elle ferma les yeux et répondit d'un signe de tête, l'air trop fatigué pour protester.

17

Alexi se sentait comme si elle planait après avoir absorbé une substance chimique. Si c'était la mort, ce n'était pas si terrible. Mais peu à peu, des voix qui appartenaient tout à fait au monde des vivants transpercèrent le brouillard dans son cerveau, et l'angoisse la rongea jusqu'à ce qu'elle reprenne conscience. Elle avait quelque chose d'important à finir. À contrecœur, elle s'efforça d'ouvrir les yeux et se demanda où elle pouvait bien être. Tout était blanc : les murs, le plafond, les draps, et une odeur d'antiseptique lui donnait la nausée. Seulement elle ne pouvait pas vomir, car sa gorge lui faisait un mal de chien.

Comme le reste de son corps.

Brusquement, tout lui revint. Elle était à l'hôpital. Mais elle ignorait totalement depuis combien de temps et s'il lui était arrivé quelque chose de grave. Fuller. Qu'est-ce qu'il était devenu ? Réfléchir lui donnait mal à la tête. Elle voulut refermer les yeux et trouver un moyen de replonger dans ce sommeil entrecoupé qui s'était achevé bien trop tôt. Mais elle ne pouvait pas faire ça. Maintenant qu'elle se souvenait de son calvaire, elle sentait les mains de Fuller autour de son cou chaque fois qu'elle fermait les yeux, la pression sur ses poumons qui semblaient sur le point d'éclater tels des ballons trop gonflés, la froide détermination dans son regard dur, tandis qu'il l'étranglait lentement. Elle se rappelait avoir été assaillie par la tentation de laisser sa vie s'éteindre parce que lutter était au-dessus de ses forces.

Affolée, elle tourna la tête et vit une grande silhouette vautrée dans le fauteuil à côté de son lit, absorbée par sa lecture.

— Jack, murmura-t-elle.

— Eh, tu es réveillée.

Il lui adressa un sourire éblouissant.

— Comment te sens-tu ?

— Quelle heure est-il ? Depuis combien de temps es-tu là ?

— C'est le petit matin. On t'a donné un somnifère. Tu étais agitée, tu essayais de parler. L'infirmière qui vient de passer a dit que tu ne tarderais pas à te réveiller.

— Tu es resté là toute la nuit ? demanda-t-elle d'une voix émue et rauque.

— Où voulais-tu que je sois ?

Elle essaya de s'asseoir. Chaque os de son corps protesta, mais Jack l'aida à se relever, puis entassa des oreillers derrière elle. Il lui tendit un gobelet avec une paille, et elle but goulûment pour soulager sa gorge contusionnée. L'eau n'avait jamais eu aussi bon goût.

— Tu vas t'en sortir. Beaucoup de bleus et un genou enflé…

— Fuller m'a fait une balayette quand j'ai essayé de l'attaquer.

— J'aurais dû être là ! J'aurais bien aimé qu'il essaie de me casser la figure.

Il saisit sa main et la serra doucement.

— Pourquoi ? Tu ne savais pas qu'il était…

— Je me doutais que quelque chose clochait chez lui quand j'ai épié sa conversation aux toilettes, et nous savions que Natalie avait souvent été en contact avec lui. J'aurais dû faire le lien plus vite. Si j'étais arrivé seulement une ou deux minutes plus tard, tu…

— Comment as-tu su que j'étais en danger ?

— L'avocat de Natalie m'a révélé le nom de sa mère biologique, alors j'ai fait quelques recherches et j'ai découvert plusieurs articles anciens sur Laura Brooks sur Internet. Elle avait une carrière prometteuse au concours complet. Quand j'ai fait le lien avec les chevaux et les écuries du père de Fuller, tout s'est mis en place.

Alexi réfléchit un instant, mais fut distraite lorsqu'il bougea.

— Qu'est-ce que tu fais ?

— J'appelle l'infirmière. Elle m'a dit de la prévenir si tu te réveillais.

Celle-ci entra, vérifia les constantes d'Alexi et hocha la tête d'un air satisfait.

— Voudriez-vous une tasse de thé et quelque chose de léger à manger ?

— Ce que j'aimerais, c'est sortir d'ici, répondit Alexi assez sèchement.

— Le médecin devra passer vous examiner avant, et il ne vous laissera pas sortir le ventre vide.

— Bon, d'accord, je veux bien un thé. Merci.

— Je reviens tout de suite, dit-elle à Jack plutôt qu'à elle.

— Tu n'étais pas obligé de rester. Ce fauteuil n'a pas l'air confortable.

— J'ai dormi dans des endroits bien pires.

Il lui lança un clin d'œil.

— En plus, tu as droit au traitement VIP. Une chambre individuelle et un policier qui garde la porte, rien que ça. J'ai dû mentir et me faire passer pour ta moitié.

L'ayant vu à l'œuvre, elle se dit qu'il avait probablement charmé les infirmières de sorte qu'elles le laissent faire tout ce qu'il voulait.

— Raconte-moi ce qui s'est passé après qu'ils m'ont amenée ici.

— La pagaille totale. Au début, les flics ont été un peu intimidés par Fuller, puisqu'il est presque un dieu vivant dans la région. Ils semblaient penser que j'étais l'agresseur et ont voulu me passer les menottes.

Elle éclata de rire, mais le regretta aussitôt.

— Ne dis rien d'amusant, s'étouffa-t-elle, la main tendue vers son gobelet. Ça fait mal.

L'infirmière les interrompit et posa un plateau sur les genoux d'Alexi. Des œufs brouillés anémiques et du thé.

— Mange, ordonna Jack en approchant une pleine fourchette de ces œufs peu appétissants de ses lèvres. Et je t'en raconterai plus.

Comme prévu, ils avaient un goût de carton, mais le thé chaud lui adoucit la gorge et elle se sentit un peu mieux.

— Il m'a fallu un moment pour faire comprendre ce qui se passait aux flics. Cosmo n'a rien arrangé, bien sûr. Quand les ambulanciers t'ont emmenée, il a fait un boucan d'enfer parce qu'il ne pouvait pas t'accompagner. Personne n'a pu l'approcher, à part moi, alors je l'ai enfermé dans ma voiture…

— Tes sièges ont survécu ?

— Bien sûr. Cosmo et moi nous comprenons parfaitement. Bref, je l'ai enfermé dans ma voiture, certain que personne ne s'approcherait des documents photocopiés, des journaux et des trucs que j'avais récupérés dans le cottage, puisque ton chat les gardait. Ensuite, je suis retourné à l'intérieur et j'ai tout expliqué patiemment aux flics.

Il poussa un soupir exagéré.

— Ils ont fini par comprendre la situation, se sont repris en main et la brigade criminelle du commissariat de Reading a débarqué. Ils ont lu la lettre de la mère de Natalie, je leur ai ensuite expliqué qui tu étais et ce que Fuller avait essayé de faire. Les flics lui ont passé les menottes et l'ont emmené.

— Mince, j'aurais bien aimé voir ça.

— Désolée, ma belle, mais au moins il est derrière les barreaux maintenant. Il gueulait comme un putois quand ils l'ont embarqué. Il demandait s'ils savaient qui il était, menaçait de les poursuivre pour arrestation injustifiée… Les trucs habituels. Ensuite, il a exigé la présence d'un avocat.

— Il n'a rien avoué ?

— Pas encore.

— Merde !

Alexi secoua la tête en retenant des larmes de frustration.

— S'il ne nous dit pas où il a caché le corps de Natalie, nous risquons de ne jamais le retrouver.

— Chut, calme-toi. Nous finirons par y arriver.

— Je l'espère.

Elle poussa un soupir.

— Est-ce que c'est son manuscrit ?

— Oui. Une histoire poignante.

— Il faut que nous partions. Cheryl et Drew…

— Je suis passé à l'hôtel avant de venir ici et j'y ai déposé Cosmo. Ils savent que tu es saine et sauve.

Ils furent interrompus par le médecin. Il examina Alexi et insista pour qu'elle reste un jour de plus. Mais elle refusa. Quelques heures plus tard, elle était dans la voiture de Jack, en route pour Hopgood Hall. Le gonflement de son genou avait suffisamment diminué pour qu'elle puisse se déplacer en boitillant par ses propres moyens. Elle ne voulait pas penser aux ecchymoses sur son visage et son cou, ni au coup qu'elle avait pris à la tête, sans parler du bleu qui s'était formé sur son ventre à l'endroit où Fuller lui avait donné un coup de poing.

— Les policiers voudront te parler quand nous serons rentrés, annonça Jack en conduisant.

— D'accord. J'ai deux ou trois choses à leur dire.

À l'instant où Jack arrêta sa voiture dans l'avant-cour de Hopgood Hall, Cheryl et Drew, accompagnés de Cosmo et Toby, sortirent et se précipitèrent à leur rencontre.

— Nous étions fous d'inquiétude, lança Cheryl.

Elle enveloppa prudemment Alexi dans ses bras.

— Vous devriez voir l'état de l'autre type.

Alexi déposa un baiser sur la joue de Drew et se pencha lentement pour saluer Cosmo.

— Viens, tu seras mieux à l'intérieur, dit Jack.

Il glissa un bras autour de sa taille et l'aida à parcourir la courte distance.

*

— Fuller ignorait donc totalement qu'il avait une fille, commença Cheryl lorsqu'ils furent tous assis autour de la table de la cuisine, une tasse de thé entre les mains. Enfin, une de plus. Il a eu d'autres enfants avec son épouse américaine.

— Est-ce que la mère de Natalie a réalisé son rêve en participant au concours complet ? demanda Drew.

Alexi secoua la tête.

— D'après la lettre qu'elle a laissée à Natalie, elle n'a plus eu le cœur à ça après avoir été rejetée par les Fuller. Elle venait de découvrir un aspect très laid du monde équestre.

— Tu m'étonnes, grinça Cheryl entre ses dents.

— Et le plan de carrière de Natalie a lui aussi complètement dévié après ce que lui a fait Seaton, ajouta Drew. Pas étonnant qu'elle ait été aussi déterminée à se venger.

— Une vengeance qui lui a été fatale, dit doucement Alexi. Laura a trouvé un emploi de bureau et finit par épouser son patron, un veuf assez vieux pour être son père.

— Elle se sentait probablement à l'aise avec un homme plus âgé qui était prêt à s'occuper d'elle, murmura pensivement Drew. Elle a eu l'impression de mieux maîtriser la situation. Natalie aussi a tenté de tout maîtriser dans sa vie. Ces deux femmes abusées ont fait ce qu'elles pouvaient pour se protéger, puis ont riposté.

— Oui, abonda Alexi d'une voix rauque. Laura et son mari n'ont pas eu d'enfants et cet homme est mort il y a dix ans. Ensuite, un an avant que Natalie emménage ici, sa mère a découvert qu'elle était atteinte d'un cancer en phase terminale. Elle n'avait jamais oublié son unique enfant et a entrepris de la retrouver. Elle a confié cette mission à des détectives qui ont probablement découvert les mêmes choses que Jack et moi.

— Est-ce qu'elles ont fini par se rencontrer ? demanda Cheryl, les larmes aux yeux.

— Non. Je suppose que Laura jugeait qu'il était trop tard pour recoller les morceaux.

— Mais elle a laissé cette lettre à remettre à Natalie à sa mort. Elle a pensé que Natalie souhaiterait connaître le début de sa vie et les raisons de son abandon.

Cheryl semblait vouloir désespérément croire que Natalie était morte en se battant pour rendre justice à deux générations. Alexi ne trouva rien à redire au raisonnement de son amie.

Enfin, si.

Plutôt que d'avoir recours au chantage, Natalie aurait pu aller trouver la police ou, mieux encore, les médias, avec toutes les informations qu'elle avait collectées sur Seaton et Fuller. Un lynchage médiatique était bien plus efficace de nos jours. En s'adressant aux journaux, Natalie aurait été considérée comme la victime qu'elle était. La mère qu'elle n'avait jamais rencontrée aussi, et Seaton et Fuller auraient tous deux écopé d'une peine de prison. Mais comme elle avait opté pour le chantage, le public risquait de voir en elle une femme manipulatrice et rancunière.

— Vous trouvez que les confidences de sa mère étaient la meilleure façon de rétablir la vérité ? demanda Drew. Elle n'était plus là pour répondre aux questions de Natalie et ne pouvait pas savoir quelles seraient les conséquences de sa confession.

Debout derrière Cheryl, il lui massait distraitement les épaules avec une de ses grandes mains.

— Ayant lu la lettre plusieurs fois, je dirais qu'elle était partagée, répondit Jack.

— Ce n'est pas la police qui l'a ? demanda Cheryl.

Il lui lança un clin d'œil.

— Peut-être bien que nous l'avons photocopiée.

— Comme les journaux d'enfance de Natalie, ainsi que le manuscrit qu'elle rédigeait, poursuivit Alexi.

— Mieux vaut ne pas en parler à la police. Pas un mot là-dedans ne laisse planer un doute sur la culpabilité de Fuller, et nous ne voulons pas que Fay Seaton apprenne la perversion de son mari par les journaux de Natalie. Mieux vaut que ces révélations viennent de nous.

— Est-ce que Fuller a avoué le meurtre de Natalie ? s'enquit Cheryl.

— Oui, à moi, répondit Alexi. Mais d'après Jack, il a nié en bloc quand la police l'a embarqué.

Cheryl leva les yeux au ciel.

— Évidemment.

— Et il sera probablement défendu par un illustre avocat qui essaiera de brouiller les pistes, dit Drew dégoûté. Si tous deux découvrent que Natalie était escort, ça ouvrira une nouvelle boîte de Pandore.

— Raison de plus pour ne pas montrer les journaux intimes et le manuscrit de Natalie à la police, renchérit Jack. Le nom de Seaton s'ajouterait aussitôt à la liste de suspects. Surtout si les flics mettent le nez dans ses finances et découvrent qu'elle le faisait chanter lui aussi.

— L'avocat de Fuller aura du pain sur la planche s'il veut faire planer le doute sur sa culpabilité, supposa

Alexi. Car Natalie était très minutieuse. Elle s'est débrouillée pour prélever un échantillon de l'ADN de Fuller et a payé un labo privé pour qu'il le compare au sien. Il y a 99,7 % de chances pour que cet homme soit son père biologique. Sa mère avait également inclus un échantillon du sien dans la lettre. Quels que soient ses arguments, il est fait comme un rat.

— Où sont ces éléments aujourd'hui ? demanda Jack.

— Au labo qui a effectué les tests, avec l'original des résultats.

— Elle ne voulait vraiment prendre aucun risque, dit Cheryl. Elle a bien fait.

Jack bâilla.

— Il y avait une tonne d'espèces cachées dans la maison. La police a tout emporté.

— Natalie avait extorqué cent mille livres à Fuller, expliqua Alexi. La somme que lui avait coûtée Super Nova.

— Un juste retour des choses, si on veut, constata Drew en se tournant vers la cuisinière pour réchauffer la soupe du déjeuner.

— Oui, elle n'en a déposé que de petites parties à la banque, et je suppose qu'elle a blanchi le reste grâce à son commerce. C'était sans doute une des raisons de sa création et cela explique pourquoi il était déjà bénéficiaire.

Drew leur servit la soupe de Marcel et Alexi s'étonna d'avoir à nouveau faim.

Le portable de Jack se mit à sonner.

— C'était l'inspecteur chef de la brigade criminelle, annonça-t-il à Alexi. Il a besoin de venir t'interroger.

Autant se débarrasser de cette corvée maintenant. Il sera là dans une heure, ce qui te laisse le temps de prendre ce bain dont tu rêves.

— D'accord.

— Je ferais mieux de cacher ces preuves, dit-il en désignant les journaux et le manuscrit. Et il faut que je réfléchisse à quelques détails. Je reviens tout de suite.

— Jack.

Au son de sa voix rauque, il s'arrêta avant d'avoir traversé la pièce.

— Oui ?

Il se retourna pour la regarder, ses yeux foncés pleins d'intensité.

— Qu'est-ce qu'il y a ?

— Merci.

Il parut surpris.

— Pourquoi ?

— Oh, je ne sais pas.

Elle haussa prudemment les épaules. Mais même ce petit mouvement fit protester la moitié des terminaisons nerveuses de son corps battu.

— Laisse-moi réfléchir. De m'avoir sauvé la vie peut-être ?

Il déglutit et fit un pas vers elle comme s'il voulait lui révéler quelque chose. Mais il parut soudain se souvenir que Cheryl et Drew étaient présents, et cet instant de compréhension mutuelle passa.

— Oh, je t'en prie, répondit-il d'un ton désinvolte.

— Tu vas avoir un de ces articles à écrire quand tout sera terminé, dit Cheryl tandis qu'elles regardaient Jack quitter la pièce.

Étonnamment, cette pensée n'avait même pas effleuré l'esprit d'Alexi. Enfin, ce n'était peut-être pas si étonnant, puisque, quelques heures plus tôt seulement, elle avait bien failli devenir la deuxième victime de Fuller. Elle garda cette pensée à l'esprit en se tournant vers le miroir de la cuisine et grimaça devant son apparence. Un pansement sur sa tempe couvrait l'endroit où sa tête avait heurté le cadre du lit. Une teinte rougeâtre l'entourait déjà. Même chose sur sa joue, où la main de Fuller l'avait violemment frappée.

Elle toucha instinctivement les marques foncées autour de son cou, semblables à un col hideux, et ferma les yeux en attendant que la nausée provoquée par le choc différé et cette terrible vision se dissipe.

— Viens, dit doucement Cheryl derrière elle. Je vais t'aider à préparer ton bain.

18

Jack monta les marches quatre à quatre jusqu'à sa chambre, appela Cassie, lui livra une version abrégée des événements et l'informa qu'elle allait devoir se passer de lui encore un ou deux jours. La veille, il ne s'était pas senti d'humeur à supporter sa crise, aussi fut-il surpris lorsqu'elle accepta la situation avec une calme résignation.

Ensuite, il appela sa sœur, lui raconta la même histoire et lui demanda de s'attendre à une visite de la police.

— Ils vont examiner le passé de Natalie et voudront savoir pourquoi je me suis investi dans l'enquête. Il vaut mieux qu'ils apprennent la vérité de ma bouche.

— Tu dois être franc avec eux, bien sûr. Ne t'en fais pas pour moi. Je suis tellement soulagée que ton amie s'en soit sortie.

Il contacta le commissariat de Reading. Par chance, le policier de l'accueil travaillait là depuis une éternité et devait un service à Jack depuis l'époque où celui-ci avait été envoyé à Reading dans le cadre d'une enquête antifraude. Dans les faits, Jack était un suspect potentiel dans une affaire de meurtre. Enfin, dans une potentielle affaire de meurtre. Toujours aucun cadavre. Malgré tout, le sergent ne pourrait sûrement rien lui refuser.

— Fuller est interrogé en ce moment. Il a fait venir un avocat et ne raconte pas grand-chose pour l'instant. Comment se porte la femme qu'il a tenté d'étrangler ?

— Elle récupère, mais elle l'a échappé belle.

— C'est dingue.

Jack imagina le sergent grattant son crâne chauve.

— Tu penses avoir tout vu quand tu es dans la police depuis aussi longtemps que moi, mais je n'aurais jamais classé Fuller parmi les méchants.

— On ne peut plus faire confiance à personne de nos jours.

Jack rappela au sergent qu'il lui devait un verre et raccrocha. Ensuite, il s'adossa à son fauteuil et réfléchit à leur conversation, plus convaincu que jamais que si Fuller n'avouait rien et ne leur disait pas où était le corps, il pourrait bien s'en tirer sans être inculpé pour assassinat. Il irait en prison pour viol sur mineure et tentative de meurtre, mais combien de temps ? Son avocat exhumerait tous les détails sordides du passé de Natalie. Le chantage qu'elle avait fait subir à son père biologique jusqu'à ce qu'il ait des difficultés financières. L'ensemble serait monté en épingle, expédié, et Fuller pourrait bien s'en tirer avec une peine légère.

— Pas question que ça arrive, se révolta Jack, sombrement déterminé.

Il téléphona ensuite à Athena de Mayfair Escorts afin de l'informer que Natalie était morte et qu'elle recevrait sans nul doute la visite de la police.

— Je suis soulagée qu'Alexi aille bien, soupira-t-elle, le ton grave et empreint de mélancolie après la triste nouvelle du décès de son amie

— Je lui ferai part de votre soutien. C'est gentil de penser à elle.

— Elle m'a laissé une forte impression.

À moi de même.

Comme il avait du temps à tuer avant l'arrivée de la police, il décida de fouiller un peu plus le passé de Fuller. Il envisagea de discuter avec les lads occupant l'annexe de Drew, puis changea d'avis. Les rumeurs et les spéculations sur l'avenir des écuries de Fuller devaient aller bon train dans l'établissement. Ces garçons craindraient forcément qu'une indiscrétion de leur part leur coûte leur emploi. En plus, si les policiers découvraient que Jack avait interféré dans l'enquête en les devançant, il ne ferait que les énerver inutilement.

Il se plongea dans la lecture des innombrables articles sur Fuller trouvés sur Internet. Et ils se révélèrent très instructifs.

— Tiens, tiens, dit-il en prenant son portable pour rappeler son associée. Salut, Cass. Si tu es toujours d'accord pour me donner un coup de main, tu pourrais faire quelques recherches pour moi ?

— Bien sûr. De quoi as-tu besoin ?

Il le lui expliqua.

*

Lorsqu'Alexi, vêtue d'une simple robe fourreau et chaussée de chaussures plates, retourna dans la cuisine, Jack y était seul. Cosmo était installé sur ses genoux, et il lui caressait le dos d'un mouvement fluide de sa grande main.

— Salut, dit-il en levant les yeux, avant de lui sourire. Ça va mieux ?

— Un peu.

Elle remplit une tasse avec la cafetière posée sur le comptoir.

— Il essayait d'ouvrir la porte de la cuisine quand je suis arrivé, raconta Jack en désignant Cosmo d'un signe de tête.

— Je l'avais laissée ouverte. Fuller a dû entrer par là et la refermer derrière lui.

— Sans doute. C'était une de ces poignées sur lesquelles il faut appuyer. Cosmo n'arrêtait pas de sauter dessus. Je suppose qu'il tentait de la baisser.

— À mon avis, il était humain dans une ancienne vie. En tout cas, il réfléchit comme s'il en était un.

— Il t'aime. Il veut te protéger.

Elle but une gorgée de café. Le liquide chaud et fort qui coula dans sa gorge fut apaisant.

— Tu as lu le journal de Natalie, mais moi pas, dit-elle.

Elle s'assit sur la chaise à côté de lui.

— Est-ce que tu comptes me faire deviner ce que Natalie savait sur Seaton ?

Il grimaça.

— Son journal est d'une naïveté touchante jusqu'au jour où sa vie bascule. Elle était excitée à l'idée d'aller à cette cérémonie avec son père et critiquait sévèrement sa mère qui ne les accompagnait pas. Elle ne comprenait pas comment elle pouvait avoir mieux à faire que d'assister à une cérémonie glamour dans un hôtel chic. Mais elle était ravie de prendre la place de sa mère. Elle avait une nouvelle robe, et toutes ses amies étaient envieuses.

— Pauvre petite.

— En effet. Sa description de ce soir-là est aussi atroce que détaillée. Elle y mentionne des éléments importants, telle qu'une tache de naissance sur les parties intimes de Seaton.

Alexi hocha lentement la tête.

— Ah. La preuve irréfutable.

— Exact. En tout cas, elle était vraiment naïve et a cru Seaton quand il lui a dit plus tard qu'elle était la seule responsable de cette situation. Elle s'est détestée par la suite, et je pense qu'elle n'a jamais vraiment aimé celle qu'elle était devenue. Enfin, peut-être pas jusqu'à récemment. Ensuite, comme nous le savons, chacun de ses actes a été guidé par l'ADN de la motivation humaine…

— Également connu sous le nom de vengeance, compléta doucement Alexi.

— Voilà. Si elle n'était pas allée voir ce foutu psy et s'il ne l'avait pas encouragée à explorer son histoire, les choses auraient pu se passer très différemment.

— Je suis d'accord, il aurait mieux valu ne pas remuer le passé. Mais ne perds pas de vue le fait que Seaton avait ruiné sa vie et qu'elle ne voulait pas laisser retomber sa colère. Il devait se produire quelque chose. Je suis simplement soulagée qu'elle ait eu le courage de s'enfuir quand elle était encore adolescente, même si elle a fini par faire ce que nous savons. Elle a au moins vécu comme elle l'a voulu.

Alexi posa un coude sur la table et posa le côté intact de son visage dans sa main.

— Je continue à craindre que Fuller exerce son influence pour se sortir de là.

— Comme j'avais la même inquiétude, j'ai fait des recherches et trouvé quelques trucs intéressants. J'ai demandé à Cassie de continuer à creuser.

Alexi sourit.

— Je connais ce regard. J'en conclus que tout n'est pas aussi parfait qu'on veut nous le faire croire dans la famille Fuller.

— La perfection n'est-elle pas toujours une illusion ? Bon, voici la version courte. Le père de Fuller…

— Celui qui voulait que Laura avorte ?

— Ouais, ce beau parleur. C'était un entraîneur très demandé à son époque, et il dirigeait ses écuries d'une main de fer. C'était aussi un vrai tyran qui ne supportait pas qu'on se plaigne, et tout le monde avait peur de lui, y compris ses enfants.

— C'est pourquoi Graham Fuller a pris ses distances avec Laura et s'est aligné sur la politique parentale.

— C'est comme ça que je le vois. Bref, le fils prodigue s'est manifestement racheté parce que papa chéri lui a légué son entreprise. Mais Graham l'a peu à peu fait couler parce que…

— Parce qu'il a un sérieux penchant pour la bouteille. Je l'ai senti dans son haleine le jour où je l'ai rencontré… Mince, c'était seulement hier matin ? Bref, il était tôt et il n'avait pas bu que de l'eau au petit déjeuner.

— Des problèmes sont survenus. Des chevaux n'étaient pas inscrits aux courses, ou alors pas aux bonnes. Les propriétaires continuaient à lui confier les leurs à cause de sa réputation, mais les rumeurs sur son alcoolisme, son tempérament caractériel et ses disputes en public se sont répandues. Bon nombre d'entre eux ont emmené leurs chevaux ailleurs.

— J'ai remarqué quelques box vides dans ses écuries. J'ai supposé que les chevaux étaient partis faire… ce qu'ils avaient à faire.

Jack sourit, sans doute à cause de son ignorance.

— Fuller a épousé une riche Américaine et ils ont deux enfants adultes. Une fille qui travaille à Newbury comme conseillère en gestion. Elle ne veut pas entendre parler des chevaux et revient rarement chez ses parents. Le fils suit la tradition familiale et se forme pour reprendre les écuries… si tant est qu'elles survivent.

— Ils ont des problèmes d'argent, non ?

— Oui. Quelqu'un a demandé à Fuller de jeter un coup d'œil à Super Nova de la part de son propriétaire. Fuller sait flairer un bon potentiel. Il a minimisé celui du cheval, convaincu le propriétaire de casser son prix, et l'a acheté avec l'argent de sa femme.

— Très éthique.

— Exact. Le propriétaire s'est violemment disputé avec lui quand il a découvert son sale coup.

— Fuller s'en moquait parce que Super Nova allait l'aider à récupérer sa fortune et à se refaire une réputation. Mais à ce moment-là, Natalie est apparue et lui a extorqué de l'argent par la menace. Elle ne lui a pas laissé le choix : pour éviter que sa femme découvre le chantage, il devrait essayer de vendre une ou deux parts de son cheval talentueux.

Jack hocha la tête.

— C'est aussi ce que je pense. Cassie a jeté un coup d'œil aux comptes bancaires de Fuller. Il a des dettes jusqu'au cou, n'a plus d'autorisation de retrait, *et cetera*. Et il ignorait à quelle fréquence Natalie lui redemanderait de l'argent ou si elle déciderait de révéler à tout le monde ce qu'il avait fait une fois qu'il serait à sec. Il fallait qu'il mette un terme à ce chantage.

Alexi soupira.

— Oh, Natalie ! Elle aurait dû venir me voir. Je l'aurais aidée à obtenir justice.

— Je suppose que la femme de Fuller sait désormais qu'il a été arrêté et connaît certains détails de l'affaire. Qu'elle choisisse ou non de le soutenir, c'est une autre histoire. Elle pourrait le faire pour le bien de leurs enfants ou décamper. Si elle s'enfuit, sans son argent, Fuller peut dire adieu à son coûteux avocat.

— Espérons que c'est ce qui l'attend. Si c'est le cas, il est plus probable qu'il plaide coupable et révèle à la police où il a caché le cadavre.

— Avec les preuves que les flics ont contre lui, il ferait mieux de parler en échange d'une peine moins lourde. Cela lui éviterait au moins l'embarras supplémentaire d'un procès.

Drew et Cheryl les rejoignirent, et Jack les mit au courant de ses découvertes.

— Le mystérieux incendie des logements de ses garçons d'écurie a fait beaucoup de bruit, d'autant que le feu n'a rien touché d'autre, dit celle-ci.

— Les enquêteurs ont fait de leur mieux, mais n'ont rien pu prouver. Ils étaient au courant qu'une dispute avait eu lieu en public avec un propriétaire mécontent et que celui-ci avait menacé de se venger. À la fin, les assureurs ont dû payer.

— Fuller nous paye toujours en retard le loyer des logements que nous fournissons à ses gars, poursuivit Drew. Si nous n'avions pas autant besoin de cet argent, je lui dirais d'aller se faire voir. J'en ai marre de devoir lui courir après.

— Nous devrons trouver un moyen plus simple pour vous de joindre les deux bouts quand cette affaire sera terminée, constata Alexi.

— Crois-moi, répondit Cheryl, si tu y parviens, tu auras le droit d'habiter gratuitement ici jusqu'à la fin de ta vie.

Alexi rit.

— Fais attention à ce que tu dis.

Elle fit tourner sa tasse vide entre ses mains.

— Oh, avec tout ça, j'ai oublié de vous dire que Seaton est passé au cottage de Natalie hier.

Jack la regarda avec des yeux écarquillés.

— Tu plaisantes.

— Il prétendait s'inquiéter pour elle.

— Et tu l'as cru ?

Il parut horrifié.

— Bien sûr que non, mais les événements qui ont suivi m'ont convaincue qu'il ne l'avait pas tuée. La seule chose qu'il voulait, c'était récupérer toute preuve compromettante contre lui.

— À mon avis, notre visite l'a poussé à agir. Il a commencé à se demander si Natalie était vraiment morte, comme nous l'avions sous-entendu. Si c'était le cas, la police finirait par s'en mêler et risquait de trouver cette preuve, ce qui mettrait son nom tout en haut de la liste des suspects. Il fallait qu'il la récupère pour se disculper et empêcher sa femme d'en entendre parler.

Alexi hocha la tête.

— Je pense que tu as raison.

— C'est sans doute la police, dit Drew en se levant au son de la sonnette. Tu n'as qu'à monter discuter avec eux au salon de l'étage, Alexi. Vous y serez tranquilles.

— Ils risquent de vouloir s'entretenir avec vous deux aussi, lança Jack. C'est vous qui avez signalé la disparition de Natalie, et ils souhaiteront que vous confirmiez avoir demandé à Alexi de se pencher sur la situation.

— Aucun problème, répondit Cheryl. Mais je ne peux pas garantir que je ne leur passerai pas un savon pour ne pas nous avoir pris au sérieux.

Son expression devint grave.

— S'ils l'avaient fait, Natalie serait peut-être encore en vie.

Alexi savait que c'était faux, mais elle comprenait la frustration de son amie, son besoin de ne pas rejeter uniquement la faute sur Fuller.

*

— Vous vous sentez mieux, madame Ellis ? demanda l'inspecteur en se tenant à distance de Cosmo.

Il grimaça quand il aperçut son collier d'ecchymoses.

— J'ai entendu dire que vous l'aviez échappé belle.

— Ça va, répondit-elle prudemment en serrant sa main tendue.

L'inspecteur sortit un appareil photo numérique, puis, avec sa permission, prit quelques clichés en gros plan de son cou. Ensuite, l'interrogatoire commença. Les policiers ne séparèrent pas Alexi et Jack, ils les traitèrent comme des victimes et comme d'éventuels témoins.

Ils passèrent tous les détails en revue plusieurs fois en enregistrant la conversation. Ils n'étaient pas agressifs et sous-entendirent que l'affaire était dans le sac.

— Entre nous, comment réagit Fuller ? demanda Jack lorsque l'appareil fut éteint.

L'inspecteur haussa les épaules.

— Il a pris un avocat et ne parle pas. Il est tellement prétentieux qu'il semble penser qu'il va s'en tirer les doigts dans le nez.

— Pas question qu'il s'en sorte, répondit Jack entre ses dents.

— Ne vous en faites pas.

L'inspecteur se leva et leur serra la main.

— Je vous appellerai quand vous pourrez venir signer vos dépositions. Mais cela peut attendre que Mme Ellis soit à nouveau sur pied.

Dès que les inspecteurs descendirent l'escalier pour aller parler à Cheryl et Drew, Cosmo sortit de sous son fauteuil et bondit sur les genoux d'Alexi.

— Qu'est-ce qu'on fait maintenant ? demanda-t-elle en le caressant.

— Et si nous faisions un saut à Woldingham ?

— J'aime bien ta façon de penser.

Elle adressa un lent sourire à Jack.

— Ce n'est pas une visite qui me réjouit, mais à mon avis, il vaut mieux que Fay Seaton apprenne la nouvelle de notre bouche avant que la police vienne la trouver.

— Exact.

— Bon, mais qu'allons-nous lui raconter ?

Il fit une grimace.

— Tout. Nous le devons à Natalie.

Tous deux attendirent que la police reparte, puis ils descendirent expliquer ce qu'ils avaient l'intention de faire à Cheryl et Drew.

Une fois dehors, Jack ouvrit la portière de sa voiture côté passager pour Alexi. Ensuite, il ouvrit celle de l'arrière pour Cosmo qui leur avait bien fait comprendre qu'ils n'avaient pas intérêt à partir à nouveau sans lui.

19

Jack arrêta sa voiture devant la résidence des Seaton et coupa le moteur. Celle de Seaton n'était pas là.

— Prête ?

Il tendit la main pour serrer celle d'Alexi.

— Il faut bien, répondit-elle.

Ils appuyèrent sur la sonnette, mais personne ne vint leur ouvrir.

— Ne me dis pas qu'elle est sortie aussi.

Alexi s'était préparée psychologiquement à cet entretien et avait hâte d'en finir.

— Faisons le tour.

Fay taillait un arbuste tout au bout du vaste jardin. Elle leva les yeux en les entendant approcher et sourit.

— Oh, rebonjour.

Alexi remarqua l'espoir qui éclaira son regard et détesta ce qu'ils s'apprêtaient à lui faire.

— Est-ce que vous avez du nouveau ? Au sujet de Natalie, je veux dire. Allons à l'intérieur. Nous y serons plus à l'aise qu'ici pour discuter… Oh, mon Dieu !

Fay plaqua une main sur sa bouche.

— Mais qu'est-ce qui vous est arrivé ?

— J'ai eu un accident, mais ça va.

— Mon Dieu, murmura-t-elle, avant de les faire entrer dans le salon par les portes du patio.

Elle leur proposa une tasse de thé, mais tous deux déclinèrent son offre. Fay s'assit, le dos droit dans un fauteuil, l'air à la fois impatient et résigné, comme elle devinait ce qu'elle s'apprêtait à entendre et se sentait prête à y faire face.

— Mauvaise nouvelle, n'est-ce pas ? demanda-t-elle doucement. Je le lis sur vos visages.

— La pire nouvelle, j'en ai peur.

Alexi s'accroupit à côté d'elle en ignorant les protestations de son genou blessé et prit sa main dans la sienne.

— Je suis vraiment désolée.

— Je crois que j'ai toujours su qu'elle était morte.

Des larmes coulèrent librement sur les joues de Fay.

— C'est un soulagement d'en avoir la confirmation, d'une certaine façon. Comment et quand est-elle morte ?

— Elle a été assassinée.

Elle porta une main tremblante à sa bouche.

— On entend parler de kidnappings, mais on ne pense jamais…

— Ce n'est pas arrivé quand elle était adolescente, Fay. C'était il y a quelques jours.

La femme secoua la tête, l'air perdu.

— Je ne comprends pas.

— Jusqu'à la semaine dernière, Natalie habitait à Lambourn.

— Lambourn ? Où ai-je entendu ce… Attendez une minute, le célèbre entraîneur ? C'était partout aux informations ce matin. Mon mari a paru très en colère en entendant cette histoire, ce qui m'a semblé étrange. Il ne s'est jamais intéressé aux courses hippiques. La police l'a arrêté parce qu'il serait lié à la disparition d'une femme du coin ; l'entraîneur, je veux dire. Cette femme était-elle… ma Natalie ?

Alexi lui serra la main et hocha la tête.

— Je suis vraiment navrée.

L'espoir enflamma le regard de Fay.

— Mais elle n'est peut-être pas réellement morte. Ils ont dit que le corps n'avait pas été retrouvé.

— Elle est morte, je le crains. Fuller a tenté de me tuer hier. J'étais au cottage de Natalie où je cherchais davantage d'indices sur sa disparition, et il m'a surprise là-bas.

— Dans quoi Natalie s'était-elle fourrée ?

Fay semblait à deux doigts de craquer. Mais elle avait une force cachée, comme l'avait prouvée sa détermination à adopter un enfant contre la volonté tenace de son mari. Elle allait avoir besoin de toute cette force de caractère pour survivre à ce cauchemar.

— Je vous en prie, répondez-moi.

Ce fut Alexi qui s'en chargea. Elle lui raconta l'histoire de la mère biologique de Natalie et le passage à l'acte de celle-ci.

— Elle était sûrement anéantie, mais du chantage…

Fay sortit un mouchoir et s'essuya les yeux.

— Et ça n'explique pas pourquoi elle s'est enfuie d'ici à quatorze ans. J'ai besoin de savoir ce que j'ai fait pour qu'elle parte.

Compte tenu de sa personnalité effacée, il n'était pas étonnant que cette femme songe naturellement que c'était sa faute.

— À ce propos, Fay. Vous souvenez-vous de cette cérémonie de remise de prix à laquelle Natalie est allée avec votre mari ?

— Bien sûr. Elle était surexcitée. Elle avait une nouvelle robe. Elle m'en voulait beaucoup parce qu'elle estimait que j'aurais dû faire passer les intérêts de Gerry avant les miens et y assister aussi. Elle était trop jeune pour comprendre… Je n'étais pas faite pour ce genre de soirée. Il valait bien mieux pour Gerry qu'il ne m'ait pas dans les pattes.

Oh, pensa Alexi, elle était donc au courant ou avait des soupçons sur les frasques de son mari et essayait de ne pas s'en préoccuper. Le plus doucement possible, elle lui expliqua ce qui s'était passé.

— Non !

Le visage de Fay blêmit, et elle parut au bord de l'évanouissement.

— Ne dites pas des choses pareilles. Je refuse de vous écouter. Je n'en crois pas un mot.

— Va lui chercher un verre d'eau, Jack.

Il revint de la cuisine avec un verre et Alexi l'approcha des lèvres de Fay.

— Inspirez profondément et essayez de rester calme. Buvez un peu, ça vous fera du bien.

— Mon mari est loin d'être parfait, dit-elle, la colère l'emportant sur la stupéfaction. Mais il adorait Natalie, il ne lui aurait jamais fait une chose aussi horrible.

— Nous pouvons le prouver, murmura Alexi.

Jack lui remit le journal, ouvert à la bonne page.

— Voyez vous-même.

Fay retint son souffle à la vue de sa couverture rose décorée de photos de poneys.

— C'est le journal de Natalie ! Où l'avez-vous trouvé ?

— Dans son cottage à Lambourn, répondit Alexi. Lisez ces pages et dites-moi si vous pensez qu'une adolescente de quatorze ans aurait pu inventer une histoire pareille.

Fay prit une paire de lunettes et commença à lire. Des sanglots secouèrent son corps avant même qu'elle parvienne à la moitié de la page. Le journal tomba de ses mains. Alexi l'enveloppa dans ses bras et la laissa simplement pleurer.

— J'ai vécu avec ce monstre toutes ces années sans en avoir la moindre idée. Comment aurais-je pu le savoir ? Comment Natalie a-t-elle pu me le cacher ? Elle devait bien se douter que j'étais prête à tout pour elle.

Ils laissèrent Fay s'emporter et poser des questions auxquelles ils n'avaient pas de réponse. Finalement, elle leur en adressa une à laquelle ils pouvaient répondre, une question qu'ils auraient vraiment préféré éviter puisque la vérité allait lui faire encore plus mal.

— Je comprends maintenant pourquoi elle a fugué une deuxième fois, après que la police l'a ramenée. Ce que je me demande, c'est comment elle a fait pour vivre. Elle venait juste d'avoir quinze ans.

Alexi lui révéla la dure vérité. Fay avait cessé de pleurer et assimila la suite des nouvelles avec un calme surprenant.

— Elle avait perdu tout respect d'elle-même, je suppose. Elle avait découvert qu'elle plaisait aux hommes et a décidé d'en tirer profit.

Elle soupira.

— C'était la fillette la plus adorable au monde, mais les actes de Gerry l'ont fait grandir du jour au lendemain.

— Ce n'est pas votre faute, dit Alexi. Vous devez me croire.

— Il fallait que nous vous racontions son histoire, s'excusa Jack, car la police découvrira tôt ou tard qui elle était et souhaitera vous parler. Nous ne voulions pas que vous l'appreniez à ce moment-là.

— Eh bien, je vous remercie.

Elle redressa le dos, son air perplexe faisant place à une expression déterminée.

— Je sais maintenant ce qu'il me reste à faire.

Avant qu'Alexi puisse lui demander ce qu'elle voulait dire, Jack reprit la parole.

— Natalie a contacté votre mari il y a quelque temps et lui a également soutiré de l'argent, juste après avoir cessé de travailler à l'agence et emménagé à Lambourn.

— J'espère qu'elle a pris à ce salaud jusqu'au dernier de ses sous.

La mâchoire de Fay tremblait d'émotion.

— Est-ce que ça va aller ? demanda Alexi. Est-ce que nous pouvons appeler quelqu'un afin de ne pas vous laisser seule ?

Fay la regarda comme si elle avait soudain une deuxième tête.

— Vous pensez vraiment que j'ai l'intention de passer un instant de plus sous le même toit que ce pervers ?

— Mais votre vie, votre jardin…

— Ce n'est qu'un jardin. Je veux voir où Natalie a vécu ces dernières années, quelle vie elle s'était bâtie. Je… Je souhaite également être sur place si on retrouve son corps. Je n'ai pas été là pour elle quand elle était en vie, alors je ne vais pas la laisser tomber à nouveau. Voulez-vous bien m'emmener chez elle ?

— Bien sûr.

Alexi lui serra doucement les épaules.

— Si c'est ce que vous souhaitez. Vous pourrez loger dans l'hôtel de mes amis. C'est Cheryl qui m'a demandé de partir à la recherche de Natalie. C'était son amie, elle pourra vous en apprendre beaucoup plus que moi sur elle.

— Merci.

— Puis-je vous aider à préparer vos bagages ? Nous devons faire vite. Il ne faudrait pas que votre mari rentre et nous trouve ici.

— Pourtant, je ne serais pas contre une confrontation.

*

Vingt minutes plus tard, Jack descendit la valise de Fay de l'étage et Alexi, le seul autre sac qu'elle souhaitait emporter.

Fay griffonna un mot et le posa au centre de la table.

Je m'absente quelques jours. F.

Un air de défi masqua momentanément son désespoir.

— Ce message va le secouer.

— Il va se douter que vous savez tout au sujet de Natalie, dit Jack. Car, ne m'en veuillez pas, mais je crois que le bien-être de votre fille est le seul terrain sur lequel vous l'ayez jamais défié.

— Jusqu'à maintenant.

Ce n'est que lorsqu'ils se dirigèrent vers la voiture qu'Alexi se souvint de la présence de Cosmo. Mais elle n'eut pas le temps de le rappeler à Jack. Il déverrouillait déjà les portières et ouvrait celle de l'arrière pour Fay. Roulé en boule, Cosmo écarquilla les yeux tandis qu'elle se glissait sur la banquette à côté de lui. Il parut la jauger à son habituelle façon, paresseuse et pensive.

— Oh, un chat. Merveilleux. Je les adore, mais Gerry ne m'a jamais laissée en adopter un. Il est allergique.

— Faites attention, prévint Alexi. Celui-ci n'est pas très sociable.

Elle sourit en repensant à la rencontre entre Seaton et Cosmo la veille. Il devait être encore plus allergique à présent.

— Bien sûr que si.

Cosmo prouva que Fay avait raison en grimpant sur ses genoux avec un ronronnement assourdissant.

— Épatant, murmura Alexi avant d'échanger un regard avec Jack.

— Vous pensez que Natalie est la seule victime de Gerry ou qu'il a pris l'habitude d'abuser des mineures ? demanda Fay pensivement tandis qu'ils atteignaient Lambourn.

C'étaient les premiers mots qu'elle prononçait de tout le trajet.

— Les hommes qui ont ce penchant s'arrêtent rarement à la première, répondit Jack.

— Dans ce cas, nous devons informer la police de ce qu'il a fait à notre fille. Cela pourrait en encourager d'autres à parler.

— Je vous le déconseille. Sans compter les autres obstacles, le service des poursuites judiciaires sera réticent à intenter une action contre lui parce que Natalie n'est malheureusement plus là pour l'accuser. Ses écrits ne suffiront pas.

— En plus, dit Alexi, si Fuller n'avoue pas le meurtre, son avocat essaiera de trouver une autre personne ayant eu des raisons de vouloir la faire taire. Elle a fait chanter votre mari et l'a menacé de raconter à tout le monde ce qu'il lui avait fait. C'est un mobile assez puissant. Il risquerait d'éveiller le doute dans l'esprit d'un jury, au point que celui-ci pourrait acquitter Fuller.

— D'accord, mais l'idée que Gerry ne soit pas inquiété me rend folle de rage.

— Nous trouverons un autre moyen de le faire payer, répondit Jack.

— Le cottage de Natalie se trouve dans cette ruelle, annonça Alexi tandis que la voiture la dépassait. Nous vous le montrerons dès que possible. Pour le moment, c'est une scène de crime, nous n'avons pas le droit d'y entrer.

— Merci. C'est très aimable à vous.

Le portable de Jack se mit à sonner. Il sélectionna le mode haut-parleur pour y répondre.

— Fuller a commencé à parler, dit une voix.

— C'est un ami sergent du commissariat de Reading, chuchota-t-il à Alexi, avant de répondre : D'accord, est-ce qu'il se rend ?

Alexi perçut la tension de Fay et passa une main entre les sièges pour prendre la sienne.

— Il y a eu du grabuge, répondit le sergent en riant. Sa femme l'a déshérité et refuse de payer ses frais judiciaires. Elle repart vivre aux États-Unis. Quand l'avocat de Fuller l'a appris, il a pris ses jambes à son cou. Pendant qu'il attendait son nouvel avocat, nos gars ont parlé à Fuller entre quatre yeux et lui ont fait comprendre qu'il allait prendre cher, même si on ne retrouvait jamais le corps de Natalie. On l'a coffré pour tentative d'étranglement sur Mme Ellis et relations sexuelles avec mineure. Les médias risquent de le descendre en flèche.

— Vous pouvez compter là-dessus, marmonna Alexi.

— Bref, il a fini par avouer le meurtre.

On entendit un soupir de soulagement collectif dans la voiture.

— Il prétend que c'était un accident. Natalie et lui discutaient, ils ont commencé à se quereller, il l'a frappée, elle est tombée, s'est cogné la tête… Bref, vous connaissez la suite.

— Il a dit où se trouvait son corps ?

— Ouais, il affirme avoir paniqué, comme ils le font tous. Alors au lieu de nous faire venir sur la scène de l'accident, il l'a hissé sur son quad et emmené à Membury Woods. Elle est enterrée dans une fosse peu profonde. Une équipe est sur place au moment où je vous parle.

— Merci, répondit sombrement Jack avant de couper la communication.

— C'est fini, Fay, murmura Alexi, tandis que la voiture s'avançait dans l'allée de Hopgood Hall.

20

Une tornade médiatique s'abattit sur Lambourn lorsque le corps de Natalie fut retrouvé et identifié. Fuller fut accusé de meurtre, de viol sur mineure et de tentative de meurtre sur Alexi, mais le nom de la femme assassinée ne fut pas immédiatement révélé. Tous les hôtels dans un rayon de quinze kilomètres affichèrent complet et les pubs eurent du mal à répondre à la demande. Les ruelles se trouvèrent bloquées par des camions de télévision, et les habitants de Lambourn assez courageux pour s'aventurer dehors durent se frayer un chemin à travers une forêt de micros. Si vous étiez un villageois, vous saviez forcément quelque chose d'intéressant. Une petite phrase pour le bulletin de 18 heures, cela ne pouvait pas être difficile à obtenir.

Hopgood Hall fut assiégé. Drew aurait pu louer ses chambres dix fois plus cher, mais il s'en abstint par respect pour Fay que Cheryl et lui avaient prise sous leur aile. Le bar était rempli de journalistes impatients de connaître les dessous de l'affaire, car ils savaient que c'était lui qui avait identifié le corps de Natalie. Il dut embaucher des extras pour assurer le service.

Quelques lads de Fuller répondaient à des interviews, l'air persuadé qu'ils pouvaient faire une croix sur leur boulot. Autant gagner un peu de fric, semblaient-ils penser. Tod en faisait partie, mais il ne raconta pas grand-chose aux journalistes, ayant promis à Alexi qu'il lui réservait la primeur de son témoignage sur Fuller et son « camp de travaux forcés », comme il l'appelait, une fois que les choses se seraient calmées. Alexi n'était pas totalement sûre de vouloir écrire cet article. Devenue la cible de cette foule de journalistes agressifs, elle avait à présent un point de vue très différent sur sa profession et n'aimait pas beaucoup ce qu'elle voyait. Pots-de-vin, techniques d'intimidation, spéculations ridicules fondées sur les rumeurs les plus douteuses... Des méthodes utilisées pour meubler du temps d'antenne et remplir des chroniques. C'était vulgaire, sensationnaliste et à peu près aussi fiable qu'une promesse d'homme politique.

Après avoir reconnu d'anciens collègues, elle resta cachée. Jack et elle trouvèrent refuge dans la cuisine. Il leur serait impossible de faire visiter le cottage à Fay avant que cette tempête médiatique retombe.

Le portable d'Alexi se mit à sonner. Patrick. Avec un soupir résigné, elle admit qu'il n'abandonnerait pas tant qu'elle ne lui aurait pas parlé. Mieux valait répondre.

— Enfin ! dit-il.

— Qu'est-ce que je peux faire pour toi, Patrick ?

— Arrête ! Tu es aux premières loges du fait divers de la décennie. Meurtre, relations sexuelles avec mineure, et...

Elle entendit l'écho de sa respiration.

— Est-ce que c'est toi, la victime de la tentative de meurtre ? Tu étais à la recherche d'une amie de Cheryl, Drew a identifié le corps... Tout concorde.

— Je vais bien.

— Non mais je rêve ! J'arrive.

— Non !

Elle déglutit.

— Non, Patrick. Tu as une rédaction à diriger et c'est la foire d'empoigne ici. Avec un peu de chance, les journalistes s'intéresseront à un autre sujet avant que mon nom fuite.

— Tu crois que j'en ai quelque chose à faire ? Du journal, je veux dire. Je sais que tu n'as pas une haute opinion de moi en ce moment, mais…

Il se tut un instant, et elle visualisa son expression troublée, tandis qu'il se passait les doigts dans les cheveux et soupesait les conséquences de son absence au journal.

— Rien ne compte plus que toi, dit-il doucement.

À part décrocher un scoop. Elle chassa cette pensée. C'était son métier. Et elle aurait eu le même réflexe que lui, il n'y avait pas si longtemps. La première chose qui lui était venue à l'esprit, c'était qu'il pourrait obtenir des informations exclusives. Naturellement. Mais elle savait qu'il avait également des sentiments pour elle, sinon pourquoi lui courir après ? Elle devrait trouver le moyen de lui faire comprendre qu'elle ne les partageait plus. Pour le moment, ce n'était pas sa priorité, car ce serait le début d'une bataille qu'elle n'avait pas l'énergie de mener.

— Je vais bien. Je t'assure. Tu n'as aucune raison de venir. Les hôtels sont complets de toute façon.

— Est-ce qu'au moins tu nous réserveras ton article ? J'ai plusieurs journalistes là-bas, mais tu es tellement mieux placée. Ta version des événements l'emportera sur toutes les autres.

— Je ne pourrai révéler qu'une infime partie de ce que je sais en attendant la condamnation de Fuller.

— J'ai entendu dire qu'il était convoqué devant le tribunal aujourd'hui.

— Oui. Il va plaider coupable.

— Je suis désolé de ce qui t'est arrivé, Alexi, et je sais que ce n'est pas le moment de te poser la question, mais est-ce que tu as réfléchi à ma proposition ?

— Tu as raison, Patrick, ce n'est pas le moment.

Quel lâche !

Elle raccrocha, consciente du regard de Jack fixé sur son visage.

Il lui sourit.

— Comment va Fay ? demanda-t-il.

— Elle a lu le journal de Natalie et beaucoup pleuré.

— C'était prévisible. Est-ce qu'elle a la force de s'attaquer à son manuscrit ?

— Elle est en train de le parcourir.

Il hocha la tête, mais avant qu'il puisse ajouter quelque chose, Fay entra dans la cuisine.

— Comment allez-vous ? demanda Jack en se levant pour leur servir du café.

— Je trouve le manuscrit moins difficile à lire, parce qu'il est écrit avec un certain détachement et des observations très cliniques.

Elle soupira.

— C'est presque comme si elle racontait la vie de quelqu'un d'autre.

— Oui, confirma Alexi. Elle s'est abstenue de décrire ses sentiments et s'en est tenue aux faits.

— Si bien que son récit manque d'humanité. Nous avons tous envie de savoir ce qui se passait dans sa tête. C'est du moins mon cas. Je vous suggérerais bien de rédiger son histoire, mais je me demande si j'ai envie que tout le monde sache que je l'ai laissée tomber.

— Vous n'êtes pas coupable, dit Jack. À ce propos, est-ce qu'il vous a recontactée ?

Fay secoua la tête. Seaton l'avait appelée peu après son arrivée à Hopgood Hall, exigeant de savoir où elle était. Lorsqu'elle lui avait répondu qu'elle était partie à Lambourn, il était devenu soupçonneux et l'avait accusée d'écouter « les mensonges de cette journaliste », avant d'insister pour qu'elle rentre. Alexi avait entendu la fin de leur conversation et eut envie de sauter de joie quand Fay avait calmement répliqué que s'il essayait de s'approcher d'elle, elle remettrait le journal de Natalie à la presse.

— Non, je n'ai plus de nouvelles de lui. Il a dû voir les informations et décider de faire profil bas. L'identité de Natalie et son lien avec nous n'ont pas encore été divulgués, mais j'imagine que cela peut arriver d'un instant à l'autre, et Gerry sait que tout le monde voudra l'interviewer.

Elle fit la moue.

— Je suis prête à parier qu'il fera un cinéma devant les caméras en remerciant Dieu de lui avoir enfin permis de savoir où était sa fille disparue et de tourner la page.

— Vous pouvez compter là-dessus, répondit Jack.

Elle hocha la tête, vida sa tasse de café et se leva.

— Je vais devoir rentrer à Newbury demain, annonça-t-il à Alexi, une fois que Fay les eut quittés. Est-ce que ça va aller ?

Elle lui sourit, surprise de regretter vivement son départ.

— Bien sûr. La presse débarrassera le plancher une fois que Fuller sera passé devant le juge. Je compte donc amener Fay au cottage de Natalie demain.

— Et toi ? Qu'est-ce que tu vas faire maintenant ?

Il tendit la main vers la cafetière, se ravisa et alla chercher une bouteille de vin dans le réfrigérateur. Il lui servit un verre sans lui demander si elle en voulait un et le posa devant elle. Elle but aussitôt une longue gorgée.

— La campagne me plaît de plus en plus. Il se pourrait que je cherche un cottage à louer dans les environs. J'aime assez cette région, et ce serait bien que je sois près de Cheryl quand elle deviendra maman. J'ai la ferme intention d'être une marraine active.

— Je trouve que c'est une idée géniale. Tu as déjà un endroit en tête ?

— J'ai tâté le terrain auprès de quelques agents immobiliers du coin, mais mieux vaut attendre que le tollé provoqué par l'arrestation de Fuller retombe…

— Je suis content que tu restes dans la région.

Il lui effleura le visage du bout des doigts. Elle espéra un peu qu'il allait poursuivre sa phrase. Mais fut contente qu'il ne le fasse pas.

— Dînons ensemble une fois que la vie du village aura repris son cours.

— J'en serais ravie.

— Moi aussi.

Il posa brièvement, trop brièvement, ses lèvres sur les siennes. À ce moment-là, Cheryl entra dans la pièce et Alexi se dit que ce n'était pas plus mal.

Le portable de Jack se mit à sonner. Il répondit et écouta son interlocuteur un moment.

— Un instant, dit-il finalement. Je vous passe Mme Ellis. Elle pourra vous renseigner.

Alexi haussa un sourcil.

— C'est l'avocat de Natalie.

— Ah, d'accord.

Elle prit le portable de Jack.

— Alexi Ellis. Que puis-je faire pour vous ?

— Bonjour, je m'appelle Denton. Je représentais les intérêts de Natalie Parker et j'ai été navré d'apprendre ce qui lui est arrivé. Sincèrement navré.

Il poussa un soupir.

— J'ai cru comprendre que Mme Seaton était avec vous. Pourrais-je venir m'entretenir avec elle demain ?

*

Le lendemain matin, Alexi, accompagnée de Cosmo, conduisit Fay au cottage de Natalie. Assise en silence sur le siège passager de Fabio, celle-ci tordit ses doigts entrelacés jusqu'à ce que ses articulations blanchissent, le regard fixé devant elle.

Il lui avait déjà été pénible de lire les mots de sa fille, mais à présent, elle allait voir de ses propres yeux le mode de vie qu'elle s'était choisi après son départ de l'agence. Elle allait pouvoir toucher ses vêtements, ses affaires ; traverser les pièces que Natalie avait décorées et meublées selon ses goûts. Saisir l'essence de cette fille qu'elle n'avait pas vue depuis près de trente ans, mais n'avait jamais cessé d'aimer, inquiète et rongée par le doute.

— Nous y voilà.

Fay sortit brusquement de sa rêverie lorsqu'Alexi s'arrêta à côté du cottage. Elle regarda à travers la fenêtre d'un air hésitant au début, puis elle reprit ses esprits en voyant le charmant jardin en fleurs.

— Cheryl m'a dit qu'avant l'arrivée de Natalie, cet endroit était en friche.

Elle franchit le portail, jeta à peine un coup d'œil au cottage et fit le tour de la maison pour pénétrer dans le jardin. Le chemin était jonché de pétales de rose au parfum si puissant qu'il était presque enivrant. Le jasmin et le chèvrefeuille luttaient contre le plumbago pour occuper la place d'honneur sur le treillage du mur du fond, et des arbustes en fleurs qu'Alexi aurait été incapable de nommer remplissaient chaque parterre.

Cosmo partit devant elles, la queue en l'air, presque comme s'il tenait à s'assurer qu'aucun assassin potentiel n'était tapi derrière les buissons. Visiblement satisfait, il trouva une tache de soleil et s'y installa pour commencer sa toilette.

— Est-ce que ça va ? demanda Alexi en posant doucement une main sur l'épaule de Fay.

Celle-ci essuya ses larmes d'un revers de la main, s'arrêta au milieu du chemin et se tourna vers elle. L'émotion suscitée par ses souvenirs était visible.

— Elle n'a pas oublié le projet que nous avions de créer un jardin, dit-elle doucement. Elle s'en est vraiment souvenue.

Fay passa une demi-heure dans le jardin et l'atelier de Natalie, véritablement égayée par les petites touches qui lui évoquaient des souvenirs. Lorsqu'elles entrèrent enfin dans le cottage, elle semblait plus calme.

— Merci de m'avoir amenée ici, Alexi, dit-elle doucement.

— Tout le plaisir est pour moi.

— Nous pouvons partir maintenant. Je vous ai suffisamment accaparée.

— En fait, nous attendons quelqu'un.

Alexi consulta sa montre.

— L'avocat de Natalie a besoin de s'entretenir avec vous.

Fay écarquilla les yeux.

— Avec moi ? Mais qu'est-ce que…

La sonnette interrompit le déluge de questions qui lui venait à l'esprit. Cosmo se mit à grogner, alors Alexi le chassa dehors, puis alla ouvrir. Sur le seuil se tenait un homme âgé de la quarantaine, de taille et de carrure moyennes, qui passerait sûrement inaperçu au milieu d'une foule. Il portait un costume léger froissé, une chemise à col ouvert et des lunettes de soleil de style aviateur qu'il se dépêcha d'enlever.

— Madame Ellis ?

— Oui. Maître Denton, je présume. Entrez, je vous en prie.

— Désolé de vous avoir fait attendre.

Il sortit une carte de visite de sa poche de poitrine, la lui tendit et la suivit à l'intérieur.

— J'ai dû faire demi-tour après m'être trompé de chemin.

— Pas de problème.

Alexi lui présenta Fay. En hôtesse parfaite, elle avait laissé sa méfiance de côté et allumé la bouilloire à l'instant où Alexi était partie ouvrir. Elle s'occupait maintenant de disposer des tasses à café sur un plateau. Alexi l'emporta ensuite dans le salon. Tandis que Fay servait le café, Denton passa aux choses sérieuses.

— Toutes mes condoléances, madame Seaton. J'aimais beaucoup votre fille. C'était une femme bien.

— Merci.

Fay déglutit.

— Est-ce que vous la connaissiez bien ?

— J'ai veillé sur ses affaires pendant un bon nombre d'années.

— Je vois.

— En fait, madame Seaton, comme je l'ai dit à Mme Ellis, Natalie a laissé des instructions très précises concernant ses obsèques.

Fay cligna rapidement des yeux.

— Comment pouvait-elle savoir ?

— Elle souhaitait être incinérée.

Il sortit une liasse de documents de sa mallette.

— Elle refusait toute connotation religieuse. Elle a bien insisté sur ce point.

— Vu ce qui lui est arrivé, ce n'est pas une grande surprise.

— Ni fleurs ni dons à de nobles causes en son nom. Et une cérémonie réservée à ses amis proches. Aucun avis dans les journaux.

Il se racla la gorge.

— Elle a également beaucoup insisté sur un point. Elle refusait… quelles que soient les circonstances, que M. Seaton assiste à ses funérailles ou s'en mêle d'une quelconque façon.

Après avoir bafouillé cette clause, Denton parut inquiet qu'elle proteste ou pique une colère. Mais Fay redressa le dos et le regarda droit dans les yeux.

— Vous avez ma parole qu'il n'y assistera pas, maître.

— D'accord. Eh bien, tant mieux.

Il lui adressa un sourire détaché.

— Il ne nous reste donc que la lecture du testament.

Elle parut stupéfaite.

— Elle en a laissé un ?

— Tout à fait. Ce cottage lui appartenait, ainsi que tout ce qu'il contient. Son solde bancaire était positif et son commerce se portait très bien.

Il se tut un instant et se pencha en avant pour soutenir son regard.

— Elle vous a légué le tout.

Le sourire d'Alexi fut aussi spontané que sincère. Fay parut en revanche sur le point de s'évanouir. Alexi tendit la main pour prendre la sienne. Elle était glacée.

Fay secoua la tête.

— À moi ? Mais elle devait me détester après…

— De toute évidence, non, répondit Denton. Il y a cependant une stipulation majeure.

— Bien sûr.

Elle sembla se recroqueviller comme si elle s'attendait à ce que quelqu'un surgisse de derrière un fauteuil et crie : « On t'a bien eue ! »

— Si M. Seaton venait à jouir de la propriété des biens de Natalie, le testament serait révoqué et le tout, légué à une œuvre caritative. J'ai été nommé administrateur de cette demande plutôt inhabituelle. J'aurai donc accès à tous les comptes, ainsi qu'à sa propriété et à son commerce, sans rendez-vous préalable. Si je découvre que cette clause a été contournée ou enfreinte d'une quelconque manière, j'ai le pouvoir de révoquer le legs et de vous expulser des lieux.

Il sourit afin de faire passer la pilule.

— J'espère que cela ne s'avérera pas nécessaire, et je suis désolé d'être aussi direct, mais Natalie était catégorique sur ce point.

— Je n'en doute pas un instant, marmonna Alexi, comme Fay ne répondait pas.

Stupéfaite, celle-ci posa sur elle un regard vitreux.

— Elle ne me haïssait pas. Elle ne m'a pas oubliée. Elle voulait que tout cela me revienne.

Elle éclata en sanglots. Alexi sourit à Denton qui remuait dans son fauteuil d'un air très mal à l'aise, comme le sont les hommes devant une femme qui pleure.

— Elle vous a offert une porte de sortie, dit Alexi lorsque les sanglots de Fay se calmèrent. Elle savait probablement que vous ne le quitteriez pas autrement, ou qu'il ne vous laisserait pas partir et que vous n'aviez pas les moyens financiers d'y parvenir.

— Elle vous a également laissé ceci.

Denton se leva, tendit une enveloppe scellée à Fay et se prépara à les quitter.

— Mesdames, si vous n'avez pas d'autres questions, je ferais bien de partir.

Alexi sentit que Fay en avait beaucoup, mais qu'elle était trop stupéfaite pour les formuler. Elle triturait l'enveloppe, clairement pressée de l'ouvrir. Alexi la laissa seule afin de raccompagner Denton, puis partit flâner dans le jardin à la recherche de Cosmo. Elle trouva cet éternel optimiste étendu sur une tache de soleil sous une mangeoire à oiseaux.

— Tu ferais mieux de te cacher si tu veux qu'ils viennent, lui dit-elle distraitement, l'esprit occupé par le testament de Natalie.

*

Alexi et Cosmo restèrent dix bonnes minutes au soleil avant de retourner tranquillement au salon. Fay avait ouvert la lettre et la serrait entre ses doigts tremblants.

— Est-ce que ça va ? demanda Alexi avec hésitation.

La femme leva les yeux. Un mélange de soulagement et de tristesse troublait son regard.

— Elle m'explique tout ce qui s'est passé. Elle a cru Gerry. Elle était convaincue d'être fautive, de l'avoir d'une certaine façon encouragé et elle craignait que j'aie une mauvaise opinion d'elle, pour peu que je la croie. Quand elle a été assez âgée pour comprendre que rien n'était sa faute, elle travaillait déjà comme escort et avait honte de ce qu'elle était devenue.

— Elle voulait que vous soyez fière d'elle.

— Elle écrit qu'elle aurait pu me mentir sur sa profession, mais elle a préféré garder ses distances plutôt que d'ajouter des non-dits entre nous.

Fay soupira.

— Elle avait l'intention de me contacter une fois qu'elle en aurait eu terminé avec son père biologique. Si elle les faisait chanter, Gerry et lui, ce n'était pas pour en profiter elle-même. Elle voulait avoir assez d'argent pour que je puisse emménager avec elle et l'aider dans son commerce, si je le souhaitais.

— Elle savait sans doute que cela vous aurait plu, c'est pourquoi elle a créé le jardin selon vos spécifications.

— Quel dommage qu'elle ne m'ait pas expliqué tout ça il y a des années ! J'aurais quitté Gerry sans hésiter et habité avec elle dans un taudis s'il l'avait fallu.

— Qu'allez-vous faire maintenant ?

— Eh bien, ce que Natalie voulait que je fasse, bien sûr ! Emménager ici et reprendre son commerce. Je compte également demander le divorce et soutirer à mon mari le maximum possible.

Elle secoua la tête.

— Je ne suis pas la chiffe molle qu'il pense. J'ai toujours su de combien nous disposions et où sont domiciliés tous ses comptes bancaires. Même ceux qu'il croit secrets. Surtout ceux-là. Je rendrai ma fille fière de moi, vous allez voir.

Alexi la crut sur parole.

Épilogue

— Qu'est-ce que tu en penses ? demanda Alexi.

Cheryl sourit.

— Je pense que c'est parfait pour toi. Le jardin est assez grand pour que Cosmo ait son propre territoire, mais pas impossible à entretenir.

— Ou alors je pourrais prendre un homme.

Alexi sourit.

— Je n'ai pas tant changé que ça. Mes aptitudes horticoles se limitent toujours à l'arrosage d'une jardinière.

Les deux amies rejoignirent Cosmo dans le patio, s'assirent au soleil et savourèrent le silence un moment. La vie n'avait pas été aussi calme depuis longtemps. Il y avait eu tant à faire au cours des deux semaines qui avaient suivi les obsèques de Natalie. Fay ne se portait pas trop mal. Elle avait emménagé dans le cottage de Natalie et repris son affaire. Une jeune fille du village s'occupait des compositions, tandis qu'elle faisait ce qu'elle connaissait le mieux : œuvrer à la bonne pousse du jardin.

La crémation avait été pratiquée conformément aux souhaits de Natalie, et la présence solide et rassurante de Jack avait aidé Alexi à tenir ses démons à distance. Le nom de Fuller était sur toutes les lèvres et les répercussions de l'affaire se faisaient sentir bien au-delà de

Lambourn, lui rappelant sans cesse son calvaire. Elle faisait bonne figure, mais Jack n'était pas dupe. Il l'avait à peine quittée de la journée.

Gerald Seaton avait fait beaucoup d'histoires, car il tenait à y être présent. Devant le groupe de journalistes qui couvriraient l'événement, Fay l'avait averti qu'il serait immédiatement expulsé s'il essayait. Cette menace avait suffi à l'éloigner. Denton était là pour garantir le respect des règles. Athena De Bois avait également assisté à la cérémonie, et Alexi l'avait vue en grande conversation avec Fay à la petite réception organisée plus tard à Hopgood Hall. Darren Walker, l'homme avec qui Natalie était sortie trois fois, avait également été invité. Fay et lui avaient également eu beaucoup de choses à se dire et, d'après ce qu'Alexi avait compris, ils avaient convenu de dîner bientôt ensemble. Elle en avait été ravie. Fay se faisait déjà de nouveaux amis et se bâtissait une vie indépendante.

Elle avait insisté pour qu'Alexi écrive l'histoire de Natalie. Peu enthousiasmée par cette idée pour commencer, elle s'y était peu à peu habituée. Elle avait besoin de s'occuper tout en réfléchissant à son avenir, et c'était une histoire qu'il fallait raconter. Un éditeur était déjà intéressé.

Patrick était venu la voir, ils avaient dîné ensemble, et elle lui avait annoncé qu'elle déclinait son offre d'emploi. Il avait paru triste, mais résigné, tout en restant convaincu qu'elle se lasserait tôt ou tard de la campagne. Il lui avait promis que son offre tiendrait indéfiniment. Lorsqu'elle serait prête, il lui trouverait un poste. D'une façon ou d'une autre.

Elle l'avait diverti en lui résumant un article qu'elle avait très envie d'écrire : un sujet en trois parties pour le *Sentinel* sur les effets de l'inceste sur ses victimes et l'impact qu'il avait sur le reste de leur vie. Deux personnes étaient déjà prêtes à témoigner. L'une avait tiré un trait sur le passé et réussi à aller de l'avant ; l'autre avait entamé des thérapies pendant des années et ne parvenait pas à s'en remettre. Et puis il y avait Natalie, l'ange de la vengeance. Tout le monde était désormais au courant du rôle d'Alexi dans l'affaire, et il n'y avait pas besoin d'être un génie pour comprendre celui de Gerald Seaton, même si elle ne pouvait pas les nommer, Natalie et lui, dans l'article. Ce serait l'ultime vengeance – la fin du deuil – de Fay.

Et de Natalie.

Alexi continuait à penser que Seaton s'en tirait trop bien. Elle était furieuse de ne pas pouvoir faire davantage pour le nommer et l'humilier. Il avait ruiné la vie de Natalie, mais faisait maintenant la tournée des médias en prétendant être une victime. Le meurtre de Natalie avait brisé son mariage, et tout était la faute de Fuller. Fay était folle de rage. Elle savait qu'il agissait ainsi pour se venger d'elle. Il allait devoir accepter ses conditions du divorce et ne pourrait pas réclamer la moitié de son héritage.

Seaton avait continué à la harceler de supplications, de promesses, puis d'exigences. Elle avait fini par le menacer de demander une mesure d'éloignement, et depuis, il était parfaitement silencieux.

Cheryl et Alexi s'obligèrent à quitter le patio ensoleillé pour rejoindre l'agent immobilier qui les attendait patiemment dans le salon.

— Je le prends, dit Alexi. Quand pourrai-je emménager ?

Après l'avoir informé qu'elle appellerait son agence le lendemain afin de signer le contrat de location, elle ramena son amie en voiture à Hopgood Hall.

Cheryl frissonna en entendant éclater des cris dans la cuisine.

— Oh, non ! Je ferais bien d'aller voir ce qui se passe encore.

— Laisse-le se débrouiller, répondit Alexi. Sinon tu ne feras que l'encourager à reproduire ce comportement. Viens, je vais préparer du thé.

— Merci, dit Cheryl lorsqu'elle posa une tasse devant elle un court moment plus tard.

— Qu'est-ce qui se passe au sujet de l'annexe ? Du nouveau sur l'avenir des écuries de Fuller ?

— De nouveaux propriétaires ont repris leurs chevaux. Et certains garçons d'écurie ont déjà été embauchés ailleurs.

— Qu'est-ce que vous allez faire ?

Cheryl soupira.

— Si seulement je le savais.

— Tu veux des suggestions ?

— Je t'écoute !

— Nous… Je… Je me demandais si vous aviez déjà envisagé de faire de votre belle demeure un lieu de retraite.

— Pour accueillir des colloques, tu veux dire ?

Alexi hocha la tête.

— Nous n'avons pas les équipements nécessaires. En

plus, la plupart d'entre eux ont lieu le week-end, et c'est là que nous sommes le plus souvent complets.

— Pas nécessairement. Je vais habiter pas loin, et il s'avère que je connais un tas de gens prêts à débourser une fortune pour participer à des ateliers de journalisme animés par moi-même, en toute modestie. Et j'ai des collègues de différents secteurs de la profession qui y contribueraient probablement. Et puis il y a les retraites d'écriture, ce genre de chose. Avec le bon marketing, ça fonctionnerait.

— Je vais en parler à Drew, mais je sais déjà qu'il est suffisamment désespéré pour tout essayer.

— Et l'annexe ? Vous voulez vraiment conserver cette monstruosité ?

— Bien sûr que non, mais…

— Pourquoi ne pas la remplacer par une extension convenable, en adéquation avec la maison principale ?

Cheryl lui lança un sourire sarcastique.

— Et avec quel argent ?

— Attends, écoute-moi.

Alexi but une gorgée de thé.

— Oublie le réaménagement des courts de tennis. Ils sont pénibles à entretenir et, de toute façon, personne ne les utilisait, tu l'as dit toi-même. Mais vous pourriez proposer un charmant centre de conférences sur ce site, utiliser des briques anciennes pour qu'il ne dénote pas à côté du bâtiment principal, embaucher des jardiniers paysagistes pour qu'ils ajoutent des cours et de jolies petites choses… Et… Je ne sais pas, mais je suis sûre que tu me suis.

Cheryl haussa les épaules.

— On peut toujours rêver.

— Eh, écoute-moi bien, je suis sérieuse. Je pensais à Marcel et au moyen de le garder. Sa cote est en train de grimper, alors un tas d'aspirants cuisiniers paieraient cher pour se perfectionner à ses côtés et se faire crier dessus toute la journée.

Alexi écarta les mains.

— Il faut de tout pour faire un monde. Bref, vous pourriez ouvrir le restaurant pour le déjeuner, leur faire de la pub pour pas cher et attirer une foule de clients.

Elle sourit.

— Une foule qui s'offrirait de bons vins pour accompagner ses repas. Marcel jouerait au patron avec ses apprentis, se sentirait important, et vous dégageriez des bénéfices.

— C'est une idée charmante, Alexi, mais ça nous coûterait une fortune de faire construire ce centre de conférences et de le mettre aux normes. Nous ne pouvons pas simplement…

— Vous non, mais moi, oui.

Cheryl cligna des yeux.

— Tu plaisantes ? Mais pourquoi tu ferais ça ?

— J'ai besoin d'investir. Je loue mon appartement à Londres deux fois plus cher que ce que je vais payer ici, l'argent que j'ai hérité de ma mère dort à la banque et ne me rapporte pas un rond, mes indemnités de départ sont en train de moisir, et aujourd'hui, des éditeurs me promettent une avance non négligeable pour l'histoire de Natalie.

Cheryl déglutit, l'air intéressé, mais méfiant.

— Tu es vraiment sérieuse ?

Elle posa la main sur celle d'Alexi.

— Merci, mais même si nous étions tentés, il nous faudrait des années pour te rembourser.

— Eh, je ne suis pas une poire. Quand on s'associe avec des amis, il faut officialiser les choses. J'opterais pour un engagement contractuel vous permettant de rembourser mon capital selon un échéancier qui ne vous empêcherait pas de dormir et me rapporterait une jolie part des bénéfices.

— Tu me donnes le tournis, Alexi. Je ne peux pas…

— Réfléchis. Parles-en à Drew.

— Et si Marcel décide de partir quand même ?

— Son *ego* le retiendra. En tout cas, vous pourriez lui proposer une part des bénéfices, ce qui lui donnerait envie de rester.

Du bout de l'index, Cheryl attrapa une larme qui coulait sur sa joue.

— Pourquoi ferais-tu ça, Alexi ?

— Je sais reconnaître une bonne occasion quand j'en vois une. Et puis il faut bien que quelqu'un veille sur les intérêts de mon filleul.

Cheryl sourit.

— Cette idée mérite réflexion, mais elle est tellement ambitieuse que j'en ai le souffle coupé. Enfin, si tu es vraiment sérieuse, j'en ferai part à Drew.

— Ne te contente pas de lui en faire part, convaincs-le.

Alexi serra sa main.

— C'est le seul moyen de vous en sortir. Ne laisse pas sa stupide fierté vous empêcher de réaliser vos rêves.

Le sourire de Cheryl s'élargit.

— Tu as raison. Les hommes ne savent pas toujours ce qu'ils veulent. C'est à nous de les éclairer.

— Je serai là pour te soutenir.

— Et voir Jack plus souvent peut-être ?

Une étincelle brilla dans le regard de Cheryl.

— Il travaille à Newbury, répondit Alexi. Et puis j'en ai terminé avec les hommes. Ils me causent plus de soucis qu'autre chose.

Cheryl se pencha maladroitement, ses mouvements limités par son ventre rond, et l'embrassa sur la joue.

— C'est ça, continue à te raconter des histoires, dit-elle, avant lâcher un petit rire.

Remerciements

Je remercie la merveilleuse équipe de Boldwood, et plus particulièrement ma talentueuse éditrice, Emily Ruston.

Retrouvez-nous sur les réseaux sociaux :

City Editions

www.city-editions.com
@cityeditions
www.facebook.com/cityeditions/
@CityEditions
@cityeditions

Achevé d'imprimer en juillet 2025
sur les presses de la Nouvelle Imprimerie Laballery
58500 Clamecy

Numéro d'impression : 507418

Imprimé en France

La Nouvelle Imprimerie Laballery est titulaire de la marque Imprim'Vert®